LES AVENTURES

DE

TROIS JEUNES PARISIENNES

Librairie de E. DENTU, éditeur

DU MÊME AUTEUR

Imprimerie de Poissy — S. Lejay et Cⁱᵉ.

LES AVENTURES

DE

TROIS JEUNES PARISIENNES

PAR

ERNEST DAUDET

PARIS

E. DENTU, ÉDITEUR

LIBRAIRE DE LA SOCIÉTÉ DES GENS DE LETTRES

PALAIS-ROYAL, 15-17-19, GALERIE D'ORLÉANS

—

1881

LES AVENTURES

DE

TROIS JEUNES PARISIENNES

I

Sur l'emplacement qu'occupait autrefois le quartier connu sous le nom de Petite-Pologne, la ville de Paris a fait, il y a environ dix ans, une trouée formidable. De ce quartier qu'habitaient les chiffonniers, où s'élevaient leurs masures, il ne reste plus rien. Mais sa démolition n'est pas tellement éloignée de nous qu'on ne puisse se rappeler la physionomie qu'il avait alors. Au débouché de la rue Delaborde, on s'engageait sur des terrains vagues, déserts, ac-

cidentés, de mauvaise mine, qui étaient une injure
à la civilisation. A la place que traverse aujourd'hui
le boulevard Malesherbes, Paris avait un cloaque.
Cette plaie infecte, qui était une honte pour la première capitale du monde, a disparu. Du parc Mon-
ceaux à la Madeleine, l'air et les hommes circulent
librement. La Petite-Pologne n'est plus qu'à l'état
de souvenir dans la mémoire des Parisiens.

Antérieurement à sa disparition, dans la partie
de la rue Delaborde que ces vastes transformations
ont emportée, non loin de l'abattoir de l'avenue de
Munich, on voyait un bureau de tabac, le seul qui
existât dans le quartier. C'était une petite boutique,
ayant sur la rue une façade d'environ trois mètres
et une vitrine dans laquelle reposaient des pipes et
des boîtes de cigares. Ce bureau de tabac possédait
une clientèle assez nombreuse, composée de la population du quartier et des individus que leurs travaux y appelaient tous les jours. Il était rare que le
soir, vers sept heures, il n'y eût pas dans la boutique
affluence nombreuse de chalands. Les bouchers qui
se rendaient à l'abattoir, les maçons qui venaient
de quitter leur chantier, les chiffonniers qui, la hotte
sur le dos, se préparaient à entreprendre dans Paris
leur tournée nocturne, semblaient s'y donner quoti-
diennement rendez-vous.

Un samedi soir du mois de janvier 186*, l'intérieur du petit magasin offrait un aspect plus animé
que de coutume. La foule y était énorme. La porte
ne se fermait plus, et, n'eût été l'expression de jo-
vialité qui régnait sur tous les visages, on eût pu

croire, tant le tumulte était grand, à un commencement d'émeute. Rien de semblable n'était à redouter. L'affluence inusitée, la joie générale s'expliquaient naturellement. Cette foule se composait d'ouvriers qui avaient reçu leur paie. Or, rien ne rend expansif comme la légitime possession de l'argent honnêtement gagné. Les sergents de ville qui se promenaient au dehors semblaient peu s'inquiéter du tapage qui arrivait jusqu'à leurs oreilles. Ils se contentaient de morigéner les ivrognes qui çà et là, titubant sur leurs jambes, barraient le chemin aux passants.

Dans l'intérieur du magasin, qu'éclairaient deux becs de gaz, derrière le comptoir, deux femmes étaient assises, activement employées à servir les clients et à recevoir l'argent. L'une de ces femmes avait environ cinquante ans. Elle était grande, forte, taillée en carabinier, avec des mains viriles, aux doigts courts et gras, chargés de bagues dont les pierres, quoique sans valeur, avaient toutefois un éclat qui tirait l'œil. A ne considérer que les traits de son visage, on ne pouvait dire que cette femme fût laide ; mais sa physionomie était déplaisante. Il y avait quelque chose de faux dans l'expression de son regard, qui eût éloigné d'elle tout observateur accoutumé à chercher dans les yeux l'image de l'âme. Elle était vêtue d'une robe de soie jonquille qui dessinait un corsage opulent à l'excès, une taille plus carrée que ronde. Sa coiffure se composait d'un bonnet en dentelles, garni de rubans verts et de raisins noirs. Sous le menton à triple étage, elle

portait, en guise de broche, un médaillon ovale
dans lequel était encadré un portrait au daguerréo-
type, représentant un capitaine d'infanterie en grand
uniforme. D'une voix mâle, cette élégante personne
interpellait les clients. Elle les servait d'un geste rapide qu'elle s'efforçait de rendre aimable, tandis qu'à
côté d'elle une jeune fille recevait l'argent et comptait la monnaie.

Rien de plus fin, de plus poétique ne se pouvait
voir que le visage de cette enfant, qui ne paraissait
pas avoir dépassé de beaucoup sa seizième année.
Ses cheveux blonds, divisés sur son front, retom-
baient sur sa nuque en une masse soyeuse, retenue
dans un filet invisible. Ses yeux presque noirs
étaient si grands, qu'au premier abord ils inquié-
taient quiconque les regardait. Ce n'est qu'après
quelques secondes d'observation qu'on saisissait
l'expression de douceur, en même temps de tristesse qui s'en dégageait. Ses traits avaient une an-
gélique pureté; mais ils étaient couverts de cette
pâleur de cire vierge qu'on remarque sur le visage
de la plupart des jeunes Parisiennes, résultat des
privations de toutes sortes auxquelles un grand
nombre sont exposées.

Cette jeune fille exerçait moins de séduction
qu'elle n'inspirait de pitié. Sa petite robe de laine
brune était à elle seule une révélation. Pour se
vêtir ainsi à un âge où l'on est habituellement co-
quette, où avec un rien une personne qui a du goût
se rend attrayante, il fallait qu'elle fût malheureuse.
Tout en elle attestait une mélancolie trop profonde

pour n'être pas le résultat de quelque gros chagrin. Elle était d'ailleurs silencieuse, discrète, réservée, autant que la femme assise à côté d'elle se montrait bruyante, loquace. En entrant ou en sortant, un homme laissait-il échapper un mot grossier, deux nuages roses se montraient aux pommettes des joues de l'enfant; dans ses yeux on pouvait lire alors une inquiétude voisine de la terreur.

Ce fut après un incident semblable qu'elle tomba tout à coup dans une sorte de torpeur qui eût alarmé une mère vigilante. Elle demeura immobile, n'ayant plus la force de tendre la main aux clients.

— Allons donc, Adrienne! s'écria soudain la grosse femme; à quoi songes-tu? C'est bien le moment de monter dans les nuages, petite sotte!

A ces paroles prononcées brutalement, la jeune fille tressaillit. Deux larmes roulèrent dans ses yeux. Elle baissa la tête. Nul n'en vit rien, à l'exception toutefois d'un vieillard vêtu comme un ouvrier, qui bourrait sa pipe devant le comptoir.

— Il ne faut pas gronder l'enfant, dit-il doucement. Voyez-vous, madame Ribeaupin, ça n'est pas encore bien fort; ça travaille trop.

— Ne doit-elle pas gagner sa vie?

— Sans doute, mais...

— Je n'ai pas de carrosse à lui donner, ni de laquais pour la servir; puisque moi, sa mère, veuve du baron de Ribeaupin, officier dans l'armée française, je travaille, puisque ses sœurs travaillent, elle doit nous imiter, à moins qu'elle ne préfère séduire un joli monsieur qui lui fera des rentes.

Ayant ainsi parlé, la baronne de Ribeaupin regarda
fièrement son monde, comme pour juger de l'effet
de ses paroles. Mais nul, à l'exception de celui auquel elles étaient adressées, ne les avait entendues. Il sourit tristement à Adrienne, puis se retira
sans ajouter un mot.

— De quoi se mêle-t-il ? murmura Mme de Ribeaupin.

Se tournant vers sa fille, elle ajouta :

— Toi, va te consoler là-haut; tu reviendras quand
ce sera fini.

— C'est fini, maman, répondit Adrienne.

— C'est bien heureux.

Peu à peu, la foule des clients s'éclaircissait. Le
petit magasin fut bientôt solitaire. Alors Mme de Ribeaupin se mit à compter sa recette, tandis qu'A-
drienne, accablée sous le poids de sa peine, se livrait
à d'amères réflexions. Soudain la porte de la rue fut
poussée avec violence. Deux jeunes filles entrèrent
bruyamment. C'étaient les sœurs d'Adrienne, Charlotte et Estelle, deux grandes personnes bien dé-
couplées, type accompli des demoiselles employées
dans les magasins de nouveautés. Elles n'étaient pas
d'une beauté achevée ; mais la hardiesse de leur
regard, l'originalité de leur coiffure, la coupe un
peu excentrique de leur robe suffisaient à les rendre
séduisantes pour tout libertin en quête d'une bonne
fortune.

Au premier abord, on trouvait qu'elles se res-
semblaient beaucoup ; mais il ne fallait pas une
longue attention pour s'apercevoir des différences

qui existaient entre elles. Plus âgées qu'Adrienne de deux ou trois ans, elles étaient brunes l'une et l'autre, avec un teint mat, des yeux noirs, des traits qui n'avaient rien de vulgaire. Mais sur le visage d'Estelle, l'aînée des deux, se révélait plus de viva- cité que sur celui de Charlotte, dont la physionomie était assombrie par une expression continuelle de mécontentement, résultat d'un chagrin incurable ou d'un ennui profond.

Elles étaient l'une et l'autre debout devant leur mère, tenant à la main un petit papier blanc.

— Maman, une loge pour le Théâtre-Italien, ré- pétaient-elles.

— Une loge ! s'écria Mme de Ribeaupin. De qui tenez-vous ce coupon ?

— De M. Dervaux, notre patron, répondit Es- telle. Tout à l'heure, il nous en a fait hommage.

— C'est très-bien de sa part, répondit Mme de Ri- beaupin ; mais je vous croyais trop occupées en ce moment pour qu'il vous fût possible de quitter le magasin avant dix heures.

— Oh ! oui, s'écria Charlotte, bien occupées. Mais les forces humaines ont des limites. M. Dervaux a bien compris qu'il nous devait ce petit dédommage- ment.

— Mais quel est donc ce gros travail ? demanda Mme de Ribeaupin.

— Ah ! voilà ! c'est un secret ! reprit Estelle.

— Un secret pour votre mère ?

— Eh bien ! je vais tout te dire, maman, mais tu ne le répéteras pas. M. Dervaux croit qu'il sera exproprié dans trois mois. Afin d'obtenir une indemnité plus considérable que celle qu'on veut lui allouer, il grossit en apparence le chiffre des affaires passées et présentes. Nous sommes occupées à recopier les livres des deux dernières années, en augmentant les chiffres qui s'y trouvent, afin de prouver au jury que les affaires de M. Dervaux s'élèvent à deux millions par an, que, par conséquent, on lui doit une indemnité plus forte que si elles ne s'élevaient qu'à cinq cent mille.

— Tiens, tiens, mais voilà qui me semble habile, fit Mme de Ribeaupin.

— Maman, s'écria impétueusement Estelle, il est près de huit heures. Il faut nous presser si nous voulons arriver au théâtre avant le lever du rideau.

— Mais qui gardera le magasin? demanda Charlotte.

— Adrienne, parbleu! répondit Mme de Ribeaupin.

— Moi! s'écria Adrienne avec une expression de regret.

— Que risques-tu, petite poltronne? La bonne est couchée au-dessus de ta tête. Allons, mes enfants, ajouta Mme de Ribeaupin en s'adressant à ses deux aînées, courons nous habiller.

Elles disparurent toutes les trois dans l'arrière-boutique où se trouvait l'escalier qui conduisait aux chambres situées à l'entresol. En une demi-heure, elles furent prêtes à partir. Mme de Ribeaupin, ayant recommandé à Adrienne de fermer la boutique à dix heures, de se coucher sans les attendre, sortit triomphalement avec Estelle et Charlotte, regrettant que la nuit fût déjà trop profonde pour permettre aux habitants du quartier de les voir toutes trois dans l'éclat de leur toilette. Adrienne resta seule.

Vingt-cinq ans avant l'époque où commence ce récit, Mlle Athénaïs Mérille, fille d'un petit employé d'Evreux, avait eu le bonheur, bien qu'elle eût déjà vingt-cinq ans, ne possédât ni beauté, ni grâce, ni dot, de plaire à Charles-Hector, baron de Ribeaupin, le doyen des capitaines du 105e régiment d'infanterie de ligne, et de l'épouser. Sans la circonstance fortuite qui plaça sur sa route le capitaine de Ribeaupin, elle eût, comme on dit vulgairement, coiffé sainte Catherine. Aimait-elle son mari en l'épousant? C'est douteux; mais elle voyait en lui le sauveur longtemps espéré qui l'arrachait à une existence terne, sans soleil, sans but. Pendant les huit premières années, le mariage fut heureux, égayé surtout par la naissance de trois filles. Mais si la baronne de Ribeaupin avait cru que son mari parviendrait un jour à un grade supérieur, elle dut bientôt se détromper en appréciant sa bêtise, sa nullité. Ce fut le premier nuage qui se répandit sur sa vie.

Engagé volontaire à dix-huit ans, le baron de Ribeaupin, malgré son titre et son nom, n'avait pu arriver au-delà du grade de capitaine, qu'il n'occupait d'ailleurs que grâce aux droits d'ancienneté. Nous n'en parlerons pas autrement, si ce n'est pour constater que c'était une nature à la fois vulgaire et inintelligente. Ces défauts, qui faisaient de lui le plus détestable officier du 105e, en firent le plus commode des maris. Ils permirent à sa femme de porter les culottes. Elle fut la directrice incontestée du ménage. C'était une maîtresse femme. Elle mena la barque avec une remarquable habileté. Elle serait parvenue à procurer de l'avancement à son mari, si une balle kabyle n'eût emporté le pauvre diable de la manière la plus imprévue.

Elle se trouva veuve avec trois filles, n'ayant pour toute ressource que quinze cents francs de rentes. Elle n'aurait pu élever sa famille sans entamer fortement son petit capital, si, à force d'adresse, de supplications, d'intrigues, elle ne fût parvenue à obtenir dans Paris un bureau de tabac d'un revenu relativement considérable. Jusqu'au moment où s'ouvre cette histoire, la vie de Mme de Ribeaupin fut singulièrement accidentée. Il est inutile d'en raconter les péripéties. Durant ce temps, ses trois filles avaient grandi non seulement en taille, mais encore en beauté, recevant de leur mère l'éducation la plus excentrique, la mieux faite pour les perdre. A ses deux aînées, Charlotte et Estelle, Mme de Ribeaupin avait tenu le langage suivant, le jour où elles avaient eu dix-sept ans :

— Mes chères filles, je n'ai pas de dot à vous donner ; vous trouverez toujours ici le pain et l'abri ; mais il serait à désirer que vous vous missiez en état de les gagner l'un et l'autre. Choisissez une carrière conforme à vos goûts; cherchez en dehors de moi à vous créer une position. De jolies filles doivent

réussir partout; je ne suis pas de ces mères fa-
rouches qui prétendent imposer à leurs enfants une
conduite rigide. Moi, j'approuverai tout, quand le
succès sera au bout. Mais ne faites aucun pas décisif sans me demander conseil. Vous trouverez en
moi une amie autant qu'une mère, dont le plus vif
désir est de vous voir réussir.

Ce langage n'avait rien que de conforme à l'éducation que Mme de Ribeaupin s'était plu à donner à
ses filles.

— Je me figure que j'ai trois garçons, disait-elle
souvent. J'agis en mère intelligente en leur mettant
la bride sur le cou.

Il est certain qu'à l'exception d'Adrienne, qui
ne partageait ni les goûts, ni les ambitions de ses
sœurs, les demoiselles de Ribeaupin ne pouvaient, en
fait de liberté, rien envier à personne. Les jeunes
Américaines ne sont pas autrement élevées. Chacune d'elles avait son but. Estellé voulait entrer
au théâtre. L'ambition de Charlotte n'allait pas si
haut: elle ne souhaitait autre chose que de se
voir à la tête d'un magasin de parfumerie et de
ganterie dans le passage de l'Opéra. Tels étaient
leurs rêves. Leur mère en avait connaissance et les
approuvait. Mais comme, pour arriver au théâtre,
il faut payer un maître de déclamation, ou tout
au moins n'avoir pas à se préoccuper des moyens
d'existence; comme, pour entreprendre un commerce, il faut des capitaux, Estelle et Charlotte, en
attendant du hasard et des circonstances la réalisation de leurs désirs, étaient entrées dans les

magasins du *Diable Boiteux* pour y tenir le rayon
de la lingerie.

Depuis deux ans qu'elles avaient conquis ainsi
leur liberté, elles étaient restées vertueuses, n'ayant
rien autre en vue que le but que nous venons
d'indiquer, voulant, sinon s'enrichir, du moins se
créer un petit pécule qui leur permît de suivre
leur vocation. Mais un observateur appelé à étudier
leur caractère, leur vie, n'eût pas tardé à reconnaître que dans la régularité de leur conduite il
entrait plus de calcul que de conviction, qu'elles
étaient destinées à succomber le jour où elles y
trouveraient plaisir et profit.

Quant à Adrienne, elle n'était pas heureuse. La
faute en était à sa mère, qui ne l'avait pas aimée
autant qu'elle aimait ses deux autres filles. Adrienne
ne ressemblait en rien à ses sœurs. Elles étaient
d'une beauté robuste, éclatante, qui séduisait au
premier abord les natures vulgaires. Elles avaient
l'œil provocant, l'allure superbe, déterminée, la
parole hardie. Il suffisait de voir le sourire entr'ouvrir leurs lèvres charnues, vermeilles, entre lesquelles étincelaient des dents blanches, petites,
acérées, pour deviner qu'elles étaient douées de
tous les appétits grossiers, pressées de les satisfaire.
Elles flattaient l'orgueil de Mme de Ribeaupin, qui
les trouvait à son image. Adrienne, au contraire,
n'était pour sa mère qu'une petite mijaurée insignifiante, de laquelle on ne pouvait rien espérer
de bon, faite tout au plus pour garder la maison,
digne par conséquent d'être traitée comme Cen-

drillon. C'est qu'en effet il fallait vivre longtemps au contact de sa beauté pour en apprécier le charme. Elle souriait peu, timidement, comme si elle eût craint de laisser voir qu'elle n'était pas insensible aux bonnes joies de la vie. Même dans ses passagères gaîtés, il y avait de la tristesse. Les larmes sont voisines du rire. Souvent c'était pour dissimuler les siennes qu'elle se montrait joyeuse. Par sa modestie, par sa réserve, elle éloignait d'elle la tendresse maternelle, qui aurait eu besoin d'être excitée par des appels successifs à son amour-propre.

Cependant tout noble cœur devait se sentir lentement, mais sûrement pénétré par ce qui se dégageait d'exquis de cette âme ardente au fond, généreuse, aimante, mais facile aux froissements, prompte à se replier sur elle-même. Il n'est pas de pire tyran qu'une mère qui n'aime pas sa fille. Les tendres caresses si douces aux cœurs délicats étaient inconnues à Adrienne. En revanche, elle subissait les brutalités de langage, les sévérités excessives, les humiliations. Enfin, instinctivement, elle pressentait combien étaient détestables les conseils de Mme de Ribeaupin, et ce qui ajoutait à sa peine, c'est qu'elle ne pouvait avoir pour sa mère ni estime, ni affection, ni respect. Sans doute, Estelle et Charlotte eussent été disposées à adoucir le sort de leur jeune sœur; mais une partie de leur vie s'écoulait loin d'elle. Le temps leur manquait pour s'intéresser aux petites douleurs de cette enfant, condamnée à vivre avec une vieille femme égoïste, fantasque et capricieuse. Telles étaient les causes de l'incurable mélancolie à laquelle était livrée Adrienne. Autour d'elle, tout était triste, éteint. Des jours qu'elle avait vécus, il ne lui restait aucun de ces bons souvenirs qui consolent des maux présents. L'espérance qui fortifie les cœurs abattus lui manquait également. L'horizon qui se déroulait devant elle était sans éclaircie.

Ce soir-là, elle était encore plus abattue que de coutume. La brutalité dont sa mère avait fait preuve à son endroit, la facilité avec laquelle on avait trouvé naturel qu'elle restât seule à la maison, l'insouciance de ses sœurs en ce qui la touchait, toutes ces choses contribuaient à l'affaissement qu'elle éprouvait. La solitude, la monotonie des objets sur lesquels ses yeux se reposaient n'étaient point faites pour la distraire. Son cœur était plein de tristesse, ses yeux gonflés de larmes. Elle touchait à cet état où la mort est considérée comme une délivrance.

Soudain elle entendit dans la rue solitaire un bruit de pas, et presque aussitôt la porte s'ouvrit. L'homme qui entra était un prêtre au visage doux et bon. Bien qu'il n'eût guère plus de cinquante ans, son corps commençait à se courber, et ses cheveux étaient entièrement blancs. En le voyant, Adrienne poussa un cri de joie. Elle quitta sa place et vint se jeter dans les bras du nouveau venu en disant :

— Mon oncle ! combien je suis heureuse de vous voir !

— Et moi aussi, fillette. Comment va-t-on ici ?

En même temps, le prêtre jetait un coup d'œil autour de lui.

— La santé de tous est excellente, répondit Adrienne. La vôtre...

Son oncle l'interrompit.

— Où est ta mère ?

— Sortie avec mes sœurs.

— Quoi ! on te laisse seule à cette heure ?

Adrienne baissa la tête, garda le silence. Son oncle la regarda attentivement ; il vit ses paupières humides encore, ses traits défaits, sa pâleur ; il devina tout.

— Pauvre enfant ! murmura-t-il. Ah ! ma sœur se montre bien mauvaise mère à ton égard.

Il prononça ces paroles à part lui ; puis il reprit tout haut :

— Je me réjouis d'être venu ; c'est le ciel qui m'a poussé de ce côté.

En même temps, il prit familièrement Adrienne par le bras, l'entraîna dans l'arrière-boutique. A la clarté du gaz, tamisée à travers les verres dépolis qui surmontaient la cloison, l'oncle et la nièce entamèrent un long entretien.

L'abbé Mérille était le frère de Mme de Ribeaupin. Après une carrière sacerdotale des plus actives, affaibli par les fatigues de l'apostolat, il avait été nommé, sur sa demande, aumônier d'une communauté de Carmélites, située dans le haut du faubourg Saint-Jacques. Il occupait cette position depuis dix ans. Au début, il y avait goûté quelque repos. Mais, bientôt emporté par son zèle, qui ne trouvait pas

dans les modestes fonctions qui lui étaient dévolues
une pâture suffisante, il avait cherché à étendre son
action, afin de pouvoir faire plus de bien autour de
lui. Il était devenu la providence du quartier qu'il
habitait. Il parcourait les rues les plus pauvres,
montait dans les mansardes les plus dénudées, cherchant des misères à soulager, ayant toujours sur les
lèvres des paroles de consolation, dans les mains les
aumônes qu'après s'être dépouillé lui-même, non
seulement du superflu, mais encore du nécessaire,
il allait recueillir dans 'quelques maisons riches du
faubourg Saint-Germain, où on le respectait autant
qu'on l'aimait. Nulle infortune ne l'avait jamais trouvé
sourd. L'activité, la fécondité de son esprit étaient
extraordinaires, sa charité inépuisable alors qu'il
s'agissait de venir au secours de quelque grand
malheur. Les bonnes œuvres absorbaient toute sa
vie.

Cependant, une ou deux fois par mois, il trouvait
le temps de venir voir sa sœur. Ce n'était certes pas
qu'il éprouvât pour elle autre chose qu'une immense
pitié, ou qu'il trouvât dans cette maison un accueil
encourageant. Non, il savait depuis bien des années
ce qu'il y avait d'égoïste, de vil dans l'esprit comme
dans le cœur de Mme de Ribeaupin. Il n'ignorait pas
combien sa présence était désagréable à celle-ci. Il
avait renoncé à la ramener au bien. Tous ses efforts
étaient dirigés dans un même but: protéger ses
trois nièces contre les conseils de leur mère. En ce
qui touchait Estelle et Charlotte, il se sentait bien
près d'échouer. Mais, ayant deviné la pureté d'âme

d'Adrienne, sa générosité, sa noblesse, il s'était juré
de l'arracher à ce milieu de perdition dans lequel le
découragement pouvait un jour la faire sombrer. Il
venait donc la voir trop ..rement au gré de celle-
ci, mais le plus souvent qu'il le pouvait.

Il voulut connaître de la bouche de sa nièce tous
les incidents de cette soirée. Elle les lui raconta,
heureuse de trouver un cœur paternel dans lequel
elle pût verser ses chagrins.

— Maintenant, mon oncle, ajouta-t-elle en finissant, arrachez-moi au plus vite de cette maison. J'y
meurs de tristesse et de douleur.

— Ne parle pas ainsi, chère petite. Tu ne dois pas
parler ainsi. Il ne faut rien exagérer. Tu n'es pas
heureuse, j'en conviens. Mais de là à quitter cette
maison ! D'ailleurs, qui dit que ta mère consentira à
te laisser partir?

— Elle ne demandera pas mieux que de se débarrasser de moi, répondit naïvement Adrienne.

— Se débarrasser de toi ?

— Sans doute. Je la gêne ; je le vois bien. Elle ne
m'aime pas. Je ne donne aucune satisfaction à son
orgueil, aux espérances coupables qu'elle fonde sur
ses filles.

— Malheureuse enfant ! qu'oses-tu dire ? Tu soup-
çonnes ta mère !

— Mon oncle, je dis la vérité, je vous l'affirme.
Je ne parle pas comme une fillette étourdie ou ba-
varde, mais comme une jeune fille qui voit et qui
comprend. Une catastrophe menace cette maison.
Estelle veut entrer au théâtre ; Charlotte veut s'en-

richir à tout prix. Loin de les arrêter dans une voie
si pleine de périls, ma mère les y pousse. Elle leur
donne des conseils que j'ai entendus, qui sont hor-
ribles.

Adrienne avait prononcé ces paroles d'une voix
ferme, comme si elle eût voulu prouver que la vérité était dans sa bouche. Mais, après cet aveu qui
lui coûta un effort suprême, son courage l'abandonna ; elle fondit en larmes.

— Se peut-il que les choses en soient venues là ?
se demandait le prêtre. Sa pensée, saisie d'horreur,
se refusait à affronter les conséquences des faits
qu'Adrienne lui révélait. Il réfléchit pendant quelques instants.

— Mon enfant, dit-il ensuite, je ne veux pas
t'abandonner aux dangers que tu me signales. Je
n'ai plus aucun espoir d'y soustraire tes sœurs. Si
Dieu ne se manifeste par quelque coup imprévu,
je les vois perdues. Elles n'ont que les déplorables
instincts qui conduisent aux chutes. Je ne peux rien
pour en arrêter les terribles effets, alors que leur
mère emploie son influence dans un sens contraire.
Mais à toi qui as une âme pure, aimant le bien, je
te promets tout mon appui. Je vais, puisque tu le
désires, te chercher une position hors d'ici. Je
connais dans le faubourg Saint-Germain quelques
grandes dames. Peut-être l'une d'elles voudra-t-elle
te prendre comme lectrice ou demoiselle de compagnie. Si nous ne réussissons pas de ce côté, nous
chercherons ailleurs...

— Mais en attendant, mon oncle ?

— En attendant?

— Ne comprenez-vous pas que j'ai cette maison en horreur, que je ne voudrais pas y vivre un jour de plus? Ah! tenez, parfois je me demande s'il ne vaudrait pas mieux pour moi d'être religieuse dans le couvent dont vous êtes aumônier.

L'abbé Mérille fit un geste énergique de dénégation.

— Jamais, jamais! s'écria-t-il.

Adrienne le regarda avec surprise.

— Tu t'étonnes, mon enfant, reprit-il; il faudrait être fou pour ne pas te dissuader d'un semblable projet. A ton âge, tu irais ensevelir ta jeunesse dans un cloître! Je n'y consentirais que lorsque pendant plusieurs années j'aurais reconnu en toi les signes indélébiles d'une vocation persistante. J'ai vu trop souvent des malheureuses filles victimes d'un enthousiasme passager ou d'une résolution trop rapide, pour ne pas considérer comme un devoir de combattre énergiquement tout désir de ce genre qui se révèle devant moi.

— Mais, mon oncle, si tout le monde parlait comme vous, il n'y aurait bientôt plus de couvents.

— Il y en aurait pour les âmes désespérées, désabusées, qui cherchent dans la prière, dans la solitude, l'oubli de leurs maux, la certitude du ciel. Mais il n'y en aurait pas pour les jeunes filles qu'emporte une excitation passagère, qui se condamnent à vivre sans tendresse, sans soleil.

L'abbé s'arrêta sur ces mots, comme oppressé par les souvenirs dont sa longue carrière avait rempli sa mémoire et qui justifiaient son langage.

Bientôt il reprit :

— Revenons à ce qui te touche, mon enfant. D'abord, j'exige que tu chasses ces idées. Je veux ensuite que tu t'armes de résignation, de patience ; tu les trouveras dans la prière: elle console et soulage. Moi, je vais faire tous mes efforts pour apporter un changement dans le sort dont tu ne veux plus. De ton côté, tu me promets de m'obéir, de ne prendre aucun parti, quel qu'il soit, sans m'avoir consulté.

— Oh! je vous le promets, mon oncle, répondit vivement Adrienne. Déjà je me sens moins triste, plus disposée à supporter mes petits chagrins. C'est l'effet de vos paroles.

— A la bonne heure. Je veux te voir toujours ainsi.

— Seulement, j'ai une grâce à vous demander.

— Laquelle?

— Venez me voir plus souvent.

— Je te le promets, mon enfant. Je reviendrai sous peu de jours, pour toi d'abord, puisque tu as besoin de moi, ensuite parce qu'il est de mon devoir de tenter auprès de ta mère, de tes sœurs, un dernier effort, de leur faire entendre encore une fois des conseils salutaires.

Cet entretien avait duré longtemps. Lorsque l'abbé Mérille se leva pour se retirer, il était onze heures.

— Je me suis bien attardé, fit-il en souriant. Je ne serai pas chez moi avant minuit. Mes bonnes religieuses vont croire qu'il m'est arrivé un accident.

Tout en parlant ainsi, il avait pris son chapeau et sa canne. Il ajouta :

— J'espère, fillette, que tu vas aller te coucher.

— Oui, mon oncle ; je ne prends que le temps de fermer.

— Comment, c'est toi qui fermes ?

— Je pourrais appeler la bonne ; mais elle doit dormir, la pauvre fille ! Elle est sur pied tous les matins à cinq heures ; j'ai pitié d'elle.

— Ma sœur n'est pas seulement coupable ; elle est folle aussi ! murmura l'abbé. Laisser une fille de seize ans toute seule dans cette boutique, dans un pareil quartier, à onze heures du soir, c'est bien vraiment de la folie.

— Que dites-vous, mon oncle ? demanda Adrienne.

— Je dis, je dis, fillette, que je vais t'aider à placer les volets, qui seraient trop lourds pour tes faibles bras.

— Quoi ! vous, mon oncle !

— Eh bien oui, moi, et ce ne sera peut-être pas la première fois que j'aurai fait le garçon de magasin.

Il prononça cette phrase en souriant avec bonté. Puis il alla prendre les lourdes planches à l'aide desquelles on fermait la boutique, les mit en place. Lorsque cette besogne fut terminée, il embrassa tendrement sa nièce et se retira. Adrienne le suivit des yeux autant qu'elle put le voir. Lorsqu'il eut disparu au coin d'une rue, elle ferma la porte, gagna la chambre qu'elle occupait avec ses sœurs, à l'entresol, et ne tarda pas à se mettre au lit.

La visite de son oncle lui avait fait un grand bien. Son chagrin était dissipé. L'espoir d'un avenir meilleur que le présent fleurissait de nouveau dans son cœur. Lorsque, vers minuit, sa mère et ses sœurs rentrèrent, elle dormait profondément.

II

Le lendemain du jour où commence ce récit était un dimanche. Le magasin du *Diable Boiteux*, dans lequel Estelle et Charlotte occupaient un emploi, comptait parmi sa clientèle plusieurs mères de famille dont les principes religieux n'entendaient pas raillerie. C'est par cette considération que l'établissement restait fermé pendant les jours fériés.

Les demoiselles de Ribeaupin dormirent donc la grasse matinée, à l'exception toutefois d'Adrienne qui, dès huit heures, descendit sur la pointe des pieds dans la boutique, afin de servir les clients qui se présenteraient. Elle était tout à fait rassérénée, résolue à supporter patiemment les ennuis que sa mère pourrait lui causer. Maintenant qu'elle en voyait le terme, elle se sentait assez forte pour les subir sans faiblesse.

La famille ne se trouva réunie qu'à l'heure du déjeuner. Le couvert était mis dans l'arrière-boutique. Comme le dimanche était le seul jour où Mme de Ribeaupin pût avoir à sa table ses deux filles aînées, elle avait l'habitude de faire, à cette occasion, un repas plus fin que de coutume et d'ajouter à l'ordinaire quelques friandises. La table était couverte de linge blanc sur lequel les verres et les couverts en ruolz semblaient plus brillants. Estelle et Charlotte y prirent place avant d'avoir procédé à leur toilette, les cheveux en désordre, les yeux encore gonflés par le sommeil, vêtues de peignoirs d'une coupe excentrique, aux couleurs éclatantes, dignes d'être portés par des courtisanes, mais non par d'honnêtes filles. Quant à Mme de Ribeaupin, elle était sanglée dans son corset, coiffée avec une fleur dans les cheveux, vêtue de la robe jonquille qu'elle portait la veille, grâce à laquelle, du moins elle le pensait ainsi, le tabac qu'elle débitait de ses mains grasses paraissait meilleur aux clients.

Le repas fut de la plus grande gaîté. La représentation du Théâtre-Italien fit tous les frais de l'entretien. C'était la première fois que les demoiselles de Ribeaupin avait mis le pied dans ce temple aristocratique. Leurs yeux étaient encore éblouis de ce qu'elles avaient vu, bien plus que leurs oreilles n'étaient émerveillées de ce qu'elles avaient entendu. De ce spectacle si nouveau pour elles, Charlotte et sa sœur ne gardaient qu'un souvenir, celui de la salle, des toilettes, des bijoux, des fleurs, des beaux messieurs qui, à diverses reprises, avaient braqué leurs lorgnettes sur la loge du second rang qu'occupaient Mme de Ribeaupin et ses filles. Estelle, bien qu'également préoccupée par les mêmes objets, avait cependant, en sa qualité de future artiste, apporté à ce qui se passait sur la scène une attention plus soutenue. Le costume des chanteuses, leurs attitudes, leurs gestes, leurs sourires, leurs larmes, toutes ces choses étaient demeurées dans sa mémoire comme le programme de ce qu'elle-même aurait un jour à apprendre, si elle persistait dans sa vocation. Il convient d'ajouter que ce soir-là on jouait *Othello*, que ces demoiselles n'avaient compris de la pièce que la scène finale, durant laquelle Mme de Ribeaupin avait laissé échapper cette exclamation :

— Le coquin ! il va tuer sa femme ; mais pourquoi donc ?

Cette question, Mme de Ribeaupin se l'était posée plusieurs fois depuis, sans avoir pu la résoudre, ses filles ne lui donnant à cet égard que de vagues indications.

— Comme c'était beau ! n'est-ce pas, maman ? s'écria tout à coup Estelle pendant le déjeuner. Comme elles étaient belles, ces femmes assises dans les loges, montrant leurs épaules, leurs bras, souriant derrière leurs éventails à des hommes élégants qui leur parlaient à l'oreille !

— Bah ! vous êtes bien plus belles, vous autres, objecta Mme de Ribeaupin. La plupart de ces fem-

mes avaient une livre de peinture sur les joues. Si,
au lieu de vos robes de soie montant jusqu'au cou,
vous aviez été décolletées, parées de bijoux et de
fleurs...

— Le fait est qu'il y avait là d'admirables bijoux,
interrompit Charlotte avec un sourire rempli de
convoitise.

— Vous n'en aviez pas, vous autres, et vous étiez
bien modestement vêtues, continua Mme de Ribeaupin. Cependant, on vous a beaucoup regardées.

— Crois-tu, maman ? demanda Estelle.

— Avec ça que je suis aveugle. Il y avait à
l'orchestre un jeune homme décoré qui, pendant
les entr'actes, n'a pas cessé de tenir sa lorgnette di-
rigée sur notre loge, Et il n'était pas le seul.

— Ah ! je voudrais pouvoir retourner à la salle
Ventadour, reprit Charlotte.

— Moi, j'aimerais mieux aller dans un théâtre où
l'on parle français, répondit Mme de Ribeaupin. Du
moins, je comprendrais la pièce.

Il y eut un moment de silence. Chacune des
trois femmes semblait préoccupée. Adrienne, qui
durant cet entretien n'avait pas ouvert la bouche,
fut appelée tout à coup dans la boutique, où un
client venait d'apparaître.

— Ah ! que n'ai-je par devers moi une dizaine
de mille francs ! s'écria Mme de Ribeaupin. Je
vous installerais dans un élégant appartement;
vous seriez bientôt connues comme les plus jolies
personnes de Paris, et vous arriveriez à un sort
brillant.

— Et moi j'aurais un maître de déclamation, ajouta Estelle.

— Sans doute. Malheureusement, ce qui me manque, c'est le premier capital.

— Dis donc, maman, demanda Charlotte, n'assure-t-on pas que l'on va construire une église près d'ici, et que les maisons du quartier vont être expropriées ?

— Oui, on le dit. Oh ! si cela arrive et que nous obtenions une bonne indemnité, — elle nous est due, puisque notre bail a encore six années à courir, — tous nos vœux seront comblés. Alors, mes chères filles, comme par un coup de baguette magique, je change votre sort. J'ai des projets, des projets...

— Eh bien, maman, vivons dans cette espérance, s'écria joyeusement Estelle.

En même temps, quittant sa place, elle se posa debout devant sa mère, dans l'une des attitudes qu'elle avait vu prendre la veille à l'actrice chargée du rôle de Desdémone, et poussa à plein gosier une roulade.

— Toi, tu es une artiste ! fit sa mère avec un accent convaincu.

— Et moi donc ? demanda Charlotte d'un ton plaintif.

— Toi, tu es une fille très-sensée, très-posée, très-raisonnable, très-positive, et je n'ai aucune inquiétude sur ton avenir.

Comme elle venait de prononcer ces paroles, qui mirent un sourire sur les lèvres de Charlotte, Adrienne entr'ouvrit la porte de l'arrière-boutique, et montrant sa blonde tête :

— Maman, dit-elle, le père Gaspard demande à vous parler.

— Qu'il entre, répondit Mme de Ribeaupin.

Le père Gaspard était le concierge de la maison. Il comparut devant les dames de Ribeaupin, le visage pâle, défait, consterné.

— Ah ! mon Dieu ! qu'avez-vous donc, père Gaspard ?

— Hélas ! madame Ribeaupin, ce qui réjouit les uns désole les autres. Je viens vous annoncer une nouvelle excellente pour vous, affligeante pour moi.

— Qu'avez-vous donc ?

— Je perds ma place.

— Vous perdez votre place ! Mais en quoi cela peut-il me réjouir ?

— Je la perds, non que le propriétaire soit mécontent de mes services, mais parce qu'il n'en a plus besoin. Bientôt il n'aura plus de maison : on va démolir celle-ci ; nous sommes expropriés !

— Expropriés !

— Victoire !

— J'ai un bail. Je demande cent mille francs d'indemnité.

— Nous serons riches.

En parlant ainsi, ces dames s'étaient levées ; elles riaient et pleuraient tour à tour.

— Êtes-vous bien sûr, père Gaspard, de ne pas vous tromper ?

— Hélas ! non, madame Ribeaupin, je ne me trompe pas ; c'est bien la vérité. Le propriétaire a été avisé officiellement hier soir que la maison devait être vide au mois de mars prochain.

Les cris de joie redoublèrent.

— Je le disais bien, reprit le père Gaspard, ce qui réjouit les uns désole les autres. Vous voilà très-heureuses, tandis que moi, qui perds ma place...

— On vous en trouvera une autre, s'écria vivement Mme de Ribeaupin ; soyez donc sans inquiétude.

— Madame est bien bonne.

— Allez, père Gaspard, on s'occupera de vous.

Le concierge se retira.

— Et nous, ajouta Mme de Ribeaupin, nous allons sans tarder nous occuper de cette affaire. Dès demain j'irai voir votre patron, M. Dervaux. Il est homme de bon conseil. Il me dira ce que j'ai à faire pour tirer le meilleur parti de ma situation.

Si la transformation de Paris a été une œuvre excellente au point de vue de la salubrité publique, on ne peut reconnaître qu'il en ait toujours été de même au point de vue des mœurs. Certains milieux se sont assainis moralement autant que matériellement. Les formidables démolitions dont nous avons été les témoins ont fait disparaître des quartiers devenus, par suite du défaut d'air et de lumière, l'asile des misères les plus honteuses, des vices les plus infâmes. Ce sont là des résultats dont il faut se féliciter. Mais il en est d'autres moins satisfaisants. L'amour du foyer, des vertus domestiques, de la vie paisible, modeste, a diminué. Un insatiable besoin de luxe, une estime trop grande pour les apparences de la richesse plus encore que pour la richesse elle-même, un mauvais emploi des biens souvent mal acquis ou dus au hasard, une invasion inquiétante des étrangers attirés par les embellissements de Paris, de fiévreuses ardeurs emportant toutes les âmes vers l'abus des jouissances grossières, sont devenus les symptômes caractéristiques d'une société pour laquelle on a construit une ville splendide qui ne saurait se comparer à aucune autre. En transformant Paris, et bien qu'on ait songé aux pauvres, puisqu'on a élevé pour eux des hospices, des asiles, des maisons d'école, on a surtout travaillé pour les riches. On a fait des quartiers où l'on ne peut vivre qu'à la condition de dépenser annuellement ce que l'on considérait autrefois comme une fortune. Il est devenu de mode de les habiter ; dès lors le besoin de paraître plus qu'on n'est a fait de nombreuses victimes. La plupart, dépensant au delà de leurs revenus, ont cherché à suppléer au déficit par les spéculations, par le jeu. Dans les grands cercles, à la Bourse, le hasard est devenu l'arbitre souverain auquel chacun se confie. Les femmes ont été entraînées aux folies ruineuses, aux extravagances compromettantes. Nous avons vu la débâcle, le déshonneur s'abattre sur des familles jusque-là opulentes, considérées, la fortune dans les mains les plus viles, le découragement dans les âmes les plus fières, et dans notre civilisation puissante surgir des incidents dont le nombre va grossissant tous les jours, qui sont des signes certains de décadence.

Mme de Ribcaupin avait assisté au début de ce
mouvement, qui date à peu près de 1854. Un âpre
désir de s'enrichir s'était emparé de son cœur.
D'ailleurs, depuis vingt-cinq ans, elle soupirait après
la fortune. Cette femme si mal douée par la nature
avait eu toutes les ambitions, toutes les envies,
toutes les convoitises, d'insatiables besoins de jouir,
de bien vivre. Mais la destinée semblait prendre
plaisir à se rire d'elle, à déjouer ses espérances. En
dépit de tous ses efforts, elle n'avait jamais pu sortir de la position qui lui était primitivement échue.
Les régions mondaines où le luxe est roi tout-puissant s'étendaient sous ses yeux éblouis comme une
terre promise dont les frontières devaient lui être
toujours fermées. Aimer les toilettes brillantes, les
appartements somptueux, les équipages élégants, et
se voir condamnée à traîner ses jours dans une petite et obscure boutique, à être la servante très-
humble du premier venu, quelle dérision ! Ce
qu'avait souffert cette femme est impossible à dire.
On ne pourrait le bien comprendre qu'en étudiant
ce qu'avaient fait d'elle ses désirs mal contenus et
jamais exaucés. C'est là ce qui l'avait conduite à
être une mauvaise mère pour Adrienne, dont les
goûts modestes étaient comme un reproche à ses
ambitions malsaines ; une mère trop complaisante
pour Estelle et pour Charlotte, dans le cœur desquelles elle retrouvait son propre cœur.

On s'expliquera mieux maintenant l'impatience
fébrile que la possibilité de l'expropriation avait
allumée dans l'esprit de Mme de Ribcaupin, la joie

profonde qu'y fit succéder la certitude d'être promp-
tement chassée des lieux qu'elle habitait depuis la
mort de son mari. L'expropriation, c'était la fortune.

En effet, — et c'est encore un résultat des procédés qui ont été mis en œuvre pour aider à la transformation de Paris, — l'expropriation, qui arrachait
autrefois des larmes à ceux qui en étaient victimes,
est devenue aujourd'hui un instrument de spéculation, un moyen de s'enrichir. Ce qui faisait jadis
le charme du foyer domestique, les souvenirs du
passé, ne compte plus pour rien. Obligé, de par la
loi, à quitter les lieux où l'on avait longtemps vécu,
où étaient morts des êtres chers, qui étaient encore
pleins de leur souffle, on n'en sortait pas sans dé-
chirements cruels, sans avoir longtemps résisté à
ceux qui vous chassaient pour cause d'utilité publique. Aujourd'hui on va au devant de ce qui jadis
était considéré comme un désastre. On le désire,
on s'y prépare, on le provoque ; on accueille comme
un jour de joie le jour où il éclate.

La joie de Mme de Ribeaupin, en apprenant qu'à
son tour, elle allait être frappée, fut donc immense.

— Désormais nous serons riches, disait-elle à ses
filles. L'indemnité qu'on nous accordera ne sera
pas moindre de cinquante mille francs. Entre mes
mains, cette somme rapportera un revenu de trois
mille. Je sous-louerai le bureau de tabac. Ce que
j'en tirerai, joint à la pension que je reçois comme
veuve d'officier, nous donnera encore quatre mille
francs, en tout sept mille!

— J'aurai un professeur de déclamation, ajoutait Estelle ; dans six mois je serai au théâtre.

— Et moi, maman, reprenait Charlotte, je t'aiderai à faire fructifier notre capital. Je me sens née pour le commerce, et j'ai de bonnes idées:

Ces trois femmes formaient ainsi mille projets qui devaient leur donner l'opulence. Seule, Adrienne ne désirait rien, restait indifférente aux félicités qui semblaient prêtes à pleuvoir sur la maison. Elle n'avait d'autre désir que de la quitter au plus vite, et comptait sur son oncle, l'abbé Mérille, pour exaucer ses vœux. A dater de ce moment, Mᵐᵉ de Ribeaupin ne se préoccupa plus que de tirer de sa situation un parti avantageux.

Trois jours après la visite du concierge, le propriétaire lui signifia d'avoir à vider les lieux dans un délai de trois mois. Elle comprit que le moment était venu d'agir. C'est afin d'obtenir un conseil qu'elle se rendit chez M. Jacques Dervaux, directeur des magasins du *Diable Boiteux,* dans lesquels, jusqu'à ce jour, Estelle et Charlotte avaient été employées. Ces magasins étaient situés dans l'une des maisons de la rue de la Chaussée-d'Antin, du côte du boulevard, à l'endroit où s'ouvre aujourd'hui le boulevard Haussmann. Leur façade s'étendait sur une longueur de trente mètres environ, avec des vitrines remplies d'étoffes aux riches dessins, aux reflets chatoyants, d'ouvrages en broderie, de hautes piles de linge fin, de rouleaux de toile, d'objets en cuir de Russie, sacs à ouvrage, porte-monnaie, ceintures, de tous ces mille riens

que la mode a rendus indispensables aux femmes.
Le soir, cent lampes, surmontées de globes qui en
adoucissaient l'éclat, répandaient sur ces richesses
de l'industrie moderne leur flamme douce, sous la
lueur desquelles les dentelles paraissaient plus
belles, les velours plus soyeux. Les gens qui s'arrêtaient un moment devant la porte pouvaient voir
dans les magasins un mouvement perpétuel. Durant
tout le jour, des équipages stationnaient dans la
rue. Des commis bien vêtus, pommadés, frisés,
remplis de politesse, allaient d'une cliente à une
autre, tâchant d'entraîner celle-ci, de séduire celle-
là. Là, savoir bien parler était une qualité, être
beau garçon un avantage. La cliente était-elle jolie,
ces messieurs lui adressaient la parole, la bouche en
cœur, comme s'ils eussent eu du miel sur les lèvres.
Était-elle vieille, ils prenaient des airs respectueux.
Tous leurs gestes étaient suaves. Grâce à eux, si
l'on ne quittait pas les magasins toujours satisfait
de la marchandise, on en sortait toujours satisfait
du marchand.

Ce fut un matin, vers dix heures, que Mme de
Ribeaupin, vêtue de ses plus beaux atours, fit son
entrée dans les magasins du *Diable Boiteux*, où
jusqu'à ce jour elle était venue en solliciteuse,
puisque ses filles y étaient employées. Pour la première fois, elle y entrait la tête haute, l'œil rayon-
nant, comme si elle eût possédé déjà la fortune
qu'elle attendait. Elle s'avança vers le caissier,
qui travaillait debout derrière un grand bureau de
chêne.

— M. Jacques Dervaux ? demanda-t-elle.

— Il est dans son cabinet, madame. Mais je ne sais s'il pourra vous recevoir. Je le crois très-occupé. Il prépare la campagne du printemps.

— Mes filles lui ont annoncé ma visite pour aujourd'hui. C'est lui-même qui a fixé l'heure où je devais venir.

— Oh ! s'il vous attend, c'est différent. Allez, madame. Vous savez où, troisième galerie, à droite, première porte à gauche.

— Je connais la porte, reprit Mme de Ribeaupin en souriant.

Elle se dirigea vers l'endroit désigné, traversant la foule des commis affairés qui garnissaient les étalages, dépliaient les étoffes afin de les mettre en lumière, et se préparaient lestement à l'assaut de la journée, sous la surveillance des chefs de rayons. Au rayon de la lingerie, elle aperçut ses filles qui travaillaient avec nonchalance. Elle passa sans être vue par elles et ne leur adressa pas la parole. Mais elle se dit :

— Encore quelques jours, et elles ne seront plus ici.

C'était là une pensée des plus réjouissantes. Aussi arriva-t-elle devant la porte du cabinet de M. Dervaux légère, rapide, joyeuse, comme portée sur les ailes de l'espérance. Elle frappa à la porte.

— Entrez ! répondit-on de l'intérieur.

Elle ouvrit et se trouva dans un petit salon meublé avec luxe, en présence de M. Jacques Dervaux. C'était un homme de soixante ans environ, mais si bien vêtu, si mince, si droit, qu'on ne pouvait deviner son âge que parce que ses cheveux étaient entièrement gris. Il les portait coiffés avec un soin particulier. Il n'avait ni barbe, ni moustache, et la couleur bleuâtre de son menton, que cachait mal la poudre de riz, attestait l'abus du rasoir.

Gris comme ses cheveux, ses longs favoris flottaient au vent, répandant dans l'air des odeurs de brillantine et de cosmétique, se jouant tantôt sur ses épaules, tantôt sur sa cravate bleue, au centre de laquelle étincelait une épingle en brillants. L'habitude de sourire agréablement avait laissé dans ses yeux, sur ses lèvres, une expression de bienveillance et d'obséquiosité qui ne permettait pas aux esprits perspicaces de penser que M. Jacques Dervaux fût autre chose qu'un coquin ou un imbécile. Quel homme que ce Dervaux! Il a laissé dans le commerce parisien des souvenirs ineffaçables. Nul n'a mieux compris que lui la puissance de la réclame. Il a eu son heure de génie, car dans ses prospectus, dans ses atalogues, il a été créateur. C'est lui qui le premier a fait circuler dans les rues de Paris des fourgons portant l'enseigne de sa maison, traînés par des chevaux fringants, conduits par des gens en grande livrée. C'est lui qui a eu la pensée de distribuer des bouquets de violettes, d'offrir des rafraîchissements aux femmes qui honoraient ses magasins de leur présence. C'est encore lui qu'on a vu faire bénir, chaque année, à un jour donné, son établissement, ses marchandises et ses commis par un prêtre de sa paroisse, et faire racon-

ter le lendemain, à vingt francs la ligne, la cérémonie dans les journaux, sous cette rubrique: *Al-
liance de la religion et du commerce*. A l'époque où
commence ce récit, nulle maison n'égalait la sienne.
Il avait commencé par n'être qu'un pauvre petit
employé, et n'était arrivé à sa situation présente
qu'à force de volonté, d'intrigues, d'audace.

Au moment où Mme de Ribeaupin entra, il était
assis devant une table chargée de petits morceaux
d'étoffes de toutes couleurs, étudiant, combinant,
annotant, préparant, ainsi que l'avait dit son caissier, sa campagne du printemps. Il se retourna
vers sa visiteuse, ne parut nullement surpris de la
voir, lui fit de la main un signe familier qui signifiait
ceci :

— Prenez patience ; je vais être à vous.

— Ne vous dérangez pas, monsieur Dervaux, répondit Mme de Ribeaupin. J'attendrai aussi longtemps que vous voudrez.

Elle prit une chaise et s'assit dans un coin.

— Combien la fortune rend audacieux ! pensa-t-
elle. Jamais je n'aurais osé m'asseoir devant M. Dervaux sans qu'il m'y invitât. Aujourd'hui je me sens
à l'aise ; je m'installe ici comme chez moi.

Elle était transfigurée. Au bout d'un quart d'heure,
M. Dervaux se leva, s'approcha d'elle, et restant
debout :

— Madame de Ribeaupin, dit-il, je suis aise,
très-aise de vous voir. J'ai quelques observations à
vous présenter au sujet de vos filles.

— Au sujet de mes filles ?

— Oui, je ne suis pas absolument satisfait d'elles.
Elles se relâchent d'une façon singulière. Elles
n'apportent plus au travail la même ardeur qu'autrefois. Je n'ai pas voulu leur en faire reproche ;
mais c'est à cause de vous et avec l'espoir que vous
leur donnerez quelques bons conseils.

Huit jours avant, Mme de Ribeaupin, en entendant un tel langage. aurait appelé sur le champ
Estelle et Charlotte, et devant leur patron les aurait
sévèrement morigénées.

Ce jour-là, elle ne perdit rien de son calme et
se dit à part elle, en regardant M. Dervaux bien en
face :

— Ce n'est pas par égards pour moi que tu ne
leur as point fait de reproches, mais parce que tu
crains qu'elles n'aillent répéter partout que depuis
deux mois elles sont chargées d'un travail confiden-
tiel qui consiste à recopier tes livres de commerce,
à exagérer les chiffres de tes affaires, dans le but de
tromper le jury d'expropriation.

Soulagé par cette apostrophe mentalement faite,
Mme de Ribeaupin reprit tout haut :

— Ne soyez pas surpris, monsieur Dervaux, du
changement que vous avez remarqué dans l'allure de
mes filles. A la veille de quitter votre maison, il
leur est bien permis de...

M. Dervaux n'attendit pas la fin de la phrase.

— Quitter ma maison ! s'écria-t-il. Elles vont me
quitter, pour aller chez un concurrent, sans doute,
le faire profiter des connaissances commerciales
qu'elles ont acquises ici! Ah! madame de Ribeau-

pin, c'est bien mal payer les bontés que j'ai eues pour elles !

Mme de Ribeaupin se leva à son tour, et prenant familièrement les mains de son interlocuteur, qui parut fort surpris de cette expansion soudaine, elle répondit :

— Calmez-vous ! Il ne s'agit pas pour elles de passer de chez vous chez un de vos concurrents, mais tout simplement de changer de vie. Les filles du baron de Ribeaupin, vous devez le comprendre, monsieur, n'étaient pas à leur place ici, ni dans le rôle qui leur convient. Du moment qu'il leur devient possible de vivre sans travailler, et c'est ce qui arrive, elles doivent reprendre leur rang.

— Il leur est possible de vivre sans travailler ? demanda Dervaux avec étonnement.

— Je vois bien qu'elles ne vous ont rien dit. Apprenez donc que l'immeuble dans lequel se trouve mon bureau de tabac est exproprié, que mon bail n'expirant que dans six ans, j'espère que l'indemnité que je recevrai ne sera pas moindre de cinquante mille francs. Cette somme, jointe aux revenus que j'ai déjà, va me permettre de changer du tout au tout ma position, celle de mes enfants. Comprenez-vous ?

— Si je comprends ? mais à merveille ! Je suis bien heureux de ce que vous me racontez. Moi, d'abord, j'ai toujours aimé vos charmantes filles.

Il s'arrêta tout à coup. Mme de Ribeaupin était debout comme lui. Il avança un fauteuil.

— Mais, chère madame, asseyez-vous donc.

Elle obéit, se laissa aller nonchalamment sur le

siége moelleux, tandis que Dervaux prenait place à
côté d'elle, en souriant béatement, comme s'il eût
été en présence d'une riche cliente.

— Devinez-vous au moins pourquoi je suis venue? demanda Mme de Ribeaupin à Dervaux lorsqu'elle le vit en quelque sorte séduit, charmé, presque à ses pieds.

— Mon Dieu, non; je cherche à savoir.

— C'est afin de vous demander conseil. Je me
trouve dans une situation fort nouvelle pour moi.
Je tiens à en tirer le parti le meilleur. Me voilà pré-
venue que je dois quitter les lieux que j'habite. Que
faut-il faire?

— Vous confier d'abord à un avoué habile, au
mien, si vous le voulez. Sur ma recommandation,
il s'occupera de votre affaire comme si elle était
sienne. C'est lui qui défendra vos intérêts devant le
jury d'expropriation, car vous irez jusqu'au jury,
je pense.

— Est-ce nécessaire?

— Non, mais ce n'est que là que vous obtiendrez
une indemnité suffisante. Vous recevrez d'ici à peu
de jours la visite d'experts envoyés par la Ville, qui
viendront étudier votre situation, afin de donner une
base aux offres qui vous seront faites. Si vous m'en
croyez, vous refuserez ces offres; vous déclarerez
que vous voulez plaider. Entre le chiffre de votre
demande et celui des propositions de la Ville, le
jury aura à se prononcer. Il est probable que sa
sentence se rapprochera bien plus de vos prétentions que de celles des experts.

— Je comprends ; mais est-ce tout ?

Dervaux réfléchit un moment, puis il dit avec un grand air de mystère :

— Écoutez, je vais vous dire à quel procédé j'ai eu recours, moi qui suis aussi menacé de me voir exproprié. J'ai fait recopier mes livres de commerce, en modifiant leur contenu, de telle sorte que je peux prouver que, depuis cinq ans, j'ai réalisé des bénéfices bien plus considérables qu'ils n'ont été en réalité.

— Ah ! monsieur Dervaux, vous êtes un habile homme ! murmura Mme de Ribeaupin avec un soupir.

— Faites ce que j'ai fait...

— Est-ce que c'est possible ? Dans un petit commerce comme le mien, les écritures n'existent pas. D'ailleurs, existeraient-elles, je ne saurais les modifier, puisque la manufacture des tabacs inscrit les marchandises qu'elle me vend, et que, ne pouvant m'approvisionner que là, il m'est impossible d'affirmer que j'ai reçu plus qu'elle ne m'a remis.

— Voilà qui est fâcheux, reprit Dervaux en secouant la tête. Alors, chère madame, vous n'avez qu'un moyen d'obtenir une indemnité considérable. Il faut attendrir les jurés.

— Attendrir les jurés !

— Oui ; lorsque vous connaîtrez les noms de ceux qui seront chargés de prononcer sur votre affaire, il faudra vous rendre auprès de chacun d'eux, leur exposer le triste sort qui vous est fait par l'expropriation. Vous êtes veuve d'officier, mère de trois jeunes filles ; votre situation est particulièrement intéressante. Je serais bien surpris si la démarche que je vous conseille ne réussissait pas au gré de vos désirs.

Comme Dervaux achevait sa phrase, Mme de Ribeaupin se leva. D'une voix que faisait trembler un enthousiasme mal contenu :

— Voilà ce que j'appelle un bon conseil, s'écriat-elle. Oh ! monsieur, vous venez de m'ouvrir un horizon tout nouveau. Oui, j'irai chez les membres du jury avec mes trois filles. Qui donc osera refuser à la veuve d'un héros, à des orphelines, une somme suffisante pour remplacer la position qu'on brise dans nos mains ?

— Personne, assurément, répondit gravement Dervaux.

— Je vous remercie, reprit la veuve du héros. Je vais réfléchir, agir avec prudence. S'il y a lieu, je viendrai vous trouver.

— Ne voulez-vous pas une lettre pour mon avoué ? demanda Dervaux.

— Au contraire. Je le verrai aujourd'hui même.

Dervaux prit place devant son bureau, traça quelques lignes à l'adresse de son homme d'affaires, afin de lui recommander tout spécialement les intérêts de Mme de Ribeaupin. Celle-ci le remercia de nouveau. Elle allait se retirer ; mais il la retint et lui dit à demi-voix :

— Et maintenant, chère dame, un dernier avis, et ce ne sera pas le moins bon. D'ici cinq ou six semaines, votre affaire sera terminée. Vous vous trouverez vraisemblablement à la tête d'une fortune.

Soyez prudente dans vos placements. Ne vous expo-
sez pas à perdre, par suite d'une mauvaise gestion,
la richesse qu'un hasard vous procure.

— Soyez sans crainte. Je saurai faire travailler
mon argent sans l'exposer.

— Défiez-vous de la Bourse surtout.

— Je ne veux pas même en connaître le chemin.

— Si vous avez quarante, cinquante mille francs
à placer, cherchez un établissement honorable, bien
assis. C'est encore dans le commerce qu'on trouve à
la fois les gains les plus importants, les sûretés les
plus complètes.

— Ah! monsieur Dervaux, si j'osais, je vous demanderais un service.

— Osez, chère dame, osez. Ne suis-je pas votre
très-dévoué serviteur?

— Eh bien! consentez à devenir la providence
d'une pauvre veuve. Acceptez mon argent. Placez-
le dans vos affaires avec le vôtre. Faites-le fructifier.

— Oh! voilà qui est bien grave, répondit Dervaux.

— Pourquoi donc?

Au lieu de répondre sur le champ, Dervaux,
comme s'il eût voulu réfléchir, garda le silence. En
même temps, afin de dissimuler ses impressions, il
se plaça devant une glace pour refaire le nœud de sa
cravate, de telle façon que Mme de Ribeaupin ne
pouvait voir son visage.

— Savez-vous, s'écria-t-il enfin, que les fonds que
j'ai mis dans cet établissement ne me rapportent
pas moins de dix pour cent?

— Dix pour cent ! répéta Mme de Ribeaupin avec un geste d'étonnement et d'admiration.

— Et que dès lors, continua Dervaux, je n'ai aucun intérêt à accepter les capitaux d'autrui, alors que les miens me suffisent très-largement.

La figure de Mme de Ribeaupin se couvrit d'une soudaine tristesse.

— Vous ne voulez pas de ceux que je vous offre ? murmura-t-elle.

Tout à l'heure, elle avait entrevu la possibilité de se créer, avec un petit capital placé dans la maison Dervaux, un revenu relativement considérable. Maintenant, elle était affligée par la froideur avec laquelle ses propositions étaient reçues. Mais il n'était pas dans les desseins de Dervaux de lui causer ce chagrin. Il se retourna vers elle et dit :

— Je ne peux ni ne veux vous refuser. J'accepterai votre argent, mais à une condition : vous renoncerez à en recevoir l'intérêt...

— Comment !

— Attendez donc ! Vous renoncerez à en recevoir l'intérêt, mais vous accepterez de devenir mon associée pour votre part de capital qui, si elle est de cinquante mille francs, représentera le cinquième du mien et vous donnera droit, par conséquent, au cinquième des bénéfices nets. Je gagne en moyenne cent mille francs par an. C'est un revenu de vingt mille que je vous assure.

Mme de Ribeaupin ouvrait des yeux si grands en entendant énumérer ces chiffres formidables, que Dervaux, s'il n'eût été acteur très-intéressé dans cette scène, se serait fort diverti de l'étonnement, de la joie de la femme crédule qu'il s'efforçait de duper. Mais ses préoccupations étaient bien autres en ce moment, et lorsqu'enthousiasmée elle se retira, la joie dans le cœur, il poussa un soupir de soulagement. Depuis six mois ses affaires étaient en désarroi. Les frais énormes qui lui incombaient avaient dévoré non seulement ses gains, mais encore une partie de son capital. A trois reprises, pour faire face à ses échéances, il avait dû procéder à ces ventes à prix réduits qui attirent la foule, mais qui laissent la ruine après elles. La saison d'hiver, qui touchait à son terme, ne donnait aucun des résultats qu'il en avait espérés. Il calculait que si le printemps ne modifiait pas sa situation, il se verrait dans la nécessité de déposer son bilan. Aussi n'eut-il garde de refuser les propositions de Mme de Ribeaupin, habilement provoquées par lui. L'argent que celle-ci lui offrait avec un empressement si naïf pouvait conjurer la catastrophe, en faisant naître une chance nouvelle de salut. Ce fut seulement pour inspirer à Mme de Ribeaupin une confiance absolue qu'il eut l'air de se faire prier avant de consentir à réaliser les vœux qu'elle paraissait former avec tant d'ardeur. Elle était éblouie par la pensée de devenir l'associée de Dervaux, sans prévoir — tant était grande sa crédulité — que s'il était dans la nécessité de déposer son bilan, elle serait elle-même déclarée en faillite, et verrait tous ses biens engagés jusqu'au dernier sou dans le désastre. Dervaux lui tendait un piége. Elle y donnait tête baissée.

III

Environ un mois après les événements que nous avons racontés, Mme de Ribeaupin et ses trois filles étaient réunies, vers huit heures du soir, dans l'une des chambres qu'elles occupaient à l'entresol, au-dessus du bureau de tabac. Par extraordinaire, on avait confié la garde du magasin à la femme de service. Mme de Ribeaupin attendait la visite d'un jeune avocat que, sur l'avis de son avoué, elle devait charger de défendre ses intérêts devant le jury d'expropriation. Elle avait voulu se montrer à lui entourée de sa famille, espérant que le spectacle de ces jeunes filles groupées autour de leur mère, veuve d'un héros, ainsi qu'elle s'appelait elle-même, l'inspirerait.

Pendant le mois qui venait de s'écouler, plusieurs petits événements s'étaient accomplis qu'il importe de signaler. D'abord, une scène assez vive avait eu lieu entre Mme de Ribeaupin et son frère, l'abbé Mérille, à la suite de laquelle ce dernier s'était

vu dans la nécessité de cesser entièrement les
rares visites qu'il faisait à sa sœur et à ses nièces.
Adrienne avait été la cause de cette discussion intime. Son oncle ayant, selon sa promesse, trouvé
pour elle une position indépendante, Mme de Ribeaupin s'était énergiquement opposée à ce que sa
fille quittât la maison maternelle.

— La fille du baron de Ribeaupin, avait-elle répondu fièrement, n'est pas faite pour aller servir
chez autrui.

L'abbé Mérille ayant insisté pour arracher sa
nièce à un milieu qu'il jugeait pernicieux pour elle,
Mme de Ribeaupin était entrée dans une violente
colère, à la suite de laquelle l'abbé avait dû se retirer. Avant de s'éloigner, il eut le temps d'échanger quelques mots avec Adrienne :

— En ce moment, lui dit-il, je ne peux rien pour
toi. Il faut donc te résigner, ma chère petite. Mais si
jamais tu te sentais menacée, viens me rejoindre.
Je saurais alors te cacher, te défendre si bien, que
ta mère ne pourrait rien contre ton repos.

Ce fut sur ces paroles que l'oncle et la nièce se
séparèrent, au grand désespoir de celle-ci. La mort
dans l'âme, l'abbé retourna à ses pauvres, en se promettant de veiller de loin sur la charmante créature qui lui témoignait tant de confiance et d'affection. Toutefois, au lendemain de cette scène déplorable, Mme de Ribeaupin parut vouloir faire à
Adrienne une vie meilleure. Elle la traita avec
moins de sévérité que par le passé. La perspective
de la fortune qu'elle attendait semblait avoir adouci

son caractère. Il n'eût tenu qu'à Adrienne d'être
heureuse, de se croire aimée, si son esprit n'eût été
en proie à des arrière-pensées qui la remplissaient
de terreur. Ce fut peu de temps après que les
experts, envoyés par l'administration municipale
afin d'étudier la position de Mme de Ribeaupin et de
fixer l'indemnité à laquelle elle avait droit, se présentèrent. Elle les reçut d'abord avec force sourires,
espérant surprendre leur bonne foi, les séduire par
le récit imaginaire de la misère dans laquelle l'expropriation la plongeait. Estelle et Charlotte eurent
des larmes de circonstance qui ajoutèrent encore
au pathétique du tableau. Seule Adrienne ne té-
moigna aucune émotion, ce qui, plus tard, lui fut
vivement reproché.

Impassibles et froids comme des huissiers qui
viennent procéder à une saisie, les experts posèrent
à Mme de Ribeaupin diverses questions touchant
l'état de ses affaires et le chiffre de ses bénéfices
annuels. Elle répondit en exagérant de telle sorte
qu'un sourire d'incrédulité se montra sur le visage
des experts, qui finirent par déclarer qu'une somme
de vingt mille francs indemniserait largement la
débitante du dommage qu'elle allait subir.

— Vingt mille francs! s'écria Mme de Ribeaupin,
voilà ce qu'on ose offrir à la femme d'un héros? Je
demande cent mille francs, et ce n'est pas trop pour
payer les services que le baron de Ribeaupin rendit
à sa patrie. Je plaiderai, messieurs.

Et, debout au milieu de ses filles, elle montra
fièrement la porte. Les experts se retirèrent. Elle

courut chez son avoué pour lui faire connaître ce qui venait de se passer.

— Votre affaire me paraît excellente, répondit celui-ci. Le jury tiendra compte de votre situation, des souvenirs qu'a laissés votre mari. Mais il faut qu'un avocat habile, ardent, prenne vos intérêts en main et cherche à attendrir les jurés.

— Ne puis je plaider moi-même ? demanda spontanément Mme de Ribeaupin.

— Gardez-vous-en bien. Il suffirait pour tout compromettre que votre langage ne fût pas suffisamment retenu. Vous me paraissez vive ; vous pourriez, sans le vouloir, blesser ceux qui sont appelés à prononcer sur votre sort.

— M. Dervaux m'avait conseillé de les voir avant l'audience.

— Ce conseil est excellent. Allez faire une visite à chacun d'eux. Ils seront sensibles à votre démarche.

— Me procurerez-vous un bon avocat?

— M. Gaston Rivière, un jeune homme intelligent et habile que je protége, ira vous voir demain.

Donc, le lendemain de ce jour, Mme de Ribeaupin et ses filles attendaient, ainsi que nous l'avons dit, la visite annoncée.

— Il faut lui prouver que, quoique pauvres, nous sommes des femmes du monde, avait dit Mme de Ribeaupin.

Dans la petite chambre où elles étaient réunies, on avait fait grand feu, ainsi que cela convient au mois de février. Devant le feu, sur un guéridon au-

tour duquel ces dames lisaient et brodaient, une
lampe était posée, couverte d'un abat-jour de papier blanc découpé et festonné comme une dentelle.
Mme de Ribeaupin était vêtue de noir, — la couleur des veuves, — coiffée avec des anglaises qui
encadraient sa figure rubiconde. Les trois sœurs portaient des robes de soie grise, offertes par M. Dervaux le jour où Estelle et Charlotte avaient quitté
ses magasins. Ainsi parées, n'ayant d'autre ornement qu'une fleur dans les cheveux, elles auraient
pu faire bonne figure dans le plus aristocratique
des salons. Si ses deux aînées avaient une beauté
plus provocante, plus fière que la sienne, Adrienne
les dépassait en grâce et en distinction. Au-dessus
de son visage, un peu pâle, mais rempli des séduc-
tions printanières de la seizième année, ses blonds
cheveux étaient tressés, posés comme une couronne.
La mélancolie de son regard avait un charme indicible. Autant ses sœurs semblaient désireuses de
briller et de plaire sur un vaste théâtre, aux yeux
des foules, autant elle semblait faite pour la vie intime, où seuls les trésors de tendresse, longtemps
contenus dans un cœur modeste et pur, ont du prix.
Elle se sentait d'ailleurs à cette heure moins malheureuse qu'autrefois. Elle bénissait le changement
qui se préparait dans sa position. Ce n'était pas
qu'elle eût soif de la richesse, qu'elle trouvât qu'il
est doux de la posséder. Mais elle espérait que la
fortune opérerait une révolution salutaire dans le
cœur maternel, qu'elle y trouverait chaque jour plus
de douceur. Et puis, elle se réjouissait surtout à la

pensée d'abandonner pour jamais ce bureau de tabac dans lequel elle avait été si malheureuse, toujours exposée aux grossièretés du premier venu.
Elle pourrait enfin vivre de la vie des jeunes filles,
respirer l'air des champs, se chauffer aux rayons du
bon soleil, élever son intelligence par des lectures
selon ses goûts, peut-être un jour se marier, prendre
en un mot sa part des joies humaines dont elle avait
été sevrée jusque-là. Elle était livrée à ces réflexions consolantes, quand soudain la bonne entra,
et s'adressant à Mme de Ribeaupin :

— Un monsieur demande à vous parler, dit-elle.

Et la brave fille, qui servait dans la maison depuis
cinq ans et avait été témoin des jours de misère,
s'arrêta stupéfaite à la vue de ses maîtresses élégam-
ment vêtues, groupées autour de la cheminée.
Mme de Ribeaupin l'apostropha vivement :

— Eh bien! pécore, que faites-vous là? Priez ce
monsieur de monter.

— Le faire monter!

— Sans doute, et pressez-vous.

La bonne descendit en courant le petit escalier
qui conduisait à la boutique, en se disant qu'assurément une de ces demoiselles allait se marier. Elle
revint bientôt en précédant celui qu'elle avait pris
pour le futur, et qui n'était autre que M. Gaston
Rivière, avocat à la Cour impériale de Paris.

C'était un jeune homme. Il n'avait pas encore
trente ans. Doué d'une de ces physionomies douces
qui séduisent au premier abord, tout en lui dénotait
un esprit intelligent, un cœur généreux. Avocat

depuis trois ans seulement, il aimait son métier avec passion, l'exerçait avec conscience. Il n'acceptait pas toutes les affaires qu'on voulait lui confier; mais il étudiait soigneusement toutes celles qu'il consentait à défendre. S'il gagnait un procès, il restait modeste, attribuait le succès non à son talent, mais à l'excellence de la cause. S'il le perdait, il n'éprouvait aucun découragement et se mettait au travail avec ardeur, afin de réparer par le triomphe du lendemain l'échec de la veille. Orphelin depuis longtemps, seul au monde, sans famille, ayant peu d'amis, ne possédant qu'une fortune restreinte, il savait se contenter de peu, résolu à se marier, non avec une femme riche, mais avec celle qu'il aimerait et jugerait digne de lui. Aucun des grands devoirs de la vie ne l'effrayait. Il était prêt à les accepter tous, à les remplir avec courage. C'était, en un mot, une âme fière, une nature d'élite, de celles-là qu'on aime à première vue, qui sont à la fois une consolation et un exemple. L'avoué de Mme de Ribeaupin, l'un des plus anciens, des mieux posés au palais, avait pris ce jeune homme en affection. Il le proposait à tous ceux qui venaient le consulter, et n'hésitait jamais à lui confier des affaires graves et difficiles. Grâce à lui, Gaston Rivière avait plaidé plusieurs fois dans des procès civils importants. Mais sa parole chaude, colorée, pénétrante, convenait mieux aux causes criminelles. La salle des assises conservait encore le souvenir des accents éloquents qu'il savait mettre au service des accusés. Il avait eu la gloire d'arracher à l'échafaud un homme innocent. En venant chez Mme de Ribeaupin, il cédait uniquement aux désirs que lui avait exprimés l'avoué de celle-ci. Les affaires d'expropriation ne lui plaisaient pas ; mais pour le décider, l'avoué lui avait dit :

— C'est pour m'aider à accomplir une bonne action que je sollicite votre concours. Il y a ici une situation particulière intéressante. Il s'agit de soustraire à la misère la veuve d'un brave officier et ses trois filles.

Sur ces simples paroles, Gaston Rivière avait donné son consentement et s'était mis en mesure de venir en aide à Mme de Ribeaupin. En le voyant chez elle, l'expropriée fut sur le point de se lever pour venir à sa rencontre et lui tendre la main. Mais elle s'était promis de se montrer grande dame, digne du nom qu'elle portait. Elle contint donc son premier mouvement, enjoignit d'un regard à ses filles de rester en place, de l'imiter, et ce fut d'un léger signe de tête qu'elle accueillit l'avocat.

— Veuillez prendre la peine de vous asseoir, monsieur, dit-elle à Gaston en lui montrant un fauteuil en face d'elle.

Celui-ci obéit après s'être incliné respectueusement. Il regarda autour de lui, quelque peu ému par le spectacle assez touchant de ces trois jeunes filles qui, le front modestement baissé, semblaient élevées pour une existence de dévoûment et de travail. Le hasard voulut que la lampe fût placée de manière à éclairer le visage d'Adrienne. Au moment où Gaston, frappé par ce profil délicat et pur, jetait les yeux sur elle, elle leva les siens vers lui. Leurs regards se rencontrèrent. Adrienne reprit aussitôt sa première position. Mais elle avait senti une émotion nouvelle, inattendue, envahir son cœur, tandis que Gaston demeurait ébloui, attiré par le caractère chaste de cette beauté pénétrante. Une question de Mme de Ribeaupin vint l'arracher à cette contemplation.

— Vous connaissez sans doute, monsieur, demanda-t-elle, l'affaire qui vous amène ici ?

— Elle m'a été longuement exposée, madame, répondit Gaston, et c'est afin de vous dire que je serais heureux de plaider pour vous que je suis venu.

Il parlait d'une voix grave, douce, qui accrut l'émotion d'Adrienne. Également charmées, Estelle et Charlotte se mirent à regarder aussi le jeune avocat. Il devina l'attention dont il était l'objet, mais elle le laissa complètement calme. Il n'avait des yeux que pour Adrienne. Il lui semblait qu'il la connaissait depuis longtemps, qu'en elle il retrouvait une amie, que désormais son cœur allait rester là, fixé, attaché, séduit. Alors Mme de Ribeaupin commença à parler avec la volubilité qui lui était propre.

— Monsieur, disait-elle, je tiens ce bureau de tabac, qui constitue la plus claire de mes ressources, non de la générosité, mais de la justice du gouvernement au service duquel mon mari est mort. Il avait compris ce qu'il devait à la baronne de Ribeaupin. En me plaçant ici, il m'avait créé une position qui nous assurait du pain. Aujourd'hui, pour le plaisir d'ouvrir dans ce quartier je ne sais quelle rue, on me chasse. On m'offre, il est vrai, un emplacement ailleurs. Mais me rendra-t-on la clientèle que j'ai mis dix ans à créer? Il est incontestable, vous le reconnaîtrez avec moi, qu'on me doit une indemnité.

— Vous la refuse-t-on? demanda l'avocat.

— On fait pis encore ; on m'offre une somme dérisoire : vingt mille francs! Comprenez-vous, monsieur, qu'on ose proposer vingt mille francs à la veuve d'un héros mort en Algérie sous le coup des balles arabes et en combattant pour sa patrie?

— C'est fort peu, en effet, objecta Gaston.

— Je ne demande pas moins de cent mille francs.

— Permettez-moi de vous dire que vos prétentions sont peut-être exagérées, fit timidement Gaston.

Mme de Ribeaupin reprit :

— Je n'espère pas obtenir tout ce que je réclame, et c'est pour avoir cinquante mille francs que j'élève ainsi le chiffre de ma demande.

Elle s'arrêta pour juger de l'effet de son observation. Mais le visage de Gaston demeura impassible. Alors elle reprit la parole pour exposer les motifs sur lesquels elle basait ses prétentions. Elle raconta l'histoire de sa famille, toutes les belles actions de son mari. Elle exposa, non sans les exagérer, les dommages qu'elle allait subir. Elle aurait pu parler longtemps; Gaston ne l'entendait que d'une oreille, étant entièrement absorbé par l'étude à laquelle, en sa qualité d'observateur, il se livrait sur les trois jeunes filles qui travaillaient sous ses yeux. Peu à peu, en écoutant les bavardages de Mme de Ribeaupin, en regardant l'attitude de ses filles, il commençait à deviner la vérité. Le milieu dans lequel le hasard venait de le jeter lui apparaissait sous son jour véritable. A certains signes que Charlotte et Estelle échangèrent entre elles et qui ne lui échappaient pas, il comprenait qu'elles étaient vulgairement ambitieuses, qu'elles désiraient la fortune, non par le repos qu'elles pouvaient en espérer, mais parce qu'elles y trouveraient le moyen de donner à leur orgueil une ample satisfaction. Adrienne, au contraire, montrait tant d'indifférence pour les intérêts qui se discutaient en sa présence, toute sa personne révélait des goûts si modestes, il y avait tant de pudeur dans ses gestes, tant de séduction dans son regard, tant de mélancolie sur ses traits, que Gaston ne pouvait voir en elle qu'une victime de l'ambition maternelle, et qu'il se demandait si, dans ce coin de l'océan parisien, il ne venait pas de découvrir une de ces âmes exquises qu'on ne saurait comparer qu'aux perles les plus rares et qui sont également dignes de pitié, d'estime et d'amour.

Les discours de Mme de Ribeaupin avaient duré plus d'une heure, lorsque Gaston Rivière se leva pour se retirer.

— Madame, dit-il, me voilà instruit autant qu'il le faut. Je plaiderai pour la défense de vos intérêts avec toute mon éloquence, avec tout mon cœur, et je ne doute pas qu'on ne vous rende la justice qui vous est due.

Nulle phrase ne pouvait être plus douce aux oreilles de Mme de Ribeaupin.

— Ah ! monsieur, s'ecria-t-elle, vous versez du baume sur mon cœur. L'espérance que vous me donnez va me rendre le repos que j'avais perdu depuis le commencement de mes soucis. Oui, jeune homme, nous triompherons, et vous n'aurez pas à vous plaindre. La famille de Ribeaupin ne connaît pas l'ingratitude.

Comme elle venait de prononcer ces paroles en se levant, elle resta tout à coup immobile, debout, les bras pendants, les yeux exprimant un étonnement mêlé de plaisir. Une exclamation sortit de sa bouche. On eût dit qu'elle venait d'être soudainement changée en statue. C'est qu'au moment où elle déclarait que la famille de Ribeaupin ne connaissait pas l'ingratitude, une pensée inattendue avait surgi dans son cerveau. Elle s'était dit qu'un jeune avocat déjà connu, maître d'une position lucrative, bien élevé, élégant, doué d'une jolie figure, de tous les agréments de l'esprit, constituerait un parti excellent pour l'une de ses filles. Dans sa pensée, elle désignait déjà Charlotte pour devenir la femme de Gaston Rivière, qui devait trouver dans cette union — du moins elle le pensait ainsi — un ample dédommagement aux peines qu'il allait se donner. Cependant ce dernier, tout étonné de la voir livrée tout à coup au silence, fit un pas au devant d'elle.

— Êtes-vous indisposée, madame ? demanda-t-il.

— Non, non, je vous remercie. Je viens d'avoir une véritable inspiration.

—· Concernant votre procès ?

— Oui et non. Vous saurez tout plus tard. Mais, dites-moi, êtes-vous marié ?

— Non, madame, répondit Gaston stupéfait.

— C'est un miracle ! murmura Mme de Ribeaupin.

A la question posée par leur mère, les trois jeunes filles l'avaient regardée avec étonnement. Mais Estelle et Charlotte ne tardèrent pas à comprendre. Adrienne seule ne put s'expliquer le motif pour lequel sa mère venait d'interroger ainsi Gaston Rivière. Toutefois, en entendant la réponse de ce dernier, elle éprouva une satisfaction dont il lui eût été impossible en ce moment de dire la cause, mais qui remplit son cœur. Cependant Mme de Ribeaupin ne perdait pas son temps. A l'immobilité succéda chez elle une agitation des plus vives. Elle enleva à Gaston son chapeau, sa canne qu'il tenait entre ses mains, en disant :

— Vous ne partirez pas ainsi, monsieur. Vous prendrez le thé avec nous. Oh ! n'essayez pas de refuser. La baronne de Ribeaupin n'est pas riche ; mais ce qu'elle offre est offert de bon cœur. Un avocat est un ami ; soyez le nôtre. Vous trouverez ici une seconde famille.

Et, sans laisser à Gaston le temps de se prononcer, elle disparut pour aller préparer le thé. Interdit d'abord, Gaston comprit que le mieux était de céder à des désirs si chaleureusement exprimés. D'ailleurs, il lui eût été difficile de se retirer. Mme de Ribeaupin avait emporté son chapeau dans la pièce voisine. Et puis, pouvait-il maugréer contre le hasard qui allait lui permettre de se rapprocher d'Adrienne ?

— Madame votre mère me paraît être une excellente personne, dit-il en s'adressant à Charlotte.

— C'est un grand et noble cœur, répondit Estelle avec emphase.

— Il n'en est pas de plus généreux, se hâta d'ajouter Charlotte, qui en voulait un peu à sa sœur d'avoir arrêté sa réponse sur ses lèvres.

Ces quelques mots rompirent la glace. Les jeunes gens se mirent à causer avec abandon de ces mille riens qui défraient l'entretien de personnes qui se voient pour la première fois. Seule Adrienne gardait le silence ; seule elle ne s'était pas levée pour se rapprocher du groupe que formaient ses sœurs et l'avocat. Et cependant c'est elle seule que ce dernier voyait. Les charmes éloquents de Charlotte et d'Estelle, les efforts qu'elles faisaient pour se rendre séduisantes, ne pouvaient le distraire. Il parlait à haute voix, afin de l'intéresser ; mais, courbée sur sa broderie, Adrienne feignait de ne rien voir, de ne rien entendre, bien qu'elle ne perdît pas un mot de ce qui se disait et qu'elle jetât du côté de Gaston des regards dérobés. Soudain elle devina qu'il s'approchait d'elle, qu'il allait lui parler. Elle sentit une rougeur subite envahir ses joues, son cœur battre avec violence ; elle vit son aiguille trembler entre ses doigts et éprouva une émotion telle qu'elle ne se souvenait pas d'en avoir éprouvé une semblable lorsqu'elle entendit Gaston lui dire :

— N'etes-vous pas fatiguée de travailler ainsi, mademoiselle ?

Combien ces accents lui semblèrent doux ! Elle n'était donc ni laide, ni insignifiante, ni bête, ainsi que sa mère le lui reprochait à tout propos, puisque ce beau jeune homme n'avait cessé de la regarder durant la soirée et ne dédaignait pas de venir causer avec elle ?

— Le travail ne me fatigue pas, répondit-elle doucement, en baissant les yeux.

— C'est que vous l'aimez.

— Je l'aime, parce qu'il console...

Elle prononça ces mots comme si elle eût craint d'être entendue de ses sœurs et d'une voix si harmonieuse, que Gaston en fut pénétré jusqu'au fond de l'âme.

— Je l'obligerai bien à me regarder, se dit-il.

Et avec une hardiesse dont il ne se croyait pas capable en présence d'une jeune fille, il s'assit en face d'Adrienne, à la place que Charlotte venait de quitter. Celle-ci, piquée au vif en se voyant préférer sa sœur, disparut pour aller rejoindre sa mère, tandis qu'Estelle, un peu embarrassée de son isolement, s'approchait de la croisée et appuyait son front contre les vitres glacées.

— Tout conspire en ma faveur, pensa Gaston, ravi de se trouver en tête-à-tête avec Adrienne.

La jeune fille persistait à ne pas lever les yeux ; mais, à l'agitation de ses doigts mignons, il voyait

qu'elle n'était pas moins émue que lui. Alors il fut
pris d'un désir violent de connaître le mystère qu'il
devinait. Il subissait les premières atteintes d'un
amour poétique, chaste, et s'y abandonnait avec
ivresse.

— Vous disiez que vous aimez le travail parce
qu'il console, reprit-il tout haut ; avez-vous donc
besoin, à votre âge, mademoiselle, d'être consolée ?

Cette fois, Adrienne leva son beau front. Sans
trouble comme sans colère, elle fixa sur Gaston
son regard empreint de tristesse. Ce regard semblait dire :

— Si vous n'êtes qu'un indifférent ou un curieux,
de quel droit m'interrogez-vous ? Si vous êtes, au
contraire, guidé par des sentiments plus nobles,
comment ne comprenez-vous pas que vous ne sau-
riez être mis au courant de mes peines sans avoir
acquis des droits à ma confiance ?

Ce langage muet, Gaston le comprit.

— Pardonnez-moi, mademoiselle, dit-il avec une
vivacité qui fit plaisir à Adrienne. Je vous affirme
sur ce qui m'est le plus sacré que ma question
n'était dictée que par l'intérêt que vous m'avez
inspiré.

Elle vit bien qu'il ne mentait pas ; leurs yeux
étaient fixés les uns sur les autres, et il n'aurait pu,
s'il avait menti, soutenir ainsi ce regard de vierge,
éblouissant de franchise et de chasteté.

— Comment vous inspirerais-je un intérêt tel,
alors que vous me connaissez à peine depuis une
heure ? demanda-t-elle.

— Ne croyez-vous donc pas à la spontanéité de certains sentiments?

Elle garda le silence, frappée par cette question qu'elle ne s'était jamais posée, et qui soulevait en elle les réflexions les plus diverses.

— Mais alors, on pourrait aimer un homme la première fois qu'on le voit et être aimée de lui ! pensait-elle.

Sa broderie était tombée de ses mains. Son regard errait sans but devant elle, n'osant s'arrêter sur Gaston, qui attendait qu'elle répondît à la question qu'il venait de lui poser. Soudain Mme de Ribeaupin entra, suivie de Charlotte. L'une portait un plateau sur lequel se trouvaient une théière, des tasses, un sucrier, le tout en porcelaine dorée, datant du premier Empire ; l'autre tenait dans chaque main une assiette remplie de gâteaux.

— Cette petite fille doit vous impatienter, monsieur, dit vivement Mme de Ribeaupin en déposant le plateau sur le guéridon. Vous êtes bien bon de vous occuper d'elle.

Adrienne subit ce reproche qui lui arrivait indirectement sans trahir ni douleur ni colère. Quant à Gaston, il éprouva une surprise telle qu'il ne put que balbutier quelques mots. Mais il devina les souffrances d'Adrienne ; il comprit pourquoi elle cherchait des consolations. Il accepta le thé qui lui fut offert ; mais jamais boisson ne lui parut plus amère. Il avait des larmes dans la gorge. Il plaignait Adrienne de toute son âme.

Lorsque, vers onze heures, il quitta la maison de

Mme de Ribeaupin, il était amoureux d'Adrienne.
Il avait été touché par la peine de cette jeune fille,
séduit par sa grâce. De là à l'amour, il n'y a qu'un
pas. Il était à un âge où le cœur est prompt à s'en-
flammer. Il se sentait assez de courage dans le cœur,
assez de force dans l'intelligence pour donner à
celle qui consentirait à partager son sort l'aisance,
le bonheur, et pour se choisir une compagne pauvre, mais digne de lui. La rencontre qu'il venait de
faire répondait à toutes les idées qu'il avait cares-
sées jusque-là. En regagnant sa demeure, il se
promettait de se rapprocher de cette jeune fille, de
l'observer, de l'étudier, afin de se convaincre qu'il
ne s'était pas trompé, qu'elle réalisait l'idéal dont la
possession formait le plus cher désir de son cœur.
La mission qu'il avait acceptée favorisait ses
projets, puisqu'elle lui permettait de voir Adrienne
autant qu'il le voudrait et de rendre à Mme de Ribeaupin un service en récompense duquel il demanderait la main de sa fille, qui ne lui serait pas
refusée, si par avance il parvenait à se faire aimer.

Peu de jours après sa première visite, il en fit
une seconde. Il voulait prouver à Mme de Ribeaupin que ses intérêts lui étaient chers. Il voulait
surtout qu'Adrienne le vit souvent, afin de s'accou-
tumer à lui. Il fut reçu à merveille. Charlotte et
Estelle ne parurent pas lui tenir rigueur de ce
qu'une première fois il avait préféré à leur société
celle d'Adrienne. Il comprit que s'il voulait plaire
à Mme de Ribeaupin, il fallait feindre de n'accorder
aucune attention à la jeune fille. Au risque donc de

déplaire à celle-ci, mais se réservant de lui expliquer plus tard sa conduite, il ne montra d'empressement que pour sa mère et pour ses sœurs. Ce fut ainsi qu'à la suite de plusieurs visites il obtint leur confiance. Mme de Ribeaupin voulut le mettre au courant des projets qu'elle formait pour l'avenir. Elle avait décidé que ni elles ni ses filles ne paraîtraient plus dans le bureau de tabac. A la veille de voir leur position profondément modifiée, il ne leur convenait plus de se montrer dans une boutique. Une femme engagée à cet effet servait désormais les clients. Grâce à cette résolution, aussitôt exécutée que conçue, Gaston n'eut pas la douleur de voir sa petite amie débiter de ses mains délicates des cigares, du tabac à des maçons et à des chiffonniers. Ce fut dans un milieu plus sain qu'il la rencontra. Il put ainsi mieux apprécier les qualités, les vertus de ce noble cœur longtemps étouffé par les nécessités d'une vie en vue de laquelle il n'avait pas été créé. Cette première réforme dans l'existence de Mme de Ribeaupin et de ses filles devait être suivie de beaucoup d'autres.

— Il faut tout prévoir, dit-elle à Gaston. Si l'indemnité que je recevrai n'est pas telle que nous l'espérons, si elle ne me permet pas de renoncer au travail, elle me servira à créer une maison de modes et de confections pour femmes. C'est un commerce lucratif, qui conviendra mieux à mes filles que ce qu'elles ont fait jusqu'ici. Si, au contraire, l'indemnité répond à nos vœux, je placerai mon argent entre les mains de M. Dervaux ; je vi-

vrai de mes revenus, et chacun de mes enfants
pourra librement suivre la vocation qui lui convient.
Dans les deux cas, je confierai à un gérant mon
bureau de tabac, transféré sur un nouvel emplacement que j'ai en vue dans la rue de la Pépinière.

On voit que Mme de Ribeaupin était une habile
femme. Il est vrai qu'en cette circonstance elle
s'abandonnait aux conseils de Charlotte, qu'elle
trouvait bons. Gaston approuva ces projets, se con-
firmant de plus en plus dans le sien. Il était résolu de demander à Mme de Ribeaupin la main
d'Adrienne, le jour même où il pourrait lui annoncer
le résultat du procès qui allait s'engager. Peut-être
son approbation eût-elle été moins complète si,
poussant sa confiance jusqu'au bout, Mme de Ribeaupin avait trouvé bon de lui communiquer ses
plans dans toute leur étendue. Estelle lancée au
théâtre, Charlotte devenant la femme de Gaston Rivière, Adrienne restant dans la maison pour servir
sa mère, tel était l'idéal suprême de Mme de Ribeaupin; mais elle n'en conférait qu'avec ses deux
aînées, ne pensant pas que Gaston se montrât assez
épris de Charlotte pour qu'il fût prudent de communiquer des espérances auxquelles il était si directement mêlé.

Le fait est que le jeune avocat vivait bien éloigné
de telles idées. Il venait fréquemment dans la maison, mais il n'y venait que pour Adrienne. Bien
qu'il n'eût encore osé faire à celle-ci aucun aveu,
elle comprenait, avec cet instinct particulier aux
jeunes filles, l'attention dont elle était l'objet. Il est

temps de dire ce qui passait dans son cœur. Elle
aimait Gaston non seulement comme on aime
son premier ami, celui qui dans votre infortune a
prononcé des paroles sympathiques, mais encore comme une jeune fille aime à dix-sept ans
un homme jeune, beau, tendre, qui paraît sensible
à ses charmes. Après avoir souffert et pleuré,
Adrienne goûtait les douceurs du premier amour,
avec la conviction que celui qui avait su lui plaire
était digne d'elle. Si deux jours s'écoulaient sans
qu'il vînt auprès d'elle, elle était triste ; lorsqu'elle
le voyait apparaître, son cœur se mettait à battre ;
lorsqu'il était parti, alors même qu'il eût affecté de
se montrer froid et réservé, elle conservait de son
passage une influence salutaire. Tout en lui était
noble, bon. Elle le trouvait éloquent, courageux,
fier, généreux. Elle le parait, lorsqu'il était loin,
des qualités les plus enviables, et lorsqu'elle le
voyait, elle reconnaissait avec joie qu'elle ne s'était
pas trompée. Ainsi, leurs âmes éprouvaient le·
mêmes sentiments. Ils avaient foi l'un dans l'autre
Ils s'estimaient, ils s'aimaient, et jamais ils ne
s'étaient rien dit de l'amour qui maintenant remplissait toute leur vie. Ce fut une circonstance inattendue pour Adrienne, mais préparée par Gaston,
qui leur permit de s'expliquer, de s'unir pour toujours.

On touchait à la fin du mois de mars. Pendant
le temps qui venait de s'écouler, toutes les forma-
lités qui précèdent les expropriations s'étaient ac-
complies. Par une requête adressée à qui de droit,

Mme de Ribeaupin, par l'organe de son avoué, avait fait connaître ses prétentions. Son affaire, en compagnie de beaucoup d'autres, avait été envoyée par devant le jury d'expropriation qui devait siéger pour prononcer sur les litiges pendants entre la ville de Paris et les expropriés. Un matin on apprit que les jurés étaient désignés et devaient se réunir prochainement sous la présidence d'un magistrat de l'ordre judiciaire désigné à cet effet. C'est ainsi qu'on procède en matière d'expropriation. Les débats sont présidés par le magistrat, et les jurés que le sort a élus prononcent souverainement, sans appel, après avoir entendu les parties et leurs défenseurs. A peine en possession de la liste du jury, Mme de Ribeaupin courut aux informations, afin de savoir quels étaient ceux de ses juges qui possédaient l'influence qu'elle voulait faire tourner à son profit. On lui en désigna six, parmi lesquels un surtout, le baron Drivonne, était tout-puissant sur ses collègues.

— Demain, dit-elle à ses filles, nous irons faire une visite à ces messieurs. Nous devons les séduire, ou je ne suis pas la baronne de Ribeaupin.

— Est-ce que je vous accompagnerai, maman ? demanda timidement Adrienne, que cette excursion alarmait déjà.

— Sans doute ! Pourquoi ne viendrais-tu pas ?

Adrienne ne répondit pas. Elle allait être condamnée aux visites quand Charlotte vint à son secours; non qu'elle voulût être agréable à sa sœur, mais elle commençait à s'effrayer un peu de cette beauté charmante, qui rivalisait avec la sienne, ainsi qu'elle avait pu s'en apercevoir. Elle ne trouvait pas mauvais qu'Adrienne restât à la maison.

— Ne l'emmenons pas, maman, dit-elle à sa mère; elle ne viendrait qu'à contre-cœur. Tu diras que ta troisième fille est malade : ce sera encore plus touchant.

— Parfaitement imaginé, répliqua Mme de Ribeaupin. Adrienne gardera la maison.

Le lendemain, à une heure de l'après-midi, une voiture de remise stationnait devant le bureau de tabac de la rue Delaborde. A une heure et demie, Mme de Ribeaupin, Estelle et Charlotte y prenaient place pour faire ce que la veuve du héros appelait la tournée d'attendrissement. Elles portaient des toilettes très-simples, ainsi qu'il le faut lorsqu'on va crier misère. Adrienne les vit partir, ravie de n'avoir pas à les accompagner, et d'ailleurs sous le coup d'une émotion assez vive, car le matin même Gaston lui avait dit :

— Mademoiselle, cette après-midi, pendant que votre mère et vos sœurs seront absentes, veuillez m'accorder quelques instants d'entretien. Il est indispensable que je vous parle.

Il n'est pas de jeune fille, si chaste, si naïve qu'elle soit, qui ne sache deviner l'heure et le moment où elle est aimée, et distinguer dans la foule celui qui l'aime. Adrienne n'ignorait rien des sentiments que Gaston croyait avoir tenus très-cachés, et lorsque le jeune homme lui avait demandé un rendez-vous, elle n'ignorait pas de quoi il allait être question

entre eux. Elle ne crut pas devoir repousser sa
prière, ne doutant ni de la pureté de ses intentions, ni de la sincérité de ses sentiments,
comprenant d'ailleurs que, dans la situation particulière qui lui était faite par la sévérité de sa
mère, par l'indifférence de ses sœurs, elle devait
s'occuper elle-même de tout ce qui concernait son
avenir. Toutefois, lorsqu'après le départ de celles-ci
elle se trouva seule, attendant Gaston, elle fut prise
d'un sentiment voisin de l'effroi. Il est des heures
dans la vie qu'on ne saurait affronter avec indifférence, des actions qu'on ne peut accomplir avec sang-
froid. Pour toute âme pure, le premier rendez-vous
est fécond en ivresses charmantes ; mais il est précédé d'anxiétés et de terreurs qui ont pour cause
principale la crainte de trahir des devoirs sacrés, de
compromettre ce qui est pour tous le premier des
biens : l'honneur. Ces anxiétés, ces terreurs ne
s'apaisent que lorsque celui dont la venue les a fait
naître a parlé chaleureusement le beau langage de
l'amour, et rendu inébranlable la confiance que les
amants doivent avoir l'un dans l'autre. Adrienne en
était à la première période de cette révolution intime. Elle attendait ; elle souffrait, mais d'une souffrance douce dont un espoir plus doux encore lui
montrait le terme prochain.

Pour recevoir celui dont elle devinait la tendresse,
elle s'était vêtue avec quelque recherche, en femme
soucieuse de sa beauté. Elle portait cette robe grise
dont elle était parée lorsqu'elle vit Gaston pour la
première fois. Ses blonds cheveux, coiffés avec art,

faisaient une couronne merveilleuse à son front délicat, sur lequel l'émotion attirait de roses couleurs,
vaporeuses comme des brumes qui, durant les
belles matinées, voilent par instants le fond du ciel
bleu. Avec cela, ni bijoux, ni fleurs; elle n'en avait
nul besoin pour être belle : sa grâce et sa jeunesse
suffisaient.

Gaston entra. Pour arriver jusqu'à son amie, il
avait invoqué, auprès de la femme qui gardait le
magasin, la nécessité de faire à Adrienne, à défaut
de Mme de Ribeaupin, une communication importante. Placés en face l'un de l'autre, ils éprouvèrent
d'abord un indicible embarras. Debout tous les
deux, aucun n'osait ouvrir la bouche ; c'est en vain
qu'Adrienne tenta par trois fois de désigner un siége
à Gaston.

— Ne devinez-vous pas pourquoi j'ai voulu vous
voir seule? demanda-t-il enfin.

— Je ne sais, murmura-t-elle.

Elle mentait, mais c'était involontairement, parce
qu'aucune phrase ne se présentait à ses lèvres qui
exprimât dignement les pensées qui se pressaient
dans son cœur. Elle se laissa aller dans un fauteuil
qui se trouva fort à propos derrière elle. Là, le menton appuyé dans sa main gauche, son bras droit pendant au long de son corps, les yeux demi-clos, elle
attendit que Gaston prît de nouveau la parole. Il ne
tarda pas à continuer:

— Si vous n'avez pas deviné ce qui se passe en
moi, si mes regards, mes soupirs ne vous ont pas appris que vous êtes ardemment aimée, si la visite que

Je vous fais en ce moment n'était pas attendue par vous, je suis perdu, car je n'ai pas su faire éclater à vos yeux l'amour qui me remplit.

Elle ne répondit pas. Mais il est des silences plus éloquents que la parole la plus entraînante. Il n'était pas besoin qu'elle fit entendre sa voix pour convaincre Gaston que son amour était partagé. Il s'assit auprès d'elle, presque à genoux, les mains croisées. Il lui dit :

— Vous ne parlez pas ; mais je vois clairement que votre cœur bat à l'unisson du mien. Chère bien-aimée, vous me comblez de joie. Le jour où je vous ai vue pour la première fois, je me suis promis que vous seriez ma femme. Vous tenez donc ma destinée dans vos mains. Je me crois digne de vous. Je me sens plein de courage et d'ardeur pour vous faire une vie douce et bonne. Il ne tient qu'à vous d'assurer votre avenir et le mien. Dois-je craindre ? Dois-je espérer ?

Une musique mélodieuse n'aurait pu charmer les oreilles d'Adrienne autant qu'un semblable langage. Elle goûtait une joie infinie et s'y abandonnait. Elle aurait voulu rester ainsi silencieuse, bercée par ces accents chauds, sincères ; mais il fallait répondre.

— Avez-vous bien réfléchi aux conséquences de l'engagement solennel que vous voulez prendre ? demanda-t-elle. Savez-vous que je suis une petite fille sans dot, pauvrement élevée, venue dans un milieu malsain, et qui n'a eu d'autre mérite que celui de résister à des exemples pernicieux ? Je sais aimer, me dévouer ; mais ne me demandez rien de

plus. Je n'ai que mon cœur à donner. S'il vous suffit, prenez-le. Mais songez que vous pouvez trouver
des jeunes filles riches, belles, spirituelles, dont la
famille et la position flatteront votre orgueil, servi-
ront votre avenir, et que vous êtes libre de choisir
parmi elles une épouse qui vous fera honneur bien
plus que moi-même.

— C'est vous que je veux, et vous seule! s'écria
Gaston. Vous m'offrez votre cœur; je l'accepte, et je
vous supplie de consentir à être ma femme.

En parlant ainsi, il s'était emparé des mains
d'Adrienne et les pressait dans les siennes, comme
s'il eût voulu faire passer dans les veines de la
jeune fille l'ardeur qui l'animait en ce moment. Elle
était devenue pâle; sa poitrine oppressée manquait
d'air; un nuage couvrait ses yeux.

— Ayez pitié de moi, murmura-t-elle. Je suis si
heureuse en ce moment que je voudrais ne pas
mourir.

Gaston la souleva doucement, la conduisit jusqu'à
une croisée qu'il entr'ouvrit. Lorsqu'il vit qu'elle se
ranimait, il reprit :

— Vous vivrez, ma chère âme ; vous vivrez pour
être heureuse, pour me rendre heureux. Désormais,
c'est vous qui inspirerez toutes mes actions ; c'est
vous dont j'aurai toujours l'image dans mon cœur.
Je me donne à vous, et vous m'appartenez.

Il s'arrêta, mais non sans avoir touché de ses
lèvres les mains mignonnes qu'on lui abandonnait.
C'est ainsi qu'ils scellèrent leurs promesses et célé-
brèrent leurs fiançailles.

Un long silence suivit la scène que nous venons
de raconter. Il leur permit de se remettre un peu
de l'émotion qu'ils venaient de subir. Ce fut d'un
ton plus calme qu'Adrienne put bientôt adresser la
parole à son ami.

— Maintenant, dit-elle, la confiance la plus entière va régner entre nous. Ce qui vient de se passer
doit être encore ignoré. Nous aurons à examiner
froidement notre situation, à nous montrer patients
surtout, car l'heure n'est pas bonne pour faire connaître à ma mère les projets que nous venons de
former.

— Croyez-vous donc, demanda Gaston, que
Mme de Ribeaupin me jugera indigne d'entrer dans
sa famille? Si le procès dans lequel je vais plaider
pour elle se termine au gré de ses désirs, ne sera-
t-elle pas disposée à se montrer [reconnaissante, à
exaucer les miens? Elle me témoigne déjà des sentiments presque maternels qui ne me permettent
pas de douter de sa bienveillance pour moi.

— Elle serait heureuse de vous appeler son fils,
si vous deveniez le mari de Charlotte.

— De votre sœur! s'écria Gaston. Mais ce n'est
pas elle que j'aime: c'est vous.

— Ma mère n'entrera pas dans de telles considérations. C'est pour cela, je vous le répète, qu'il faut
l'un et l'autre nous armer de patience.

— Rien ne nous sera plus facile, maintenant que
nous pouvons parler de notre amour. En toutes
choses, mon cher ange, je me laisserai guider par
vous.

Adrienne remercia son ami d'un sourire. Puis elle ajouta :

— Il est une personne qui me porte la plus vive tendresse et qui pourra seconder nos plans : c'est mon oncle, l'abbé Mérille, aumônier des Carmélites du faubourg Saint-Jacques. Je suis accoutumée depuis longtemps à suivre ses conseils, et c'est le seul qui connaîtra nos espérances. Allez le voir ; confiez-vous à lui ; faites ce qu'il vous dira.

Gaston promit de se rendre dès le lendemain chez l'abbé Mérille. Adrienne, qui ne voulait pas accuser sa mère ni révéler certains détails propres à lui faire connaître le caractère de Mme de Ribeaupin, espérait que son oncle donnerait à Gaston des avis salutaires, guiderait sa conduite et l'aiderait à triompher des difficultés qu'elle prévoyait. Ils ne se séparèrent qu'après avoir échangé de nouvelles promesses.

— Jamais bonheur ne fut semblable au mien, dit Gaston en se retirant. Après-demain, le procès de votre mère se jugera. Je prendrai la parole devant le jury pour défendre des intérêts qui sont les vôtres. Je suis certain de la victoire, car votre image sera devant mes yeux pour me soutenir.

Il se retira transfiguré, l'âme toute pleine d'une immense espérance et laissant Arienne radieuse. Il lui suffisait d'être aimée pour que tous ses maux passés ne fussent plus rien.

IV

Tandis qu'Adrienne et Gaston Rivière échangeaient des serments éternels et formaient des projets qui détruisaient ceux de Mme de Ribeaupin, celle-ci, accompagnée d'Estelle et de Charlotte, se rendait successivement au domicile des six membres du jury d'expropriation qu'on lui avait désignés comme pouvant exercer sur leurs collègues une influence décisive.

Nous ne raconterons pas dans tous ses détails cette excursion, dont la pensée avait germé dans la cervelle de M. Dervaux et qui, d'ailleurs, comme on le verra bientôt, devait produire les plus heureux résultats. Chez chacun des jurés, Mme de Ribeaupin fut assez bien reçue pour avoir le droit d'espérer qu'ils se montreraient favorables à ses prétentions. Elle sut pleurer à propos, faire pleurer ses filles avec elle, parler de son mari, un héros mort en Afrique en défendant le drapeau national, et attendrir ses juges sur le sort de sa troisième fille, douce

fleur desséchée par une cruelle maladie. Elle eut la
gloire d'arracher des larmes et même des promesses
à ses interlocuteurs. Mais c'est chez le baron Drivonne
qu'elle se montra surtout comédienne consommée
et que les beaux yeux d'Estelle et de Charlotte
firent merveille. Ce personnage est appelé à jouer
dans ce récit un rôle trop important pour qu'il
soit possible de ne pas le faire entrer en scène dès
à présent.

Le baron Drivonne était un chef d'escadron de ca-
valerie retraité. Il jouissait d'une fortune considérable dont il dépensait annuellement le revenu,
ayant pour coutume de ne se refuser aucun plaisir
et de donner satisfaction à tous ses caprices, ce qu'il
pouvait faire avec d'autant plus de facilité qu'il était
veuf et libre de toute attache. Il avait cinquante-huit
ans ; mais il était si admirablement conservé qu'il ne
paraissait pas en avoir plus de quarante. Sa taille
haute, svelte, était celle d'un jeune homme. Ses
cheveux et sa moustache étaient restés tellement
noirs que beaucoup de gens affirmaient, contrairement à la vérité, qu'il les teignait. Il était toujours
vêtu correctement. Ses habits, d'une coupe élégante,
d'une merveilleuse propreté, mettaient en relief la
distinction de sa démarche, la grâce mâle de sa personne. Il avait des pieds et des mains remarquable-
ment petits, dont il était très-fier. En un mot, on
pouvait le classer parmi ces individus qui ne passent pas dans les rues ou sur les boulevards sans
être remarqués et sans faire dire à ceux qui se re-
tournent pour les mieux voir :

— Voilà un homme fièrement beau et rudement
conservé.

Le baron Drivonne habitait depuis dix ans un
somptueux appartement au premier étage d'une
belle maison de la rue Mogador. Il était là dans un
quartier qui convenait à ses goûts, à proximité du
boulevard. Il était servi par une cuisinière faite à ses
habitudes, dont il prisait fort les talents culinaires,
et par un valet de chambre qui avait été soldat
comme lui. Un cocher, un palefrenier, deux voitures
et trois chevaux, dont il usait d'ailleurs fort peu,
ayant reconnu depuis longtemps que la marche lui
était salutaire, complétaient son train de maison.
Cet homme, que chacun aimait comme un bon vivant, qui comptait dans les cercles et dans le monde
de nombreuses relations, était un féroce égoïste. Vous
invitait-il à dîner, vous offrait-il de vous asseoir à
côté de lui sur le perron de Tortoni, consentait-il
à honorer votre salon de sa présence, ce n'était jamais dans le but de vous plaire, mais uniquement
parce qu'il y trouvait de l'agrément. Mais comme
ceux auxquels il offrait ou desquels il acceptait ne
scrutaient pas ses arrière-pensées, il avait acquis,
sans qu'il lui en coûtât rien et en se faisant toujours
plaisir à lui-même, la réputation d'un aimable
homme, sans cesse prêt à rendre service. Le seul reproche qu'on pût lui adresser était basé sur la complaisance avec laquelle il parlait de lui et de ses
succès auprès des femmes. Le fait est que, malgré
son âge, il n'avait rien perdu de ses habitudes de
garnison, ni cessé, comme on disait autrefois, de

courir les ruelles. A la vérité, il entrait plus souvent chez les filles que tout le monde peut avoir
avec de l'argent que chez les femmes délicates dont
la tendresse peut être chère à un cœur passionné.
Mais comme il cherchait du plaisir et non de l'a-
mour, il était heureux des bonnes fortunes vulgaires
que le hasard faisait naître sous ses pas. Il adorait
Paris, et lorsqu'il s'en éloignait, en été, pour aller
à Vichy afin de combattre une propension naturelle à une maladie du foie, à l'automne pour aller
ouvrir la chasse dans quelque château de la Picardie
ou du Poitou, il éprouvait un serrement de cœur
auquel succédait ce qu'il appelait la nostalgie du
boulevard, qui ne cessait elle-même que le jour où
il pouvait reprendre ses promenades quotidiennes
sur le trottoir qui s'étend entre la rue de la Chaussée-d'Antin et la rue Drouot, lieu cher à tout vrai
Parisien et où toutes choses lui étaient familières.
Tel était l'homme chez lequel les circonstances que
nous avons racontées conduisirent Mme de Ribeaupin et ses deux filles, Estelle et Charlotte.

Au moment où on les annonça, le baron Drivonne
achevait la sieste qu'il avait coutume de faire après
son déjeuner et qui le menait jusqu'à quatre heures.
Son valet de chambre avait annoncé une vieille dame
et deux jolies personnes. Une pensée peu avouable
se présenta d'abord à son esprit. Tout se voit dans
Paris, mê des mères qui vendent leurs filles à des
vieux débauchés ou à des jeunes vieillards. Il avait
la réputation d'un galantin fort généreux. Rien n'é-
tait plus simple que de supposer qu'on venait lui

offrir, sous la figure de deux belles personnes,
cette chose précieuse qu'on appelle l'innocence, devenue aujourd'hui une marchandise plus coûteuse
à mesure qu'elle se fait plus rare. Il hésita un
moment; mais la curiosité, peut-être un sentiment
pire, l'emportèrent. S'étant habillé en toute hâte, il
passa dans le petit salon où l'on avait introduit les
visiteuses. A l'aspect d'Estelle et de Charlotte, il
resta tout à fait ébloui. Nous avons déjà dit que leur
beauté était de celles qui plaisent aux êtres vulgaires.
Malheureusement, le baron Drivonne était de ces
êtres-là. Mme de Ribeaupin avait, au préalable, pris
des informations et n'ignorait point à qui elle avait
affaire.

— Nous te tenons, mon bonhomme! se dit-elle
en voyant l'effet produit.

Et sur le champ, sans donner au baron Drivonne
le temps d'ouvrir la bouche, elle prit la parole,
exposa l'objet de sa visite, raconta son histoire,
celle de son mari, celle de ses filles, révéla l'ambition que nourrissaient Estelle et Charlotte, la vocation
qui poussait l'une vers le théâtre, l'autre vers une
haute position de fortune, expliqua au baron en
quoi il pouvait la servir, ce qu'elle attendait de lui,
et fut si éloquente, que le vieux libertin put se dire
avec assurance qu'il lui suffirait de rendre à cette
intéressante famille quelques petits services pour
provoquer une reconnaissance sans bornes. Il promit tout ce qu'on lui demandait et même ce qu'on ne
lui demandait pas. Il parla à son tour et mit en lumière l'importance de sa fortune, le confortable de

son appartement, les avantages de sa position, l'é-
tendue de son influence dans le monde des théâtres
et dans les autres mondes. Il baisa la main de
Mme de Ribeaupin, caressa le menton de Charlotte,
pinça la joue d'Estelle et demanda à la mère la permission d'aller lui annoncer lui-même le résultat de
son procès, dont l'issue, si les jurés, ses collègues,
étaient de son avis, ce dont il ne doutait pas, serait
aussi favorable que possible aux prétentions très-
justes qui venaient de lui être exposées.

Mme de Ribeaupin sortit enthousiasmée. En quittant le baron, Charlotte lui jeta un regard qui tourna
la tête au vieux vautour et lui inspira le désir de
tendre un piége à cette chaste colombe. Il ne comprenait pas que, cette fois, c'était la colombe qui se
preparait à dévorer le vautour.

Enfin, le grand jour arriva. Le jury d'expropriation tint sa première audience. L'affaire de Mme de
Ribeaupin contre la ville de Paris, étant inscrite en
tête du rôle, fut appelée dès l'ouverture de la ses-
sion. Par un heureux hasard, le baron Drivonne
avait été nommé président du jury. Lorsqu'à la tête
de ses collègues il fit son entrée dans la salle, il
promena fièrement son regard autour de lui et
ne put retenir un mouvement de satisfaction en
voyant, assises sur un banc, derrière Gaston Rivière,
Mme de Ribeaupin et ses trois filles. La belle Charlotte baissa modestement les yeux. Le baron caressa
sa moustache avec la fatuité d'un homme qui ne
pouvait douter de la part qu'il avait dans le trouble
de cette intéressante personne. Adrienne se tenait

si bien cachée derrière sa mère, la voilette attachée
à son chapeau était si épaisse, cachait si soigneusement ses traits, que le baron Drivonne ne la remarqua pas. Il eût été d'ailleurs peu charmé par cette
beauté simple et candide qui semblait craindre les
regards de la foule. En consentant à accompagner
sa mère et ses sœurs, Adrienne avait obéi aux désirs
de Gaston. Le jeune avocat s'était montré pressant.

— Votre présence, avait-il dit, sera un encoura-
gement pour moi.

Comment résister à de telles paroles ? L'affaire
appelée, le magistrat qui présidait l'audience donna
la parole à Me Rivière. La plaidoirie de ce dernier
fut brève, concise. Il exposa simplement les intérêts
qu'il était chargé de défendre. Son discours ne dura
pas au-delà de vingt minutes.

— C'est trop court, pensa Mme de Ribeaupin, qui,
malgré les regards encourageants que le baron Drivonne jetait à la dérobée de son côté, passait par les
transes les plus cruelles.

Elle se pencha vers son avocat et lui fit une observation.

— Je n'ai pas voulu fatiguer le jury, qui me paraît bien disposé pour vous, répondit Gaston. D'ailleurs, je me suis réservé de répliquer, s'il y a lieu.

Cette réponse rassura Mme de Ribeaupin.

— C'est égal, se disait-elle, voilà un excellent métier. On y gagne de l'argent à peu de frais.

Le défenseur de la ville de Paris se leva pour répondre à Me Rivière. C'était un vieux routier. Depuis le commencement de la transformation de Pa-

ris, il s'était entièrement consacré aux affaires d'expropriation. D'une expérience consommée, d'une habileté peu commune, il connaissait les mœurs, les tendances, les habitudes des expropriés. Nul ne savait mieux que lui entreprendre la démolition des échafaudages à l'aide desquels ils étayaient leurs arguments et leurs prétentions.

Il prit directement à partie Mme de Ribeaupin.

Il prouva que jamais le revenu du bureau de tabac n'avait dépassé quinze cents francs, que l'expropriation, loin de nuire aux intérêts de Mme de Ribeaupin, les servait en ce sens qu'elle pourrait, sans qu'il lui en coûtât rien, transférer son établissement dans un quartier plus fréquenté. Il railla fort spirituellement le chiffre de cent mille francs qui, selon son adversaire, n'était que la trop juste réparation du dommage causé et qui, selon lui, ne pouvait être accordé sans créer un précédent fâcheux et sans blesser toutes les notions de la morale.

— N'encouragez pas la spéculation, messieurs les jurés, dit-il en terminant. Si vous accordiez l'indemnité qu'on vous demande, vous prouveriez que l'intérêt personnel des citoyens vous est plus cher que leur intérêt collectif. Vous rendriez impossible l'œuvre de la transformation de Paris ; vous autoriseriez pour l'avenir les demandes les plus folles. On vous a tendu un piége grossier avec une audace sans exemple. Vous vous garderez bien d'y tomber.

— Oh ! le vilain homme ! murmurait Mme de Ribeaupin en le regardant d'un air courroucé.

— Notre adversaire vous supplie de ne pas en-

6

courager la spéculation, messieurs les jurés, s'écria
Gaston, sans donner le temps à son auditoire de
méditer le langage qu'il venait d'entendre. Je vous
adresse à mon tour la même prière. Oui, nous sommes tous d'accord sur ce point ; mais il importe de
savoir où sont les spéculateurs, à quelle place ils
sont assis. Que sommes-nous? D'honnêtes gens
dont on est venu troubler la tranquillité pour créer
des rues plus belles, pour se donner la vaine satisfaction de refaire un quartier qui ne demandait qu'à
rester ce qu'il était. Souhaitions-nous d'être dé-
placés? Nullement. Qu'on nous laisse en l'état où
nous nous trouvions hier, dans cette maison qui
nous est familière, parmi cette population qui nous
estime, nous aime et nous fait vivre. Nous nous
déclarons satisfaits Mais si l'on nous oblige à quitter le foyer qui nous était cher, si l'on nous oblige
à des dépenses considérables, qu'on nous paie.
Quelle que soit la somme qu'on nous accordera,
elle ne suffira jamais à nous restituer le charme et
la douceur de nos meilleurs souvenirs qu'on dis-
perse à tous les vents.

Il continua longtemps sur ce ton. Sa voix vibrante
et accentuée allait jusqu'au cœur de ceux auxquels
il s'adressait. Il les voyait ébranlés, et son éloquence
trouvait dans l'impression qu'il produisait un en-
couragement nouveau et une inspiration plus haute.
Il rappela les services du baron de Ribeaupin, montra sa veuve pauvre, mais jamais découragée, dure
au travail, poursuivant ardemment la tâche qu'elle
s'était imposée ; élever honorablement ses filles.

Lorsqu'il eut fini, un murmure approbateur se fit entendre dans la salle. On n'avait jamais traité avec cette élévation des questions d'intérêts relativement secondaires. Le jury se retira dans la salle de ses délibérations, et alors seulement Gaston se tourna du côté d'Adrienne. Dans les yeux de son amie, il vit les larmes. Elle était heureuse, fière du succès de celui auquel elle avait donné son cœur. Elle se demandait comment et pourquoi cet homme éloquent, courageux, digne de l'avenir le plus brillant, avait pu la distinguer dans l'obscurité où elle vivait, alors qu'il était libre de choisir entre les plus riches, les plus belles, et voulait l'élever jusqu'à lui. Gaston se trouva largement payé par ces larmes. Un sourire l'apprit à Adrienne qui, indifférente à ce qui se passait autour d'elle, ravie, extasiée, toute à son bonheur, n'entendit rien des félicitations bruyantes dont Mme de Ribeaupin accablait son défenseur.

Pendant ce temps, le jury délibérait. Le baron Drivonne exploitait habilement, en faveur de ses protégées, les raisons développées par leur avocat. Il ramenait ceux de ses collègues qui se montraient contraires aux prétentions de Mme de Ribeaupin, réchauffait les indifférents et les tièdes, excitait le zèle de ceux qui étaient de son avis et travailla si bien, qu'il les amena tous à reconnaître que les propositions de la Ville étaient dérisoires. Il fallut alors fixer le chiffre de l'indemnité. Hardiment, le baron Drivonne proposa quatre-vingt mille francs. Puis, sans laisser aux jurés le temps de s'étonner, il ajouta:

— Messieurs, il importe de donner une leçon à nos édiles. Ils me semblent vouloir s'engager dans une voie périlleuse. Ils veulent refaire Paris, disent-ils. Mais où s'arrêteront leurs projets, et où irons-nous si nous les secondons dans leurs exagérations? Arrêtons-les, ou tout au moins ralentissons leur marche. Il le faut pour l'intérêt commun, et lorsqu'ils verront que nous sommes plus favorables aux expropriés qu'à eux-mêmes, ils réfléchiront et procèderont d'une façon moins cavalière.

Le chiffre de quatre-vingt-mille francs fut voté à l'unanimité moins deux voix. Cinq minutes après, Mme de Ribeaupin connaissait son sort. Le bonheur tue quelquefois. L'excès du sien ne la tua pas, mais elle s'évanouit, et il fallut les soins réunis de ses enfants et des personnes présentes pour la ramener à la vie.

Nous n'énumérerons pas les félicitations dont Mme de Ribeaupin fut accablée au lendemain de l'éclatante victoire qu'elle venait de remporter. Elle se trouva, comme par enchantement, entourée et choyée. Des amis inconnus surgirent autour d'elle. Elle reçut dix lettres qui lui proposaient, pour faire valoir ses capitaux, des entreprises merveilleuses dont le succès, s'il fallait en croire leurs auteurs, était assuré; d'autres individus, plus audacieux, sollicitaient des secours.

Sur le conseil de Charlotte, elle mit toutes les missives au panier et renvoya poliment les emprunteurs.

Elle avait fait d'ailleurs à M. Dervaux une pro-

messe dont celui-ci réclamait l'exécution de la manière la plus habile.

A peine instruit de l'issue du procès, il s'était
présenté chez Mme de Ribeaupin et lui avait tenu
le langage suivant :

— Vous voilà plus riche que vous n'espériez. Je
n'en maintiens pas moins les offres que je vous
avais faites. Elles sont d'autant plus avantageuses
pour vous que je vais être moi-même exproprié.
La valeur de mon établissement sera triplée, car
l'indemnité qui me sera accordée n'ira pas à moins
de quinze cent mille francs et me permettra de
transférer mes magasins sur le boulevard des Capu-
cines, c'est-à-dire sur le point le plus central de
Paris. J'ai l'assurance de réaliser là des bénéfices
trois fois plus considérables que ceux que je fais
actuellement. Je ne doute pas que les fonds que
vous aurez placés chez moi ne vous donnent un
revenu de vingt-cinq pour cent.

Mme de Ribeaupin fut éblouie par une telle perspective. Le jour même où elle toucha à la caisse
municipale le montant de l'indemnité qui lui était
allouée, elle versa entre les mains de M. Dervaux
une somme de soixante mille francs, n'en conser-
vant que vingt mille qu'elle entendait consacrer à
sa nouvelle installation.

Un contrat passé par devant notaire la déclara
l'associée de M. Dervaux pour neuf ans. Elle devait
toucher chaque année le cinquième des bénéfices
et recevoir tous les mois, pour ses besoins personnels, cinq cents francs, qui devaient être déduits,

à l'expiration de chaque exercice, de la part qui lui reviendrait.

La caisse du *Diable Boiteux* était tellement obérée que le lendemain tous les fonds versés par Mme de Ribeaupin furent employés, et que si M. Dervaux eût été mis en demeure d'effectuer un remboursement immédiat, il n'aurait pu y faire face. Dès ce moment, il savait déjà que l'expropriation seule pourrait le sauver d'un désastre complet, et encore fallait-il que l'indemnité sur laquelle il comptait ne fût pas moindre de quinze cent mille francs; mais il espérait en obtenir une au moins égale à ce chiffre et pouvoir, grâce à elle, relever sa situation si fortement compromise.

En même temps qu'elle opérait ce placement qui devait, à ce qu'elle croyait, lui assurer un revenu moyen de quinze mille francs, Mme de Ribeaupin faisait une affaire plus avantageuse en cédant l'exploitation de son bureau de tabac à un individu qui s'engageait à lui servir une rente annuelle de douze cents francs. En ajoutant à ces ressources diverses la pension qu'elle recevait comme veuve d'officier et les petits revenus qu'elle possédait antérieurement, elle se trouvait à la tête d'une véritable fortune qui lui eût permis d'établir honorablement ses filles. Mais elle n'était pas femme à se contenter d'une modeste aisance. Elle rêvait une vie de luxe et de plaisirs, et, bien qu'elle n'osât s'avouer qu'elle comptait sur ses filles pour se la procurer, ses antécédents, la voie périlleuse dans laquelle elle était engagée, les idées qu'elle avait

sur toutes choses, le défaut absolu de sens moral
ne la disposaient que trop à se faire de la beauté
de ses enfants un moyen aussi facile que peu honorable de s'enrichir. Elle reçut cependant, au début de ses prospérités, des conseils salutaires. Ce
fut son frère, l'abbé Mérille, qui les lui donna. Les
lettres d'Adrienne, une visite de Gaston qui, sur le
désir exprimé par son amie, s'était empressé de
l'aller voir, avaient mis l'abbé au courant des événements. Il s'empressa de venir tendre la main à
sa sœur. Il essaya de lui prescrire les nouveaux
devoirs que, dans sa pensée, elle devait accomplir.
On l'écouta d'une oreille impatiente, et il ne lui fut
que trop prouvé que si ses nièces échappaient
aux dangereuses suggestions de la misère, elles
allaient être exposées à des périls plus grands.
Alors, voulant y soustraire Adrienne et assurer le
bonheur de cette enfant si digne déjà d'un sort
meilleur, il fit part à sa sœur de la demande de
Gaston Rivière. L'avocat acceptait Adrienne sans
dot. Il ne demandait rien qu'elle. Mme de Ribeaupin
répondit par un refus tout net. Son ambition s'était
accrue avec sa prospérité ; elle ne jugeait plus
qu'un jeune avocat ne possédant qu'une fortune
médiocre et qu'une clientèle encore restreinte fût
un mari digne de sa fille. Puis elle était irritée
contre Gaston, qui avait eu le mauvais goût de dé-
daigner la beauté de Charlotte et de préférer
Adrienne à sa sœur. Il donnait par là une si
pauvre idée de son intelligence et de son goût,
qu'elle ne voulait pas d'un gendre tel que lui.

— Adrienne n'a que dix-sept ans, dit-elle ; je ne permettrai pas qu'elle se marie avant que ses sœurs soient établies. Elle est mineure, et j'entends la garder auprès de moi.

Vainement l'abbé insista ; sa sœur lui fit comprendre qu'elle repoussait toute ingérence dans son autorité maternelle. Elle voulait l'exercer seule, ainsi que c'était son droit.

L'abbé se retira le cœur navré, plus affligé encore qu'Adrienne, qui avait trop bien prévu ce résultat pour en être désespérée, ni même surprise. Elle était sûre du cœur de son ami. L'amour le plus ardent remplissait le sien. Il y avait là de quoi lui donner le courage et la patience. Elle comptait sur la providence et sur le temps pour réaliser ses vœux. Quant à Mme de Ribeaupin, afin de n'être pas l'obligée de Gaston Rivière, elle lui envoya mille francs avec un billet par lequel elle le remerciait brièvement des soins donnés par lui à ses intérêts. « Ils devaient recevoir une légitime satisfaction, écrivait-elle, et l'avaient reçue, grâce à la justice de la cause et à des efforts d'amis multiples et dévoués. » Elle prouvait de la sorte à Gaston qu'elle n'entendait pas lui conserver la moindre gratitude, qu'elle le tenait désormais pour bien payé.

Gaston, qui connaissait par l'abbé Mérille les dispositions de Mme de Ribeaupin, fut sur le point de renvoyer l'argent. Il n'en fit rien cependant. Il ne voulait pas froisser l'orgueil de la mère d'Adrienne. Et puis il avait à cœur de créer à sa femme une douce existence. Désormais il souhaitait s'enrichir pour elle. L'envoi de Mme de Ribeaupin était le commencement de sa fortune. Il la remercia simplement par une lettre digne.

Il écrivit également à Adrienne. De nouveau il exposait ses sentiments, en les déclarant éternels. Dès ce moment, il la considérait comme sa femme. Il la suppliait de lui garder son cœur, comme lui-même lui gardait le sien. Il attendait de l'avenir le renversement des obstacles accumulés contre leur bonheur.

V

Un matin du mois d'avril, par une de ces printanières journées si douces aux Parisiens fatigués de
l'hiver, Mme de Ribeaupin marchait seule dans la
rue Taitbout, en se dirigeant vers la rue de la Victoire. Un ciel bleu, des trottoirs blancs, l'air tout
parfumé des odorantes émanations que le printemps,
à son aurore, apporte avec lui, c'est plus qu'il n'en
faut pour mettre la sérénité et la joie dans le cœur
d'une femme qui, après tout, n'a qu'à se déclarer
satisfaite des réalités du présent et des espérances
de l'avenir. Aussi, le visage de Mme de Ribeaupin,
fidèle miroir de son cœur, était-il radieux. Vêtue
d'une robe de soie noire dont les plis amples et
longs traînaient sur les pavés, portant sur les
épaules un châle de grenadine, coiffée d'une toque
surmontée d'une plume dont l'extrémité caressait
sa nuque grasse par dessus un chignon trop opulent pour n'être pas faux, elle allait la tête haute,
les traits épanouis, avec la majesté d'une douairière
encore assez attrayante pour être remarquée. Ses

cinquante ans — car elle avait tout autant — lui
étaient en ce moment si légers, qu'elle ne désirait
pas en avoir moins. La fortune lui avait fait une
seconde jeunesse, et il suffisait de la voir pour deviner qu'elle était toute disposée à jouir de l'une et
de l'autre.

Elle arriva ainsi devant une maison de belle apparence. Elle s'arrêta. Sous la porte cochère, divers
écussons de cuivre étaient accrochés. L'un d'eux
portait ces mots gravés en lettres noires : MADAME
BENOIT. — DENTELLES ET CONFECTIONS. — PREMIER
ÉTAGE. C'est sur celui-là que les yeux de Mme de
Ribeaupin se posèrent d'abord.

— Voilà mon affaire, dit-elle avec un sourire de
satisfaction.

Gagnant l'escalier, elle en gravit les degrés jusqu'au premier étage. Une porte volante, sur laquelle s'étalait un nouvel écriteau en tout semblable
à celui du rez-de-chaussée, s'offrit à ses regards.
Elle la poussa, et d'un couloir assez obscur, dans
lequel elle se trouva, elle passa dans un vaste salon
qui vaut les honneurs d'une description détaillée.

Ce qui frappait d'abord, c'était la quantité de tableaux réunis dans cette pièce. Les murs en étaient
couverts du haut en bas, et si bien couverts qu'il
eût été impossible d'en placer encore un seul. Il y
avait là des paysages, des académies, des portraits,
des sujets religieux. Ici l'école flamande, là l'école
italienne. Tous les genres, toutes les tailles ; des
cadres en bois blanc et des cadres dorés ; un vrai
magasin qui se complétait par la présence d'une

demi-douzaine de statues en plâtre. Si dès l'entrée
on était ébloui par cet amoncèlement de richesses
artistiques, il suffisait d'un court examen pour deviner que ces œuvres n'avaient aucune valeur, étant
de très-mauvaises copies de toiles célèbres, et qu'on
était, non dans la galerie d'un amateur, mais dans
la boutique d'un brocanteur prétentieux et sans
goût. Autour du salon étaient rangées une ving-
taines de siéges à dossier droit, très-élevé, en vieux
chêne sculpté, garnis de cuir rouge relevé par
des trèfles d'or. Dans le milieu de la pièce s'étalait
un vaste divan circulaire assorti aux siéges. Devant
ce riche mobilier, on éprouvait la même impression que devant les tableaux. D'abord on l'admirait;
mais, à la lourdeur du style, à la grossièreté des
sculptures, à la couleur du bois, on s'apercevait vite
que c'était là un déplorable échantillon de ce vieux
neuf que fabrique l'industrie moderne, dans les
ateliers du faubourg Saint-Antoine.

Ce qui donnait à la physionomie générale de ce
salon un caractère encore plus étrange, c'était
l'amas de vêtements de femmes jetés de tous côtés.
Il y en avait partout, sur les siéges, sur le tapis,
sur les tables, sur la cheminée. On en voyait même
accrochés aux croisées: robes à longue jupe, cor-
sages garnis de jais et de perles blanches, ceintures
de satin, manteaux doublés de fourrure, châles, le
tout remarquable par l'excentricité de la coupe et
l'éclat des couleurs. En cherchant bien, on eût encore trouvé des piles de linge damassé, des bijoux, des flacons d'essence pour la toilette, des sa-

chets de patchouli et des boîtes contenant des sa-
vons fins, des cosmétiques et des poudres destinées
à réparer des ans l'irréparable outrage.

Les sensations résultant de l'aspect de ce salon
ainsi encombré ne s'adressaient pas seulement à la
vue, mais encore à l'odorat. De tous ces objets se
dégageaient des parfums étranges, indéfinissables,
desquels on eût pu dire, s'il était possible de dé-
composer ce qui est insaisissable, qu'ils laissaient
après eux une arrière-saveur de vice. C'était l'atmosphère énervante qu'on respire dans les bou-
doirs des filles, unie aux odeurs poudreuses qui
voltigent dans l'air des magasins d'antiquités.
Mme de Ribeaupin resta stupéfaite. Il lui sembla
que son front s'alourdissait, tandis que ses yeux
étaient frappés d'une sorte d'éblouissement. Lorsque l'un des héros imaginaires dont Perrault ra-
conte les aventures entra dans le château de la
Belle au bois dormant, il dut éprouver une sensa-
tion analogue.

Tout à coup, un personnage nouveau, qui semblait sortir d'une trappe, tant son apparition fut
imprévue et subite, se montra à Mme de Ribeaupin.
C'était une vieille femme, petite, avec une figure
pointue, maigre, des narines frémissantes, des
yeux éveillés comme ceux d'un jeune chat, et cau-
sant cette impression singulière qu'on éprouverait
en présence d'un être qui serait crochu des pieds
à la tête. Son visage ne pouvait se comparer qu'à
une palette à couleurs. Il était couvert de blanc, de
rouge, de noir, et l'on devinait les rides profondes

sous l'épais mortier qui les remplissait. Les cheveux étaient d'une nuance foncée et mate qui attestait l'emploi de la teinture.

La vieillesse qui se dissimule est hideuse. Cette femme faisait peur. C'était le mensonge vivant. Tout en elle mentait. Elle peignait sa figure, non seulement pour cacher son âge, mais encore pour diminuer la terrible expression de cupidité que portaient ses traits, et dont elle se rendait compte elle-même, au point d'en être inquiète. Elle avait le sentiment de sa laideur morale qui, dissimulée jadis par sa beauté physique, ne trouvait plus dans les flétrissures de la vieillesse qu'un voile imparfait.

Un grand peignoir de mousseline blanche, posé sur des flots de jupons, couvrait la maigreur de ses membres. Mais sa démarche avait quelque chose d'automatique, de nerveux, de cassant. On croyait presque entendre le bruit de ses os.

— Que désirez-vous? dit-elle d'une voix doucereuse et flûtée en s'adressant à Mme de Ribeaupin.

— Madame Benoît?

— C'est moi.

L'ex-débitante de tabac se nomma. Un sourire, qui s'efforçait d'être gracieux et qui n'était qu'une affreuse grimace, se montra sur le visage de Mme Benoît.

— Je vous attendais, chère madame, reprit-elle. Prenez donc la peine de vous asseoir. M. Dervaux m'avait annoncé votre visite. Je sais ce que vous désirez, et je crois avoir ce qui vous convient.

— Vraiment! s'écria Mme de Ribeaupin charmée.

— Vous en jugerez. Vous voulez un appartement conforme à votre nouvelle position, et qui ne soit pas d'un prix trop élevé. Eh bien ! voici ce que je peux vous offrir : un très-beau troisième étage situé dans les Champs-Élysées, rue de Marignan, une rue nouvelle. Meubles splendides, confortables. Loyer : deux mille francs par an. Le bail est à mon nom et vaut encore pour deux ans et demi. Le mobilier m'appartient. La personne installée, n'ayant pu me payer le prix dont nous étions convenus, je vous propose de vous mettre en son lieu et place, en devenant titulaire du bail et propriétaire du mobilier, moyennant dix mille francs.

— Dix mille francs !

— Oh ! ne vous récriez pas ! C'est pour rien. Quand vous aurez vu, vous serez ravie. Êtes-vous libre ? Oui : nous allons y aller sur le champ. Le temps de passer une robe et de faire atteler la voiture.

Elle se leva, tira le cordon d'une sonnette. Un domestique vêtu d'une livrée orange à parements bleus apparut.

— Le coupé dans cinq minutes, dit Mme Benoît.

Le domestique se retira.

— Regardez ces confections, madame ; cela vous amusera. Je vais être à vous.

En même temps, Mme Benoît, sautillant légèrement, se rendit dans sa chambre, d'où elle sortit bientôt, prête à accompagner Mme de Ribeaupin. Un coupé brun qui stationnait dans la cour s'avança bruyamment sous la voûte. Sur l'invitation

de Mme Benoît, Mme de Ribeaupin y monta et
éprouva comme un accès de ravissement en se
sentant rapidement entraînée vers la rue de Marignan.

Mme Benoît n'était autre chose qu'une marchande
à la toilette. Mais au lieu de s'en tenir aux très-mi-
nimes opérations dont se contentent ses pareilles,
elle exerçait sur une très-vaste échelle son commerce lucratif. Son mari, un riche fabricant de
dentelles, avait le siége de son industrie en Belgique et son dépôt principal à Paris. Mme Benoît
avait eu l'ingénieuse idée de joindre à la vente des
dentelles la vente de tous les objets de toilette employés par les femmes.

— C'est uniquement afin de ne pas rester oisive
qu'elle s'occupe d'affaires, disait son mari.

En réalité, elle trouvait dans cette distraction,
prétendue innocente, une source abondante de
bénéfices. Elle achetait des bijoux, vendait des robes,
prêtait de l'argent, louait des meubles et se livrait
à toute une série d'opérations interlopes qu'elle
n'avouait pas et qui disparaissaient parmi celles de
son mari. Sa clientèle se composait de fils de famille, de demoiselles sans vertu, de quelques
femmes mariées, parmi celles qu'on a baptisées du
joli nom de cocodettes, et de bon nombre de gens
qui, par goût ou par cupidité, cherchent ou pro-
curent les plaisirs faciles et ont besoin de toutes les
ressources du crédit. Arrivait-on chez Mme Benoît,
on trouvait une personne aimable, charmante, qui
se confondait en offres de toutes sortes, qui mettait

son sang, sa fortune, ses marchandises à votre
disposition, et qui vous obligeait à acheter sans
payer.

— Ici tout est à vous, disait-elle aux clients.
Choisissez, prenez. Je ne vous demande pas d'argent ; vous m'en donnerez quand vous en aurez.

On cédait aux sollicitations. Mais à peine avait-on
le pied dans son antre qu'on se trouvait pris comme
une mouche dans les fils d'une araignée. Elle se
jouait de vous, de votre signature, de votre honneur. Tout délai qu'on sollicitait d'elle, alors qu'il
s'agissait de lui compter de l'argent, était accordé,
mais à quel prix! Aux femmes mariées, qu'elle tenait en son pouvoir, en les menaçant d'ouvrir les
yeux à leur mari, elle imposait des amants desquels elle recevait le prix du déshonneur des
malheureuses et le prix de ses marchandises. Elle
entraînait les hommes devenus ses débiteurs dans
des marchés inextricables, honteux, compromettants. Un mari qui, pour subvenir au luxe de sa
femme qu'il adorait, s'était livré à Mme Benoît, se
donna la mort pour échapper aux conséquences des
infamies qu'elle lui avait fait commettre. Cette
noble coquine comptait plus d'une histoire de ce
genre dans sa longue carrière. Elle possédait une
fortune qui avait son origine dans le sang, dans la
honte de ses victimes. Et néanmoins son abord était
si engageant, les débuts des relations qu'on nouait
avec elle si faciles, que sa clientèle, loin de diminuer, augmentait chaque jour.

C'est chez cette femme, avec laquelle il avait fait

diverses opérations véreuses, à laquelle il devait
des sommes considérables et qui, par conséquent,
était maîtresse de lui, que Dervaux avait envoyé
Mme de Ribeaupin, lorsque celle-ci s'était occupée
de s'installer conformément à sa situation nouvelle.
On a vu comment ces deux femmes avaient su
s'entendre et dans quel but Mme Benoît conduisit
Mme de Ribeaupin dans la rue de Marignan.

Pendant le trajet, la marchande de la rue Taitbout
sut gagner habilement la confiance de l'associée de
Dervaux. Mme de Ribeaupin ouvrit son cœur à sa
nouvelle amie ; elle lui parla de ses filles, de leur
beauté, de leur grâce, de leur ambition, et lorsqu'on
arriva au terme de la course, elle n'avait plus rien
à lui confier : Mme Benoît connaissait le fort et le
faible de Mme de Ribeaupin, et se promettait d'exploiter à son gré cette personne crédule et prétentieuse.

Le coupé s'arrêta devant une maison monumen-
tale, dans la rue de Marignan. Cette rue, qui va des
Champs-Élysées à l'avenue Montaigne, n'a guère
que dix ans de date. Elle était alors à ses débuts et,
comme toutes celles dont la construction est récente,
habitée par une population de filles et d'aventu-
rières. Hirondelles de passage, les femmes de cette
espèce sont les locataires accoutumées des maisons
neuves. On leur loue, à prix réduit, les appartements
dans lesquels on respire encore des odeurs de peinture et de maçonnerie. Selon une expression vulgaire, elles essuient les plâtres et vont ensuite chercher un gîte ailleurs, en abandonnant la place à des
locataires moins volages.

— N'est-ce pas un splendide quartier ? demanda Mme Benoît en descendant du coupé.

— C'est tout à fait de mon goût, répondit Mme de Ribeaupin, séduite déjà par la proximité des Champs-Élysées.

Les deux femmes entrèrent dans la maison et montèrent par un escalier que recouvrait un riche tapis jusqu'au troisième étage. A côté d'une porte de belle apparence, Mme Benoît posa le doigt sur un bouton qui fit retentir un timbre placé dans l'intérieur de l'appartement.

La porte fut ouverte par une jeune femme de chambre.

— Bonjour, Jeanne, dit Mme Benoît.

— C'est vous ? répondit Jeanne. Entrez donc, ajouta-t-elle en s'écartant. Madame est encore au lit ; mais elle vient de se réveiller.

— Nous venons visiter l'appartement, reprit la marchande à la toilette. J'espère qu'il conviendra à madame.

Jeanne jeta un rapide regard sur Mme de Ribeaupin et s'inclina, tandis que Mme Benoît lui posait à demi-voix la question suivante :

— Rien de nouveau ?

— Absolument rien. M. de Rochebry n'a pas donné de ses nouvelles, et madame se prépare à partir pour Bade. Elle n'est pas bien à plaindre. Vous lui laissez toutes ses nippes. Elle va déménager sans rien vous devoir, puisque vous rentrez en possession du mobilier que vous lui avez vendu et dont elle vous avait payé la moitié. Elle ne tardera

pas à donner à monsieur un remplaçant plus riche.
Moi seule suis à plaindre. Je reste sans place.

Mᵐᵉ Benoît poussa le coude de Jeanne.

— Tais-toi donc, petite sotte, lui dit-elle à voix
basse. Si tu es habile, cette dame te prendra à son
service. Elle vient de faire fortune. Elle ne sait rien
de rien, et elle est affligée de trois filles qui ont les
dents longues et qui ne demandent qu'à aller.

La physionomie de Jeanne, qui s'était rembrunie,
se rasséréna, et ce fut de sa voix la plus douce
qu'elle dit à Mᵐᵉ de Ribeaupin :

— Ceci, madame, est l'antichambre.

Les murs étaient de haut en bas recouverts de stuc.
Un épais tapis couvrait le sol. Trois portes s'ou-
vraient à droite, à gauche et au fond, garnies de
riches portières. Une lanterne chinoise descendait
du plafond. Dans les angles, baignant leurs racines
dans des jardinières en bois de rose, s'épanouis-
saient des camélias.

— Cela me convient assez, fit Mᵐᵉ de Ribeaupin
d'un air capable.

Elle visita successivement le salon, la salle à
manger, deux chambres à coucher. Le tout était,
comme l'antichambre, décoré avec une élégance
assez vulgaire, mais qui devait plaire à une femme
peu accoutumée à des ameublements aussi éclatants
que celui-là.

— Est-ce tout ? demanda Mᵐᵉ de Ribeaupin.

— Il y a encore la chambre de madame, répondit
Jeanne.

— La plus belle de toutes, ajouta la Benoît.

On était dans le salon. Jeanne frappa deux coups
égers contre une porte à droite.

— Qui est 'là? demanda de l'intérieur une voix
de femme.

— C'est Mme Benoît, reprit Jeanne. On vient pour
'appartement.

— On peut entrer.

Jeanne ouvrit la porte. Dans une chambre tendue
de satin vert relevé par des larges bandes de velours mauve, au milieu de laquelle s'étalait un large
lit en citronnier, Mme de Ribeaupin vit une femme
admirablement belle, qui serrait autour de sa taille,
robuste et flexible à la fois, les cordons d'un peignoir en cachemire à grands ramages, qui donnait
à sa beauté un caractère tout à fait original. Ses
pieds reposaient sur le tapis, nus encore, car elle
venait de quitter son lit. Ses cheveux blonds étaient
épars sur ses épaules découvertes, ainsi que ses
bras. La large échancrure du peignoir permit à
Mme de Ribeaupin de se convaincre que la locataire
de la Benoît avait une peau fine et blanche, et les
formes opulentes, bien que proportionnées, d'une
Vénus italienne. L'âge de cette femme était de vingt
à trente ans. On devinait à première vue'une de
ces crétures que la pratique du vice, grâce à un
privilége particulier, embellit au lieu de les flétrir,
et qui semblent destinées à rester éternellement
jeunes, pour le plus grand agrément des hommes
assez riches pour acheter leurs faveurs. Telle était
Mlle Florence Bakson, réputée dans la société ga-
lante de Paris pour les charmes de sa personne, les

caprices de son cœur et le prix ruineux de ses fantaisies. Si elle eût vécu en Grèce du temps d'Alcibiade, il se fût trouvé un poète pour célébrer sa beauté et la faire entrer dans l'immortalité, avec Laïs et Phryné, ses sœurs. De nos jours, ce n'était qu'une brillante *cocotte* dont les excentricités avaient pour théâtre Bade, le bois de Boulogne, le jardin Mabille et le Moulin-Rouge.

— Encore vous, madame Benoît? Quel *crampon* vous êtes! Vous ne voulez donc pas m'accorder un délai de huit jours?

C'est par ces mots, prononcés d'une voix dolente, que la belle Florence Bakson accueillit la marchande à la toilette.

— A quoi bon? fit celle-ci sans s'émouvoir. Dans votre intérêt comme dans le mien, ma petite, il vaut mieux que vous vidiez les lieux. Vous me devez encore six mille francs. Ainsi que je vous l'ai écrit, je me contenterai du mobilier.

— Que vous m'avez vendu quinze mille, objecta Florence.

— Il était neuf alors. Voyez dans quel état vous l'avez mis !

— Neuf? allons donc! A d'autres! Souffle-des-Brises l'a gardé pendant plus d'un an, et elle prétendait qu'il avait déjà servi.

— Elle se trompait; voilà tout, répondit froidement la Benoît, qui ne voulait pas prolonger devant Mme de Ribeaupin un entretien commencé sur ce ton. D'ailleurs, ce n'est pas de cela qu'il s'agit. Je vous ai accordé tous les délais que vous m'avez de-

mandés. Vous n'êtes pas en mesure de me payer.
Je trouve à vendre mes meubles. Madame consent à
se mettre en votre lieu et place. Vous n'avez qu'à
partir.

— J'ai fait hier la connaissance d'un riche Mexicain. Attendez encore. Il vous paiera.

— Je n'attendrai pas un jour de plus, et plus tard
vous m'en remercierez. Emmenez votre Mexicain à
Bade. Vous le tiendrez bien mieux qu'ici, où vos petites amies vous le prendraient. Quand vous revien-
drez, vous trouverez Mme Benoît à votre disposition
et je vous meublerai un autre appartement.

— Oh! avec ça qu'il est agréable d'avoir affaire à
vous, dit Florence, radoucie par les promesses de
la Benoît. Vous êtes d'une exigence! Vous savez
bien que si Rochebry ne m'avait pas lâchée, comme
un cuistre qu'il est, vous seriez payée depuis longtemps.

La Benoît secoua la tête.

— Je ne dis pas non ; mais les affaires sont les
affaires.

Florence laissa échapper un geste d'impatience.

— Allons, je partirai demain. J'espère, ajouta-
t-elle en se retournant du côté de Mme de Ribeaupin, que madame voudra bien me laisser le temps
de faire mes préparatifs de départ.

— Oh! tout le temps qui sera nécessaire, mademoiselle; d'ailleurs, je n'ai pas encore traité ; je ne
sais si je traiterai.

— Est-ce que l'appartement ne vous convient pas?
demanda Mme Benoît.

— Ce n'est pas cela, mais encore ai-je besoin de réfléchir.

La Benoît se mordit la langue et lança sur Florence un regard de colère. Elle attribuait à l'entretien provoqué par celle-ci le changement subit survenu dans les intentions de Mme de Ribeaupin et le refroidissement de son enthousiasme.

— Eh bien ! venez dans le salon ; nous causerons mieux.

Mme de Ribeaupin, mise en défiance par tout ce qu'elle avait vu et entendu, semblait hésiter. Cependant, sur l'invitation nouvelle de la Benoît, elle se prépara à la suivre. Celle-ci sortit la première.

En ce moment, Jeanne, qui venait d'échanger quelques mots avec Florence, s'approcha de Mme de Ribeaupin et lui dit à voix basse :

— Ne finissez rien sans avoir causé avec madame.

— C'était mon intention, murmura Mme de Ribeaupin. Qu'elle m'attende. Je vais revenir.

Elle rejoignit Mme Benoît dans le salon. Celle-ci ouvrit la bouche. L'autre l'arrêta net.

— Il est inutile que nous causions en ce moment. Je ne sais si je ferai ce marché. Je vous le répète : je veux réfléchir. Comme vous l'avez dit, les affaires sont les affaires. On ne saurait y apporter trop de prudence.

La figure de Mme Benoît exprimait un désappointement tel que Mme de Ribeaupin se félicita de sa réserve et persista dans sa résolution de ne rien terminer sur le champ, quoi que pût lui dire la marchande à la toilette.

— Alors, nous n'avons plus qu'à nous retirer, dit celle-ci d'une voix aigre, où se devinait une colère contenue. Aurai-je l'honneur de vous remettre chez vous ?

— Mille remercîments, mais je dois m'arrêter dans ce quartier. Demain je vous ferai connaître ma résolution.

— Vous avez tort. D'ici à demain, je peux traiter avec d'autres.

— J'en courrai le risque.

En parlant ainsi, elles descendaient l'escalier.

Voyant bien qu'elle ne convaincrait pas Mme de Ribeaupin, la Benoît se résigna. Arrivée dans la rue, elle monta dans sa voiture, qui partit au grand trot.

Son dépit était tel et l'absorbait à ce point, qu'elle ne songea même pas à se pencher pour suivre des yeux Mme de Ribeaupin. Celle-ci attendit un moment, debout sur le trottoir. Puis, lorsqu'elle eut vu la voiture disparaître, elle remonta chez Florence, qui l'attendait.

— Vous aviez à me parler, mademoiselle ? demanda-t-elle en s'asseyant dans le salon.

— La Benoît est une fine mouche, répondit Florence. Elle cherche à vous flouer. Voilà ce que je tenais d'abord à vous dire. Maintenant, j'ai une proposition à vous faire : si vous l'acceptez, vous vous rendrez service à vous, et vous m'obligerez.

— Je ne demande qu'à vous être agréable.

Mme de Ribeaupin ne mentait pas, et ce ne fut pas la politesse qui lui dicta cette phrase. Elle était tout à fait séduite par la physionomie et par le ton de Florence.

— Quel prix vous demande la Benoît ? fit celle-ci.

— Dix mille francs.

— Eh bien, voici ce que je vous propose. Je lui en dois six mille. Il m'en faut deux mille pour faire bonne figure en voyage et pour attendre les événements. Donnez-moi huit mille francs. Je paie la Benoît, et je vous laisse le mobilier.

— Oui, mais le bail est à son [nom.

— Ni au sien ni au mien : il n'y a pas de bail.

— Elle m'avait dit le contraire.

— Cela ne l'engageait à rien. Nous verrons demain le propriétaire, et il traitera avec vous, ce qui désespérera la Benoît, qui va se trouver doublement attrapée. J'en serai ravie.

En parlant ainsi, Florence partit d'un violent éclat de rire et fit une pirouette, au grand ébahissement de Mme de Ribeaupin, qui ne comprenait pas que cette belle personne se laissât mettre ainsi sur le pavé et acceptât sa déchéance aussi gaîment. Elle la trouvait charmante, et peu s'en fallut qu'elle ne lui offrît ses services. La malheureuse femme ne voyait pas ce qu'il y avait d'abject dans la position de Florence Bakson. Elle était surtout frappée par le côté extérieur et brillant de cette situation. Pouvoir, quand on n'a rien que sa jeunesse et sa beauté, se procurer tous les avantages de la richesse, cela lui semblait enviable. Cependant, une question se présentait à sa bouche. Encouragée par le bon accueil que lui faisait Florence, elle la posa.

— Comment se fait-il, mademoiselle, que, telle
que vous êtes, vous en soyez réduite à l'extrémité
où je vous vois ?

— Comment cela se fait ? Rien de plus simple.
J'avais un amant qui m'adorait et qui me couvrait
d'or. Je n'ai pas su le garder. Il est parti, et comme
j'ai follement dissipé les trésors qu'il me donnait, je
suis à plate couture.

— Si vous aviez eu auprès de vous une mère qui
aurait pris soin de vos intérêts, qui ne vous aurait
donné que de bons conseils, vous posséderiez aujourd'hui une petite fortune qui vous mettrait à
l'abri du besoin, objecta Mme de Ribeaupin, qui semblait poursuivre une idée fixe et vouloir s'instruire
en faisant jaser Florence.

— Bah ! que sait-on ? s'écria insoucieusement
celle-ci. Peut-être ma mère m'aurait volée ; quand
j'étais petite, elle me rouait de coups. Ses conseils
ne m'auraient pas sauvée. Les conseils ne servent à
rien quand la fatalité s'en mêle. Ce qui m'arrive,
c'était écrit, et je pense que c'est pour un bien. Depuis deux jours, les cartes m'annoncent la venue
d'un homme brun, riche comme Crésus. Je crois
l'avoir rencontré. C'est un Mexicain. Grâce à lui, je
vais me refaire.

— Serez-vous plus prudente au moins ? demanda
maternellement Mme de Ribeaupin.

Florence secoua la tête d'un air de doute. Puis
souriant, elle dit :

— Voyez-vous, je suis incorrigible. J'ai le cœur fai
ble et la tête chaude. Avec cela, on est toujours dupe.

Nous ferons grâce à nos lecteurs de la suite de cet
entretien, qui se prolongea assez longtemps encore.
Pour l'intérêt de ce récit, il suffira de savoir qu'à trois
jours de là, Mme Benoît étant payée, Mme de Ribeaupin s'installait avec ses filles dans l'appartement de
la rue Marignan. Moyennant huit mille francs, Florence Bakson lui abandonnait, non seulement le
mobilier, mais encore Jeanne, sa cameriste, celle-là
même à qui la Benoît avait dit que les demoiselles
de Ribeaupin possédaient des dents fort longues et
ne demandaient qu'à aller.

Après avoir lu ce qui précède, on peut envisager
dans son ensemble le changement que, dans un délai de trois mois, subit la position de Mme et de
MM^lles de Ribeaupin, et comprendre la surprise
qu'elles éprouvèrent en se trouvant transportées
du triste entresol de la rue Delaborde dans le brillant
appartement de la rue de Marignan. Estelle et Charlotte étaient enthousiasmées et ne cessaient de féliciter leur mère sur la brillante opération qu'elle
avait faite en prenant la succession de Florence
Bakson.

Durant les premiers jours qui suivirent son installation, elles consacrèrent la plus grande partie de
leur temps à admirer les tapis et les meubles de
leur nouvelle demeure. Elles avaient choisi pour
elles, avec le consentement de leur mère, la chambre
qu'occupait Florence, encore toute imprégnée des
parfums que celle-ci préférait. Ces odeurs capiteuses,
la couleur éclatante nes étoffes qui couvraient les
murs, ce luxe sans grandeur, mais si bien fait pour

flatter les regards, toutes ces choses grisaient les deux jeunes filles.

Dans la précipitation de son départ, Florence Bakson avait oublié dans une armoire quelques-unes de ses nippes. Il y avait des chemises en fine batiste garnies de dentelles et de faveurs roses, des mouchoirs brodés, deux ou trois robes défraîchies, mais d'une coupe excentrique, et même quelques lettres passionnées adressées à la courtisane par des adorateurs inconnus. Estelle et Charlotte mirent toutes ces reliques au jour, s'en parèrent, les étudièrent, puisant dans cet examen un goût plus accentué'pour les futilités et les aventures qui coûtent si cher, puisqu'une femme sans fortune ne peut acquérir les unes et participer aux autres qu'en les payant de sa personne. Elles rêvaient déjà des plaisirs qu'elles attendaient de leur richesse inespérée. N'étant retenues par aucun scrupule, ayant soif de jouissances effrénées, poussées dans cette voie par leur mère, qui voulait pour ses filles l'opulence à tout prix et qui se promettait d'exploiter leurs vices en les réglementant, les malheureuses étaient mûres pour la chute. Elles ne pouvaient entrevoir les conséquences de leurs désirs. Charlotte, nous l'avons dit, souhaitait une fortune qui lui permît de donner carrière à toutes ses ambitions. Estelle aspirait à la gloire que donne le théâtre. Il n'y avait encore là rien qui ne fût relativement légitime. Mais ce qui ne l'était pas, c'est qu'elles étaient préparées à tout pour atteindre la réalisation de leurs vœux. Ainsi se traduisait le résultat de l'éducation déplorable

qu'elles avaient reçue. Après avoir éprouvé toutes
les convoîtises que la misère suggère à ceux qui ne
savent pas la supporter dignement, elles ne se ré-
jouissaient de l'aisance qui leur était soudainement
échue que parce qu'elles y voyaient la possibilité
de donner carrière à leurs aspirations malsaines.
La fortune, qui aurait dû servir à faire d'elles
d'honnêtes femmes, devait devenir entre leurs mains
l'instrument de leur perte.

Il n'y eut qu'une femme qui comprit bien ce qui
se passait dans l'esprit des demoiselles de Ribeaupin : c'est Jeanne, la femme de chambre de Florence
Bakson, devenue leur chaperon, grâce à la folle imprudence de leur mère. Cette fille, rouée comme
ses pareilles, n'avait servi jusqu'à ce jour que des
héroïnes de la galanterie. Son éducation était complète. Elle savait le prix d'un billet remis à propos
ou d'une clé de boudoir livrée à temps. Elle connaissait toutes les intrigues, toutes les ressources
dont une femme vicieuse a besoin pour séduire les
hommes et se faire valoir. Il n'était pas une histoire
scandaleuse qu'elle n'eût retenue. Sa mémoire et
sa bouche étaient pleines de récits ignobles, bien
faits pour entraîner des jeunes personnes disposées à profiter de telles leçons. Elle fut fatale à
Estelle et à Charlotte. Tous les jours elle sortait
avec elles. Il arrivait souvent que les passants se
retournaient sur le passage de ce groupe où tout
était jeunesse et beauté.

— Je crois qu'un monsieur nous suit, disait
Jeanne à ses maîtresses.

Celles-ci pressaient le pas.

— Il ne nous mangera pas, ajoutait Jeanne en riant. D'ailleurs, il est fort bien ; je l'ai vu bien souvent chez Mme Florence. Il avait toujours l'argent à la main.

Elle continuait sur ce ton, exaltant ainsi les deux écervelées, en leur faisant comprendre tout le prix qu'elles pouvaient tirer de leurs charmes.

Tandis que les jours s'écoulaient de la sorte, Adrienne, sourde aux obsessions de sa mère, insensible aux conseils de Jeanne et aux exemples de ses sœurs, semblait prendre un plaisir tout particulier à rechercher la solitude. Elle s'était réservé la chambre la plus simple, la plus modeste de l'appartement. Elle y passait la majeure partie de ses journées, entourée de quelques bons livres, se plaisant à orner son petit réduit de tableaux, de fleurs, de tous les objets propres à le lui rendre cher, et à l'achat desquels elle consacrait les sommes que sa mère lui remettait pour ses menus plaisirs. Elle étudiait, voulant que Gaston trouvât en elle une femme intelligente et instruite. Ayant eu une enfance laborieuse et rarement consacrée aux travaux intellectuels, elle comprenait la nécessité de s'instruire pour donner à son ami une épouse digne de lui. Dans l'appartement de Florence, elle avait trouvé un piano, et sa mère ne s'était pas opposée à ce qu'elle prît un maître pour recevoir de lui quelques notions musicales.

— C'est une sauvage, cette petite-là, disait Mme de Ribeaupin ; mais elle ne sera pas toujours ainsi, et en attendant qu'elle se transforme, je ne suis pas fâchée qu'elle complète son éducation.

En outre, Mme de Ribeaupin, fondant les espérances les plus sérieuses sur ses deux aînées, se trouvait naturellement disposée à laisser quelque liberté à la plus jeune, se réservant de s'occuper d'elle le jour où les autres seraient lancées. Elle ne faisait jamais d'allusion à Gaston Rivière ni au refus qu'elle avait opposé à la demande du jeune avocat transmise par l'abbé Mérille.

— Si la petite en a eu quelque chagrin, pensait-elle, il faut atttendre qu'il se soit dissipé et ne lui causer jusque-là aucune contrariété.

Par ces divers motifs, Adrienne, livrée à elle-même, jouissant d'un entier repos d'esprit, était relativement heureuse. Une fois par semaine, elle éprouvait une grande joie. Le dimanche, accompagnée de la cuisinière, brave femme qui lui montrait quelque dévoûment, elle allait entendre la messe à Saint-Philippe-du-Roule. Gaston s'y rendait de son côté, et ils goûtaient ainsi le bonheur de se sentir rapprochés pendant quelques instants. Bien des fois, durant l'office, leur esprit fut troublé par des pensées peu conformes à la sainteté du temple. Mais qui songera à leur en faire un reproche? Ils ne pouvaient se rencontrer en aucun autre lieu. Et puis, leur amour était si noble, si pur, que rien de coupable n'en pouvait altérer la sérénité. A la sortie de l'église, ils se rencontraient sur les degrés, parmi la foule. Ils échangeaient quelques mots, se communiquaient leurs espérances ou leurs craintes, puis se séparaient, pleins d'un souvenir en face duquel ils vivaient jusqu'au dimanche suivant.

Cependant Mme de Ribeaupin s'occupait activement de renouveler, ou plutôt de créer la garderobe de ses deux filles. Deux couturières avaient été mises en réquisition. La maison du *Diable Boiteux* avait fourni des étoffes de soie et de satin, de la toile fine, tout ce qui était nécessaire au trousseau des jeunes filles. Ces marchandises, livrées à crédit, étaient inscrites au débit de Mme de Ribeaupin et diminuaient d'autant le total des sommes qu'en sa qualité d'associée de Dervaux elle devait toucher après chaque inventaire. L'honorable industriel, qui trouvait avantageux de pouvoir se libérer par anticipation et en marchandises, poussait, comme on dit, à la consommation. Les dames de Ribeaupin — nous voulons dire la mère et les deux aînées — trouvaient commode de satisfaire leurs caprices, sans bourse délier. Elles ne songeaient guère au quart d'heure de Rabelais. Voyaient-elles dans un magasin une robe séduisante, des dentelles de prix, un vêtement à la mode, vite elles envoyaient Jeanne au *Diable Boiteux*, avec l'ordre de ne revenir qu'avec un objet semblable à celui qui avait charmé les regards de ces demoiselles. Fidèlement obéissante, la soubrette exécutait les instructions qu'elle avait reçues, et, complice de Dervaux pour encourager ce gaspillage effréné, elle ne revenait qu'en apportant deux fois plus qu'on ne lui avait demandé. On gardait tout, sans même s'enquérir du prix.

8

— Nos bénéfices suffisent et au-delà à payer ces chiffons, disait Mme de Ribeaupin.

Pendant ce temps, son compte chez Dervaux grossissait dans des proportions effrayantes et s'augmentait des brimborions que Jeanne, en sa qualité de femme de chambre de ces dames, se faisait adjuger à leur insu.

— Le compte de Mme de Ribeaupin, c'est la bouteille à l'encre; je ne m'y reconnais déjà plus, disait au bout d'un mois le caissier de Dervaux, ahuri par la multiplicité des écritures qu'exigeaient les fantaisies de la famille de Ribeaupin.

VI

Depuis l'issue du procès à l'heureux résultat duquel il avait concouru pour une si grande part, le baron Drivonne s'était présenté à deux ou trois reprises chez Mme de Ribeaupin. Toujours reçu comme un bienfaiteur, il s'était vu l'objet des attentions les plus flatteuses. Charlotte lui témoignait une confiance que nous ne saurions appeler filiale, car il s'y mêlait des tentatives de séduction que révélaient suffisamment les efforts dont elle usait pour mettre en relief sa beauté. Mme de Ribeaupin se faisait complice de ce manége. Voyait-elle Charlotte et le baron assis à côté l'un de l'autre, elle s'éloignait, favorisant ainsi leur tête-à-tête dont le baron tirait habilement parti. Depuis longtemps, son plan était dressé. Il jugeait la fille docile, la mère facile, et rien ne lui souriait plus qu'une aventure qui pousserait Charlotte dans ses bras, dût-il, pour arriver à ce but, accabler toute la famille sous le poids de ses bienfaits, faire entrer

Estelle au théâtre, aider à l'établissement d'Adrienne, servir une rente à Mme de Ribeaupin.

Rien n'est plus tenace qu'une passion qui envahit soudainement les cœurs blasés des vieillards et des hommes mûrs. L'intensité des désirs semble s'accroître en raison de l'âge. Depuis le jour où Mme de Ribeaupin s'était présentée chez lui, le baron vivait en face d'une idée fixe, à laquelle il fallait donner satisfaction à tout prix. Trop indépendant pour subir le mariage, il ne voyait rien au-delà. d'une liaison passagère pour laquelle il sacrifierait au besoin une somme considérable et qui, après lui avoir procuré des charmes, ne lui laisserait aucune chaîne désagréable. On ne sera donc pas étonné d'apprendre qu'il eût déjà fait quelques allusions discrètes à ses projets. Il avait laissé entrevoir fort à propos à Charlotte la perspective d'une position brillante. Sans la mettre elle-même en cause, il parlait souvent du bonheur qu'il éprouverait à assurer le sort d'une jeune fille douée d'assez de bonne volonté pour lui rendre, ainsi qu'il disait décemment, quelques petits services. Elle aurait un appartement somptueux, des chevaux, des voitures, tout le luxe de la grande vie parisienne. Ces offres indirectes étaient d'autant plus sincères qu'il agissait sous l'empire d'une passion qui menaçait de tourner à la monomanie. Charlotte le laissai. s'engager. C'était une personne habile et prudente. Elle commençait à mesurer l'étendue de son pouvoir et à se demander si elle ne devrait pas tenter d'entraîner le baron jusqu'au mariage. Pour réussir, que fallait-il? Assez de coquetterie pour lui tourner la tête, assez de fermeté pour lui résister, assez de sang-froid pour exploiter ses transports sans les partager. Elle possédait toutes ces choses, et ce qui devait en accroître la puissance, c'est qu'elle avait l'énergique volonté de devenir riche.

Elle s'affermit dans ces pensées, que la position particulière du baron Drivonne, son titre, sa fortune et son luxe avaient fait germer dans son imagination dévoyée. Dès lors, le vieux libertin eut devant lui une sirène redoutable dont la naïveté, la candeur apparentes le charmaient, et dont il ne soupçonnait ni les ruses, ni la corruption. Nous devons ajouter que Charlotte garda pour elle seule ses pensées. Elle ne les communiqua ni à sa mère, ni à Estelle. Une sorte de pudeur retenait encore Mme de Ribeaupin. Elle ne s'entretenait jamais avec ses filles de ses désirs, comme si la honte d'avoir à avouer qu'elle pouvait raisonner froidement de leur déshonneur l'eût retenue. Mais elle les laissait faire, en les dispensant de toute confidence et en secondant tous les efforts qui avaient pour but de se faire un piédestal de leur beauté. Quant à Estelle, elle était depuis quelque temps entrée en relations avec un professeur de déclamation qui la préparait au théâtre. Elle apportait dans ses études une ardeur qui l'absorbait et ne lui permettait pas d'étudier, dans ses détours et ses bassesses, la conduite de Charlotte.

Sur ces entrefaites, Mme de Ribeaupin se décida à inviter le baron Drivonne à dîner. C'était depuis longtemps une idée fixe, car elle espérait attacher ainsi plus' étroitement ce riche personnage à sa maison et le décider à y conduire quelques-uns de ses amis. Aussi, quand autour d'elle toutes choses furent organisées conformément à ses désirs, elle lança son invitation. Rien ne pouvait être plus agréable au baron Drivonne. Il accepta avec un empressement qui était à lui seul le témoignage de sa brûlante passion, et qui fut pris ainsi par Charlotte.

Le jour du dîner fut un jour mémorable. Dès le matin, Mme de Ribeaupin était sur pieds pour présider à tous les préparatifs de la solennité. Le repas, commandé chez Chevet, devait être servi par les garçons de l'établissement, qui, au nombre de quatre, un cuisinier, un marmiton, un maître d'hôtel et un sommelier, firent dès cinq heures invasion chez Mme Ribeaupin. A la même heure un commissionnaire apportait quatre merveilleux bouquets pour la mère et ses filles. C'était une attention délicate du galant baron, qui se faisait précéder de la sorte, afin d'être mieux reçu. Le bouquet destiné à Charlotte était remarquable par le goût exquis avec lequel il avait été composé. L'oranger y figurait comme le témoignage éclatant de la vertu de celle à qui il était destiné. Les roses y célébraient sa beauté, et d'admirables camélias traduisaient les espérances du baron. Charlotte seule comprit le langage de ces fleurs et en tira les plus heureux présages.

Un quart d'heure avant le dîner, les dames de Ribeaupin étaient assises dans leur salon brillam-

ment illuminé, attendant leurs convives, le baron
Drivonne et Dervaux, l'élégant directeur propriétaire des magasins du *Diable Boiteux.*

— Ce grand industriel ne sera pas déplacé à côté
de ce brillant gentilhomme, avait dit fièrement
Mme de Ribeaupin, qui aimait à traduire ses pensées
en phrases altières et éloquentes.

Elle était vêtue d'une robe violette en soie de
Naples moirée, d'une sorte de veste espagnole sans
manches en velours noir, et coiffée d'un bonnet qu'é-
crasaient des fleurs et des fruits artificiels. Un
brillant dans ses cheveux, au-dessus du front, une
broche faite d'un camée antique, des bracelets, des
bagues complétaient cette tenue, qui n'eût pas trop
blessé le bon goût, sans la profusion exagérée des
bijoux, des rubans et des grelots attachés au corsage.
La grosse face rougeaude de Mme de Ribeaupin, sa
santé exubérante étaient d'ailleurs incompatibles
avec la distinction naturelle qui est le privilége de
certaines femmes et que, dans ses illusions, elle
croyait posséder au suprême degré.

Charlotte était brutalement belle, avec une robe
couleur paille à longue traine, d'une étoffe souple
et soyeuse, recouverte de dentelles noires, ses bras
et ses épaules nus, n'ayant d'autre ornement qu'un
collier en vieux sequins, ses cheveux plats sur le
front tombant sur son cou en boucles éparses.
Rien de plus splendidement provocant que cette
jeunesse admirable, relevée par une parure dont
l'aisance avec laquelle elle était portée doublait le
prix.

Estelle s'est habillée comme une prêtresse antique. Son vêtement de cachemire gris était surtout remarquable parce que le corsage y était remplacé par un péplum qui cachait la taille et que retenaient au-dessus des bras deux agrafes. Sa coiffure à la grecque, avec des bandelettes, donnait à son visage un caractère original digne de ses prétentions artistiques, et si elle ne possédait pas la grâce éloquente de Charlotte, elle semblait mieux faite, telle qu'elle était ce soir-là, pour charmer un auditoire avide d'entendre les grands vers tragiques.

Quant à Adrienne, nous n'en parlerons que pour constater que sa robe blanche et sa coiffure simple n'enlevaient rien à sa physionomie de jeune fille. Tout en elle semblait dire :

— Je suis ici parce qu'on m'oblige à y être ; mais je souhaite qu'on ne me porte aucune attention. Qu'on me traite de sotte ou de niaise si l'on veut, peu m'importe. Il n'est qu'un homme à l'admiration duquel je serais sensible. Il n'est pas parmi nous. Je désire donc ne pas être tirée de mon obscurité.

Après ces descriptions nécessaires, il est inutile de dépeindre le tableau enchanteur qui s'offrit aux regards du baron Drivonne lorsqu'il fit son entrée dans le salon de Mme de Ribeaupin. Il avait la tenue élégante et sévère d'un correct gentleman. Pour faire honneur à la maison hospitalière qui le recevait, il s'était paré de toutes ses croix, retenues à la boutonnière de son habit par une chaînette d'or.

— Décidément, se dit Charlotte en le voyant apparaître, une femme serait fière d'arriver dans un salon appuyée à son bras.

Il baisa la main de Mme de Ribeaupin, qui ne s'était jamais vue à pareille fête, s'inclina devant les demoiselles, en lançant du côté de Charlotte un regard brûlant ; et adressant la parole à la mère, il la félicita sur la beauté de ses deux filles. M. Dervaux ne tarda pas à suivre le baron. Il avait aussi belle mine et ne défigurait pas ce groupe de six personnes qui, dans des attitudes diverses, sous l'éclat resplendissant d'un lustre, devisaient avec abandon, en attendant que le moment fût venu de se mettre à table. Mme de Ribeaupin était plongée dans un ravissement indicible. Voilà ce qu'elle avait toujours rêvé : le luxe, la grande vie, les fins repas où la gourmandise et l'esprit sont également déchaînés.

— Quel début ! se disait-elle ; et que sera-ce donc quand j'aurai des relations nouvelles ?

Qu'il était déjà lointain et oublié le pauvre petit logis de la rue Delaborde ! Parmi ces quatre femmes, une seule peut-être se souvenait des jours écoulés : c'était Adrienne. Ils lui avaient été cependant bien durs ; mais grâce à eux, elle connaissait Gaston, dont l'amour la dédommageait de toutes ses peines. Soudain un sentiment d'orgueil s'empara de Mme de Ribeaupin, son visage s'empourpra d'une noble rougeur. C'est qu'un maître d'hôtel, ouvrant à deux battants les portes de la salle à manger, s'était écrié :

— Le dîner de madame la baronne est servi.

Il est des émotions qui ne sauraient se traduire.

Le dîner, commencé à sept heures, n'était pas encore terminé à neuf heures, ce qui s'explique autant par la multiplicité des plats que par le plaisir que tous les convives, à l'exception d'Adrienne, éprouvaient à se voir réunis autour de cette table. Madame avait à sa droite le baron Drivonne, à sa gauche M. Dervaux. Estelle était assise en face de sa mère, entre ses deux sœurs, Charlotte lui ayant cédé sa place afin de se trouver auprès du baron. Celui-ci nageait dans les béatitudes infinies du septième ciel. Le voisinage des beautés qu'on adore produit toujours de semblables effets. Et puis, Charlotte avait eu des sourires si mystérieux, si timides, si pleins d'aveux, que le baron croyait toucher au bonheur dont, en ce moment, il appréciait encore mieux le prix, les charmes de la jeune fille se révélant à lui dans toute leur splendeur.

— La beauté est une puissance, disait-il à voix basse à sa voisine. Vous méritez d'être traitée comme une reine.

— Voulez-vous vous moquer de moi ? répondait-elle en minaudant.

Lui, de plus en plus exalté :

— Ne voudrez-vous pas ajouter foi aux protestations que je ne cesse de vous faire entendre ? Que ne puis-je vous ouvrir mon cœur ! Vous y verriez l'ardent amour qui me dévore.

— Ardent ? dites-vous. Je crains bien que cette belle ardeur ne soit feu de paille.

— Charlotte, voulez-vous me désespérer ? Comment vous prouver que la vérité est dans ma bouche, et qu'en vous parlant comme je le fais, je n'exagère rien ?

En s'exprimant ainsi, il regardait la jeune fille. Elle suivait de l'œil les progrès de la passion qu'elle avait allumée dans ce cœur blasé, mais nullement insensible aux trésors qu'à dix-huit ans une vierge réserve à ses adorateurs. C'était la première fois qu'elle voyait le baron aussi pressant. Tout son être révélait l'exaltation la plus grande. Ses yeux brillaient d'un éclat inaccoutumé. On eût dit qu'il s'agitait sous l'empire d'un feu intérieur qui le brûlait. Il semblait prêt à toutes les audaces, et ce qui ajoutait à sa témérité, c'est que, bien qu'assis à cette table, il était véritablement seul avec Charlotte, leurs visages étant cachés aux autres convives par des fleurs placées devant eux, et ceux-ci étant eux-mêmes livrés à une conversation des plus absorbantes.

Les vins, la bonne chère avaient déjà fait leur œuvre. Mme de Ribeaupin parlait à Dervaux avec une volubilité bruyante. Celui-ci avait annoncé que les magasins du *Diable Boiteux* étaient enfin expropriés et que cet événement aurait pour résultat, dans un avenir prochain, un accroissement énorme des bénéfices de la société. Cette nouvelle disposait Mme de Ribeaupin aux confidences les plus tendres. Mais Dervaux, tout à fait lancé, ne prêtait à ses propos qu'une médiocre attention, et par dessus la tête d'Adrienne, indifférente à ce qui se passait autour d'elle et pressée d'arriver à la fin du repas, il interpellait Estelle en un langage d'assez mauvais goût, qui faisait rire et rougir tour à tour la future comédienne.

Ainsi tout favorisait le tête-à-tête brûlant de Charlotte et du baron. La jeune fille, voyant son adorateur lancé jusqu'aux étoiles, résolut de profiter de cette exaltation pour laisser entrevoir ses désirs ; au moment où celui-ci achevait une tirade des plus pathétiques, elle lui dit :

— Je ne refuse pas de vous rendre heureux.

Puis, couverte de confusion, elle inclina son front dans son assiette, en égrenant d'une main distraite une grappe de raisin.

— Quoi ! divine Charlotte !

— Je vous sais honnête homme, reprit-elle sans lui laisser le temps de continuer ; je suis donc prête à accepter votre nom et à vous donner mon cœur.

Le baron resta la bouche ouverte, l'œil exprimant la surprise et dans la situation d'un homme qui, au milieu des témoignages d'un ardent enthousiasme, serait soudain pétrifié. Charlotte devina cette stupéfaction, à laquelle elle s'attendait, mais ne la vit pas. Elle avait eu soin, en effet, de demeurer les yeux baissés, afin de ne pas se trouver dans la nécessité d'apostropher le baron et de l'interroger sévèrement sur ses intentions.

— Monsieur le baron, pensait-elle, je crois qu'en ce moment je vous place dans une position critique. L'heure est venue de vous prononcer, et nous verrons comment vous vous exprimerez.

De son côté, le baron se disait :

— La petite est plus forte que je ne pensais. Te-
nons-nous sur la défensive ; ne nous engageons pas
étourdiment

— Vous ne me répondez pas, fit tout à coup
Charlotte.

— Ah ! mon amie, l'émotion, l'excès de mon
bonheur....

Il allait perdre la tête, n'étant nullement préparé
à subir cet assaut décisif. Heureusement, Mme de
Ribeaupin vint à son secours en quittant la table.
Tous les convives l'imitèrent, et tandis qu'on revenait dans le salon, le baron eut le temps de recouvrer
son sang-froid et de s'exhorter à la prudence.

Sans promettre le mariage, il pouvait ne pas s'y
refuser et maintenir Charlotte dans une indécision
grâce à laquelle il pourrait faire réussir ses coupables projets. Dès ce moment, la lutte était engagée. Les deux adversaires allaient faire assaut de
ruses, chacun espérant arriver à ses fins.

Tandis qu'on allait de la salle à manger dans le
salon, Adrienne trouva la possibilité de disparaître.
Elle était profondément blessée par ce qu'elle avait
vu et entendu. Sans posséder aucune expérience
des choses de la vie, elle pressentait que des re
pas tels que celui auquel elle venait d'assister
n'avaient rien de commun avec ces agapes de famille
où tout se passe en quelque sorte patriarcalement,
ni même avec ces dîners d'apparât auxquels préside
l'étiquette, et qui sont remarquables surtout par la
tenue digne, presque sévère, des convives. Elle ne
s'y trouvait pas à sa place, et il lui eût été doulou-

reux d'assister plus longtemps à des scènes qui froissaient toutes les délicatesses de son cœur. Chacun des convives était à ce point absorbé que personne ne remarqua son absence. On prenait le café dans le salon, et la conversation était devenue générale. Mme de Ribeaupin, une tasse à la main, allait de l'un à l'autre en sautillant.

— Que n'ai-je ici un journaliste ! se disait-elle. Demain il pourrait constater dans les gazettes l'amabilité avec laquelle je fais les honneurs de ma maison. ..

Ce fut le seul regret qu'elle éprouva durant cette soirée mémorable où toutes choses marchèrent à souhait. Vers dix heures, tout le monde était groupé autour du baron. Il n'avait rien trouvé de plus propre à intéresser ceux qui l'entouraient que de leur raconter une aventure de garnison. Il en était au point le plus piquant de son récit, quand soudain on entendit du bruit dans l'antichambre ; puis une porte s'ouvrit pour livrer passage à un élégant jeune homme. Il entra les mains dans les poches, le chapeau sur la tête, comme un familier de la maison ; mais il s'arrêta tout à coup, frappé de stupeur, en se voyant parmi des inconnus qui le regardaient avec une surprise égale à la sienne.

— Je vous demande pardon, dit-il en se découvrant. La porte était ouverte. Je n'ai pas trouvé de domestiques dans l'antichambre. Je suis entré, croyant être chez Mlle Florence Bakson.

— Eh ! mais, c'est Rochebry, s'écria tout à coup le baron.

Il se leva, courut au nouveau venu, lui prit les
deux mains qu'il serra avec effusion. Puis, l'entraînant vers Mᵐᵉ de Ribeaupin :

— Madame la baronne, dit-il, veuillez me permettre de vous présenter mon ami, le vicomte de
Rochebry, un aimable gentilhomme qui n'a que le
défaut d'être volage et léger, et de s'enfuir au moment où on le croit fixé pour longtemps. Il est venu
au temps de la belle Florence... Vous me comprenez... et il a cru la retrouver dans l'endroit où il
l'avait laissée.

— Ah! monsieur le vicomte, fit Mᵐᵉ de Ribeaupin,
c'est bien mal à vous d'avoir abandonné cette pauvre femme. Elle vous attendit longtemps et partit
pour Bade, lasse de pleurer et de se montrer patiente.

Pendant qu'on parlait ainsi autour de lui, Rochebry avait examiné Estelle et Charlotte avec la curiosité d'un viveur de vingt-cinq ans.

— Ma foi, baronne, répondit-il, je suis ravi de ne
plus trouver Florence ici, et puisque vous m'encouragez par votre bon accueil, je vous déclare avec
franchise que j'accepterais volontiers une aile de
volaille et une tranche de rosbeef. Je meurs de
faim.

— Il est charmant, pensa Mᵐᵉ de Ribeaupin.

Elle se précipita avec empressement sur une sonnette pour donner des ordres. Rochebry se rapprocha du baron.

— Ah ça! mon cher, où suis-je? Me le direz-
vous?

— Où vous êtes, vicomte ? Je n'ose le dire : dans le temple de la vertu.

— Je m'en doutais.

— Vous êtes l'hôte de la baronne de Ribeaupin, veuve d'un officier, ex-débitante de tabac, grâce à moi devenue riche tout à coup, mère de ces deux belles filles, dont l'une, la robe paille, occupe votre serviteur peut-être plus qu'il ne faudrait.

— Et vous croyez ?...

— Je fais tous mes efforts dans ce but. Si le cœur vous en dit, je ne crois pas la belle Estelle, cette adorable Grecque, très-farouche...

— Tiens ! tiens !

— Approchez-vous, mon cher ; parlez, soyez éloquent. Elle veut entrer au théâtre...

— Au théâtre ? Mais je la protégerai. Le directeur des *Drôleries Parisiennes* est tout à fait de mes amis.

La figure d'un bellâtre, l'élégance d'un cocodès, des gestes efféminés, l'insolence que donne la possession de soixante mille livres de rente, tel était le vicomte Adalbert de Rochebry. Il avait été l'amant victorieux de Florence Bakson, et après l'avoir quittée avec autant d'insouciance que s'il se fût agi d'un chien galeux, il était revenu pour la retrouver, ignorant que, fatiguée de l'attendre, elle avait pris son vol vers d'autres climats. Il n'eut pas le loisir de la regretter, puisqu'un hasard bienveillant le jeta sur le chemin d'Estelle. L'imprévu de cette rencontre, les paroles que lui souffla en toute hâte le baron Drivonne, firent espérer au vicomte une aventure des plus piquantes. Sans hésiter, il s'avança vers Estelle, à la grande joie de Mme de Ribeaupin, que les succès de ses filles rendaient radieuse et qui, pour laisser le terrain libre à Rochebry, se hâta d'aller continuer avec Dervaux l'entretien commencé pendant le dîner, tandis que le baron Drivonne s'emparait de nouveau de Charlotte.

— On m'apprend, mademoiselle, que vous êtes entraînée vers la carrière théâtrale par une vocation irrésistible, fit brusquement Rochebry en s'adressant à Estelle.

— Cela est vrai, monsieur, répondit-elle, les yeux modestement baissés.

— Vous m'en voyez ravi.

— Pourquoi?

— Parce que j'ai l'espoir de vous être utile. J'ai quelques amis influents dans le monde des artistes, et je ne doute pas que, grâce à eux, grâce à moi, vous ne trouviez devant vous un chemin facile.

En cet instant critique, Estelle ne perdit pas la tête. La passion allumée par Charlotte troublait quelque peu son sommeil, et puisque sa sœur était adorée par un baron, il ne lui déplaisait pas à elle d'être adorée par un vicomte. Dans l'ordre nobiliaire, un vicomte est plus qu'un baron; chacun sait ça. Elle résolut donc de couvrir sur le champ Rochebry de chaînes solides et de le courber à ses pieds, dans l'attitude qui convient à un amoureux qu'on ne veut pas réduire au désespoir.

— Je ne saurais trop vous remercier, monsieur,

9

dit-elle; mais, du moins, m'expliquerez-vous ce qui me vaut l'intérêt, la sollicitude que vous me témoignez ?

— Votre beauté, mademoiselle.

Ce fut dit avec un aplomb redoutable. C'est que ce jeune gentilhomme n'en était plus à ses coups d'essai. Il savait comment on parle aux femmes. Il le savait si bien qu'après ce compliment brutalement formulé, il ajouta :

— Je suis tout disposé à vous aimer.

— Où cela me conduira-t-il? demanda Estelle sur le même ton.

— Au bonheur parfait, si vous voulez bien ne pas repousser mes hommages.

— Je les trouve bien rapides.

— Ils n'en sont que plus sincères.

— Qu'est-ce qui peut vous plaire en moi?

— Votre beauté, mademoiselle, je vous l'ai dit, puis ce qu'on voit en vous et surtout ce qu'on devine.

Parlait-il du physique? parlait-il du moral? Dans le premier cas, son compliment était une insolence; dans le second, une flatterie délicate. Estelle ne chercha pas à scruter ses desseins. Elle se vit courtisée; cela lui suffisait.

— Il serait cruel de vous désespérer en vous défendant de me parler ainsi que vous venez de le faire, murmura-t-elle ; mais donnez-moi le temps de vous mieux connaître. Il ne sera pas mauvais que vous-même puissiez apprécier si je vaux ce que vous pensez.

— J'en ai la certitude.

— Monsieur le vicomte, vous êtes servi, dit tout à coup une voix derrière Rochebry.

Il se retourna. D'un geste gracieux, Mme de Ribeaupin lui montrait un guéridon sur lequel un domestique déposait un plateau chargé d'une demi-volaille froide, d'une bouteille de vin de Champagne et de quelques fruits.

— On n'est pas plus hospitalier, répondit le vicomte en s'asseyant devant ce repas dont il avait grand besoin.

— Comment se fait-il qu'à cette heure vous n'ayez pas dîné ? lui demanda Mme de Ribeaupin, tandis qu'il mordait à belles dents sur son aile de poulet.

— J'arrive de Londres, baronne, répondit-il la bouche pleine. Et puis, un pressentiment... J'espérais faire un meilleur repas ici que chez moi.

— Oui, vous espériez être servi par la belle Florence Bakson, reprit à voix basse Mme de Ribeaupin.

— Oh ! baronne, je vous en supplie, ne prononcez plus ce nom devant un homme qui a eu le bonheur de voir votre adorable fille.

Mme de Ribeaupin s'éloigna en riant aux éclats, tandis qu'Estelle se rapprochait de Rochebry et, sans en être priée, remplissait son verre. Il prit la coupe pleine du vin mousseux, et l'élevant doucement :

— Je bois à la réalisation de mes espérances, dit-il.

Estelle baissa les yeux. Il vida son verre, puis se remit à manger et à boire jusqu'à ce qu'il eût fait table rase des mets placés devant lui.

— Et maintenant, si je pouvais fumer une cigarette, mon bonheur serait complet, reprit-il lorsqu'il eut terminé son repas.

— Malheureusement, je ne peux pas vous en offrir, répondit Estelle avec regret.

Il mit la main dans sa poche.

— J'en ai, moi, et d'excellentes. Vous en offrirai-je?

— Je ne sais pas si je dois...

Il regarda vivement à droite et à gauche, et voyant qu'on ne les observait pas, il avança une cigarette vers la bougie d'un candélabre. Avec celle-là, il en alluma une seconde et l'offrit à Estelle.

— Essayez-en, mademoiselle.

Elle hésitait ; il la lui mit de force dans la main.

— Vous êtes fou, dit-elle.

Et riant d'un beau rire qui laissa voir toutes ses dents, elle porta jusqu'à ses lèvres la cigarette qu'avaient touchée celles de Rochebry, en arrondissant son bras nu qui sortait du péplum, ferme et blanc.

De la place qu'elle occupait sur un sofa, écoutant Drivonne amoureusement penché sur elle, Charlotte n'avait rien perdu de cette scène.

— Hé ! là-bas ! j'en veux bien, moi.

Elle prononça ces paroles d'une voix moqueuse, et, ne faisant qu'un bond, elle arriva devant Rochebry, qui lui tendit une cigarette.

— Je crois qu'on fume ! s'écria Drivonne en se rapprochant.

Et lui-même alluma un cigare.

Cette fois l'attention de Mme de Ribeaupin fut éveillée par la singularité de cette scène.

— Ces demoiselles se lancent, dit sentencieuse-ment Dervaux, qui digérait avec conscience et di-gnité l'excellent dîner qu'il venait de manger.

— Oui, elles s'émancipent, les pauvres petites! ajouta Mme de Ribeaupin. Bah ! nous sommes en famille.

Elle se leva, et Dervaux la suivit, de telle sorte que les convives ne formèrent bientôt qu'un seul groupe dans un nuage de fumée.

— Nous devrions jouer aux jeux innocents, s'écria tout à coup le baron Drivonne.

— Oui, aux jeux innocents, répéta Charlotte en battant des mains.

— Je m'y oppose, fit à son tour le vicomte de Rochebry. Puisque Mlle Estelle se destine au théâtre, je demande qu'elle nous donne un échantillon de son savoir-faire.

— Voilà qui est parlé !

Et Mme de Ribeaupin remercia le vicomte d'un signe de tête.

— Il est délicat, pensait Estelle.

Sans se faire prier, elle se posa dans le milieu du salon, et, la tête fièrement levée, le bras tendu en avant, elle récita d'une voix vibrante le *Songe d'Athalie.*

Un perroquet ne répète pas mieux ce qu'on lui

a appris ; mais Estelle ne mit pas dans sa déclamation plus d'âme qu'un perroquet n'en saurait mettre.

— C'est admirable ! murmurait Mme de Ribeaupin, en proie à une douce émotion.

— Mademoiselle, s'écria Rochebry, vous serez une grande comédienne. J'en fais mon affaire. Demain, si vous voulez y consentir, je vous présenterai à mon ami Dorsay, le directeur du théâtre des *Drôleries-Parisiennes*.

— Et vous croyez que ce monsieur consentira à engager ma fille ? demanda Mme de Ribeaupin.

— Si je le crois, baronne ! mais j'en suis certain. D'abord, elle possède un remarquable talent ; ensuite j'exerce sur Dorsay une influence puissante ; enfin, il n'est pas de directeur qui ne consentît à admettre chez lui la fille d'un noble gentilhomme.

— Il est certain qu'un sang glorieux coule dans les veines de cette enfant.

Pendant ce court entretien, la physionomie de Charlotte s'était assombrie. Le baron Drivonne s'en aperçut. Il l'interrogea.

— Pourquoi cette tristesse soudaine, cher ange ?

— Parce que je ne suis bonne à rien. Ma sœur aura la célébrité, tandis que moi...

— Vous, vous aurez la fortune, la fortune et l'amour, répondit passionnément le baron.

— Voilà une belle et bonne soirée, observa le vicomte de Rochebry. Nous devrions la terminer par un tour de valse ou par un quadrille.

La proposition fut acceptée avec enthousiasme.

— Adrienne va se mettre au piano, s'écria Charlotte. Adrienne !

Alors seulement Mme de Ribeaupin se rappela pour la première fois de la soirée qu'elle avait une troisième fille et remarqua son absence.

— Cette petite sauvage s'est enfermée dans sa chambre, s'écria-t-elle.

Et elle sortit en courant pour aller la chercher.

A peine sortie de table, Adrienne, ainsi que nous l'avons dit, s'était esquivée sans bruit. Ravie de se trouver seule et d'échapper à la bruyante compagnie réunie dans le salon de sa mère, la jeune fille changea la robe blanche dont elle était vêtue contre une robe de chambre, prit un livre, s'assit devant une table et se plongea dans une lecture plus attrayante pour elle que les plaisirs auxquels elle venait de renoncer.

Puis, vaincue par la puissance de ses souvenirs, elle s'abandonna à ses pensées qui emportaient son esprit vers Gaston Rivière. Séparée de son ami, elle vivait cependant avec lui, assurée qu'à la même heure il pensait à elle. Elle caressait les projets formés pour l'avenir, et son cœur, plein d'une image adorée, se gonflait de bonheur en contemplant la perspective que l'amour ouvrait devant lui. Plus d'une heure s'écoula ainsi. Alors le besoin de dormir s'empara d'Adrienne. Elle se prépara à se mettre au lit ; mais au moment où elle allait se défaire de son peignoir, la porte de sa chambre s'ouvrit brusquement, et Mme de Ribeaupin entra, le visage empourpré, l'œil allumé, et d'une voix sévère :

— Que faites-vous ici, mademoiselle ?

— Vous le voyez, maman, j'allais me coucher.

— Est-ce donc que vous méprisez les personnes que votre mère a l'honneur de recevoir ?

— Je ne les méprise pas, répliqua Adrienne affligée et surprise ; j'éprouve quelque fatigue, et...

— Il s'agit bien de cela. Fatiguée ou non, il faut venir. On va danser. Vous tiendrez le piano.

— Tenir le piano ! moi ! Mais, maman, c'est impossible : je ne suis pas assez habile.

— Je m'attendais à cette réponse. N'avez-vous pas appris deux valses allemandes ?

— Sans doute.

— Cela suffira. Vous les jouerez.

— Je n'oserai jamais, répondit Adrienne, qu'épouvantait déjà la pensée de montrer son savoir-faire devant des étrangers.

— J'ordonne, et vous n'avez qu'à obéir, reprit durement Mme de Ribeaupin.

Un éclair passa dans le regard d'Adrienne, comme si elle eût été sur le point de se révolter contre un ordre de cette nature. Mais à ce mouvement rapide succéda la résignation. Elle laissa tomber à ses pieds le peignoir qui la couvrait, remit, sans mot dire, sa robe blanche et suivit sa mère, qui l'avait observée pendant tout ce temps.

— Voici la pianiste ! s'écria triomphalement Mme de Ribeaupin en revenant dans le salon.

Tous les yeux se dirigèrent vers Adrienne. Rochebry parut même surpris par cette apparition

poétique et charmante. Il se pencha sur le baron
Drivonne, assis dans un coin, et lui dit :

— Ah çà ! mais cette maison est donc le rendez-
vous des jolies filles ?

— Cette petite-là ! répondit le baron, c'est une
niaise, mon cher. Pas beaucoup de beauté et peu
d'esprit.

Il compléta sa pensée d'un mot grossier. Rochebry allait répondre ; mais Estelle ne lui en laissa pas
le temps. Elle accourut à lui au moment où les premiers sons du piano se faisaient entendre, et tombant dans ses bras :

— Vous m'avez promis une valse, dit-elle.

— Valsons ! s'écria le vicomte, charmé par ce
mouvement de bon augure.

Et enlaçant d'un bras amoureux la taille d'Estelle, il l'entraîna vivement, tandis que le baron
Drivonne, imitant cet exemple, entraînait Charlotte
d'un autre côté. Mme de Ribeaupin s'était assise à
côté de Dervaux.

— C'est ravissant, disait-elle. Comme elles sont
belles, mes filles ! Quelle grâce ! Voyez donc Charlotte : est-il possible d'admirer une personne plus
charmante ?

— Mlle Estelle a bien son prix, objecta Dervaux.

— Si mon Adrienne était comme ses sœurs,
quel profit elle pourrait tirer de son talent ! car elle
a du talent. Écoutez-la.

La vérité, c'est que le talent d'Adrienne était encore bien imparfait. Elle jouait une valse de Chopin
qu'elle n'aurait pu déchiffrer à première vue, mais

qu'avec bien des efforts elle avait apprise, et que sa
mémoire avait retenue. Seulement, extasiée par
cette musique passionnée qui parlait à son cœur,
elle se laissait aller à l'inspiration qui lui révélait,
en quelque sorte, toutes les pensées que le musicien
avait voulu traduire dans ses accords mélodieux.
Les yeux à demi-clos, la tête penchée sur la poitrine, elle ne voyait rien du spectacle qui se passait
devant elle, ni les gestes de Rochebry, qui se montrait passionné autant que la musique aux sons de
laquelle il dansait, ni les attitudes de ses sœurs.
Elles semblaient l'une et l'autre pâmées par le
plaisir. Parfois elles s'arrêtaient pour reprendre haleine. Elles souriaient et rougissaient quand leur
danseur, approchant ses lèvres de leur oreille, disait quelques mots à voix basse. Une mère plus
clairvoyante que Mme de Ribeaupin eût deviné la
nature des propos qui troublaient ainsi les jeunes
filles. Mais, soit qu'elle ne comprît rien, soit qu'elle
voulût fermer les yeux sur ce qui se passait, elle se
contentait de sourire.

Une porte s'était entr'ouverte, et l'on pouvait voir
Jeanne, la femme de chambre, qui, d'un regard à la
fois envieux et satisfait, suivant sur les traits de ses
jeunes maîtresses l'expression du plaisir qu'elles paraissaient goûter et le progrès des passions malsaines déchaînées dans leur âme. Rien ne manquait
à ce tableau.

Soudain, Estelle s'échappa des bras de Rochebry
et tomba, épuisée, sur le divan, à côté de sa mère
en murmurant ces mots:

— Je n'en puis plus.

La rougeur de son visage, la sueur dont il était couvert, le trouble de son regard disaient assez qu'elle en était à ce moment où une femme est désarmée par le plaisir et incapable de résister aux entreprises d'un homme audacieux. Rochebry paraissait ivre.

— Vous ne voulez pas continuer, belle Estelle ? demanda-t-il.

Elle ne lui répondit pas. Alors on l'entendit pousser un cri semblable au chant du coq. Il trouvait drôle de contrefaire la voix des animaux. Puis il aboya comme les chiens, hennit comme les chevaux, rugit comme les tigres.

— Il est tout à fait parti ! disait le baron **Drivonne** à Charlotte qui s'appuyait contre lui.

— Ce jeune homme est d'une grande gaîté ! disait, de son côté, Mme de Ribeaupin à Dervaux.

— Je trouve qu'il s'excite beaucoup, répondit ce dernier.

Comme pour lui donner raison, Rochebry s'arrêta tout à coup devant Mme de Ribeaupin, et tombant lourdement à genoux :

— Maman Ribeaupin, s'écria-t-il, vous allez valser avec moi ; je veux que vous valsiez.

En même temps, il se releva, et avant qu'elle fût revenue de sa stupeur, elle était entraînée par l'intrépide Rochebry. Elle se débattit en riant ; mais Rochebry ayant tenu bon, elle se résigna en essayant de se rappeler le pas de la valse. Trois tours l'épuisèrent. Elle pâlit, jaunit, rougit. Son visage devint

semblable à un arc-en-ciel. Ses yeux se fermèrent;
mais son cavalier la [soutenait vigoureusement. Elle
tournait sans en avoir conscience, comme entraînée
par une main invisible.

— C'est cela, maman ! s'écriait Rochebry. Vous
dansez avec la légèreté d'une sylphide.

— Un derviche tourneur ! objecta Dervaux.

Et la grosse femme allait toujours, tandis que les
spectateurs riaient à se tenir les côtes. Leurs cris,
leurs éclats attirèrent l'attention d'Adrienne, absorbée jusqu'à ce moment par les soins qu'elle mettait
à rendre l'admirable composition de Chopin. Sans
cesser de jouer, elle tourna la tête. Sa mère était
là, sautant, suant et soufflant. Le parquet gémissait
sous ses pieds. Rochebry se livrait à mille contor-
sions insensées : il la poussait brusquement, écar-
tait les bras comme pour la laisser tomber, puis les
refermait pour la recevoir; il grimaçait, faisait le
grand écart, accompagnait le tout de gestes cyni-
ques, de baisers, de cris sans nom. Estelle, Charlotte, Drivonne et Dervaux semblaient la proie d'un
rire inextinguible. Ils étaient tordus par leur gaîté.
C'était navrant à force d'être comique.

Adrienne sentit le rouge de la honte monter à son
front. Le spectacle de ses sœurs se moquant de
leur mère lui rappela la légende biblique des enfants de Noé, châtiés pour s'être moqués de leur
père. La peur, la douleur, l'indignation s'emparaient
d'elle. Elle cessa brusquement de jouer.

— Encore ! cria une voix rauque,

C'était Mme de Ribeaupin elle-même, qui prenait

plaisir à ce jeu, sans comprendre ce qu'il avait d'odieux. Mais Adrienne au lieu d'obéir, ferma le piano et se dirigea vers la porte. Mme de Ribeaupin, exaspérée, courut à elle. L'arrêtant au passage, elle leva la main et appliqua sur la joue de sa fille un violent soufflet, en disant :

— Ne m'as-tu pas entendu, coquine ?

C'en était trop. En quelques minutes, Adrienne avait souffert horriblement. Elle était sans force. La brutalité de sa mère l'acheva. Elle devint très-pâle, ses yeux se fermèrent ; elle se laissa aller de toute sa hauteur sur le parquet, privée de connaissance.

Drivonne, Jeanne, qui avait pris sa part de la gaîté générale, conservèrent assez de présence d'esprit pour porter secours à Adrienne. Ils la relevèrent et l'emportèrent dans sa chambre, où la cuisinière, la seule personne de la maison qui se montrât sympathique et dévouée à la jeune fille, arriva, ne voulant laisser à qui que ce fût le droit de lui prodiguer des soins. Ce fut entre les bras de cette femme qu'Adrienne, au bout de quelques instants, revint à elle. Elle se souvint de tout ce qui venait de se passer. En se trouvant seule avec une servante, en comprenant que ni sa mère ni ses sœurs elles-mêmes n'avaient jugé à propos de venir la consoler, elle éclata en sanglots.

— Vous sentez-vous mieux, ma chère demoiselle ?

— Oui, Germaine, j'ai éprouvé je ne sais quel serrement de cœur qui m'a étouffée. J'ai cru que j'allais mourir.

— Qu'est-il donc arrivé ?

— Ne me demandez rien, répondit Adrienne. Je
veux oublier cet affreux spectacle ; j'ai l'espoir que
le sommeil le dissipera.

— Eh bien ! dormez, mon enfant, dit maternellement Germaine. Je veillerai sur vous cette nuit.

Au milieu de ses larmes, Adrienne trouva un sourire pour remercier la créature dévouée qui s'efforçait de l'apaiser.

Bientôt elle ferma les yeux et ne tarda pas à
s'abandonner au sommeil. Pendant ce temps, dans
le salon, Mme de Ribeaupin avait une violente
attaque de nerfs. Étendue sur un canapé, entourée
de ses filles, de Drivonne, de Rochebry, elle poussait des soupirs et des cris, tandis que Jeanne lui
faisait respirer des sels. Dervaux avait profité du tumulte pour se retirer, ayant surtout à cœur de ne
pas troubler sa digestion par ces scènes émouvantes.
Rochebry était tout penaud en présence du résultat
de ses lourdes plaisanteries. Charlotte le regardait
avec quelque dédain, tandis qu'Estelle se sentait
disposée à l'indulgence, en se rappelant combien
elle s'était récréée. Et puis elle ne pouvait oublier
que Rochebry lui avait promis de la présenter le
lendemain au directeur d'un théâtre. N'y avait-il
pas là de quoi faire pardonner bien des étourderies ?
Bientôt, d'ailleurs, Mme de Ribeaupin s'apaisa, re-
couvra ses esprits et put formuler quelques excu-
ses pour l'incident déplorable qui était venu attris-
ter ses convives et troubler une soirée si gaîment
commencée.

— La faute en est à cette petite sotte d'Adrienne,

de me mettre hors de moi.

— N'y pensez plus, baronne, s'écria Rochebry. Je crois que le vrai coupable est celui qui vous parle en ce moment.

— Vous, vous êtes un homme tout rond, et je vous aime beaucoup. Plût à Dieu que Mlle Adrienne vous ressemblât !

— Il ne faut pas lui en vouloir, interrompit le baron Drivonne, qui tenait à opérer une réconciliation entre la mère et la fille. C'est une créature frêle et délicate. Son évanouissement en est preuve.

Estelle et Charlotte se regardèrent, presque honteuses de se trouver encore là alors que leur sœur avait peut-être besoin de leur secours.

— Est-ce qu'Adrienne est sérieusement indisposée ? demanda Charlotte au baron Drivonne.

— Son malaise est dissipé, répondit celui-ci. Elle dort. Mais je crois que des émotions semblables, en se renouvelant, lui seraient funestes.

— Oublions cet incident, s'écria Mme de Ribeaupin, à qui sa bonne humeur revenait en même temps qu'elle se remettait. Je regrette ce qui s'est passé, messieurs. Je regrette surtout que notre pianiste ait manqué à tous ses devoirs. Si elle était encore là, vous auriez pu clore la soirée par un quadrille.

— Et j'aurais dansé mon fameux pas de la *marée montante*, ajouta Rochebry.

— Qu'est-ce que cela ? demanda Charlotte.

— Ce que c'est, mademoiselle ? s'écria le baron Drivonne. L'une des plus piquantes figures que notre ami intercale dans le quadrille. Un de ces jours, il vous donnera ce spectacle, et je vous promets un divertissement merveilleux.

En ce moment on servit le thé. Il est d'usage dans le monde d'offrir aux invités, avant qu'ils se retirent, une tasse de cette boisson tonique, accompagnée de quelques gâteaux. Mᵐᵉ de Ribeaupin tenait trop à se faire une réputation d'excellente maîtresse de maison pour manquer à un tel usage. On se réunit autour du guéridon sur lequel, quelques instants avant, avait été servi le dîner du vicomte de Rochebry. La conversation changea de sujet. On but, on mangea ; le temps s'écoula si vite qu'à minuit nos personnages ne songeaient pas encore à se retirer. A ce moment, ils formaient un groupe dont il n'est pas inutile de décrire la physionomie, ne serait-ce que pour indiquer d'un trait les progrès que le baron Drivonne et le vicomte de Rochebry avaient fait, chacun de son côté, dans l'esprit et dans le cœur d'Estelle et de Charlotte.

Mᵐᵉ de Ribeaupin dormait profondément. En face d'elle, le baron Drivonne et Charlotte s'entretenaient confidentiellement, mais avec feu, à en juger par l'éclat des yeux du baron, par la rougeur qui couvrait le visage de la jeune fille. Un peu en arrière, le vicomte, plus entreprenant que son ami, avait passé son bras autour de la taille d'Estelle pressée contre lui, à laquelle il énumérait à voix basse les avantages qui résulteraient pour elle d'un engagement au théâtre des Drôleries-Parisiennes. Rendez-vous était pris pour le lendemain, car il voulait la présenter lui-même au directeur de cette scène importante. Estelle était résolue à ne plus rien refuser à un homme si désireux de lui être utile, et le lui donnait à entendre d'une façon si claire, que le vicomte avait déjà les attitudes à la fois fières et tendres qui conviennent au vainqueur.

Charlotte agissait avec le baron d'une manière plus circonspecte et ne se montrait pas aussi prodigue de douces promesses. En fille prudente, elle posait des conditions, ce qui obligeait Drivonne à des efforts d'éloquence pour vaincre ces résistances, qui n'avaient pour mobile que l'ambition la plus effrénée. Au réveil de Mme de Ribeaupin, ces messieurs crurent devoir changer de position. La soirée fut dès lors sans intérêt. Ils se levèrent bientôt pour partir. On échangea de tendres adieux.

— Ne m'oubliez pas, je vous en supplie, murmurait le baron Drivonne à l'oreille de Charlotte.

— Je vous attends demain, disait Estelle à Rochebry.

On se serrait les mains. Il faut même croire qu'on s'embrassa, car Mme de Ribeaupin s'approcha d'une croisée afin de voir si le ciel était pur, et demeura pendant plus de temps qu'il ne fallait, le dos tourné et le front appuyé contre les vitres. Elles ne revint auprès de ses filles que pour recevoir les saluts du baron et du vicomte, qui sortirent ensemble.

— C'est décidément une maison bien agréable, dit Rochebry à Drivonne au moment où ils mettaient le pied sur le trottoir de la rue de Marignan. Je bénis le hasard qui m'y a conduit. Estelle vaut cent fois Florence, et vous, mon cher, vous me paraissez au mieux avec Charlotte.

— Oui, mais elle joue serré, répondit le baron.

— Soyez plus habile qu'elle.

— Je tâcherai.

— Procédez par surprise.

— C'est à quoi je songe.

— Organisons une partie carrée. La perspective d'un dîner fin dans un cabinet particulier sera pleine d'attrait pour nos deux brebis. Elles y viendront, et une fois là ne seront plus de force à résister au loup.

— Surtout si le loup est précédé d'un potage à la bisque et de quelques verres de vin de Champagne frappé.

— Vous l'avez dit.

Cet édifiant entretien se poursuivit jusque sur les boulevards. A la hauteur de la rue Mogador, qu'habitait le baron Drivonne, ces messieurs se séparèrent, ce dernier pour rentrer chez lui, Rochebry pour gagner un café voisin, rendez-vous ordinaire des gens de théâtre, où il espérait rencontrer Dorsay, le directeur des Drôleries-Parisiennes, et traiter avec lui de l'engagement de Mlle Estelle de Ribeaupin. Il avait d'excellentes raisons pour supposer que Dorsay, auquel il avait maintes fois rendu service par l'entremise de quelques comédiennes aussi faciles que jolies, serait ravi de lui être agréable.

VII

Le lendemain, vers deux heures de l'après-midi, le coupé du vicomte de Rochebry s'arrêta devant la porte de la maison qu'habitait Mme de Ribeaupin. L'élégant gentilhomme sauta sur le trottoir, passa en courant devant la loge du concierge, et, gravissant les degrés de l'escalier quatre à quatre, il arriva jusqu'au troisième étage. La porte s'ouvrit devant lui avant qu'il eût touché le timbre. Estelle, habillée, coiffée, son chapeau sur la tête, prête à sortir, apparut à ses yeux éblouis. Penchée à la croisée, elle l'avait vu venir et s'était élancée à sa rencontre, afin d'être la première à le recevoir.

— Je vous attendais, dit-elle en lui tendant sa main gantée.

— J'ai été exact, je crois, ma divinité, répondit Rochebry.

Il courba la tête, écarta du doigt la manchette du gant et déposa un baiser sur la peau, à la naissance

du poignet. Estelle l'entraîna dans le salon en
criant :

— C'est lui, maman !

Mme de Ribeaupin était debout, se disposant à
suivre sa fille.

— Vous nous trouvez prêtes, vicomte ! fit-elle en
minaudant.

Rochebry ne put retenir un geste de surprise.

— Excusez-moi, baronne, mais je m'aperçois que
j'ai commis une bévue.

— Une bévue !

— J'ignorais que vous eussiez le dessein d'accompagner Mlle Estelle, et j'ai pris mon coupé, qui ne
peut recevoir que deux personnes.

Mme de Ribeaupin regarda tour à tour sa fille et
Rochebry.

— Voilà qui est bien regrettable !

— J'aurais dû faire atteler mon landeau, reprit
Rochebry. Après tout, il serait peut-être possible de
l'envoyer chercher.

En prononçant ces mots, il jeta sur sa montre un
rapide coup d'œil. Sa figure exprima alors un embarras tel que Mme de Ribeaupin lui en demanda
la cause.

— C'est que nous allons nous mettre en retard
d'une heure, et nous courons le risque de ne plus
rencontrer Dorsay. Il ne me pardonnera pas de
l'avoir fait attendre.

— Il ne faut pas manquer à ce rendez-vous,
s'écria Estelle, que l'impatience dévorait. Maman me
permettra d'aller seule avec vous.

— Est-ce bien convenable? demanda Mme de Ribeaupin avec hésitation.

— Oh! baronne, votre fille, je ne crains pas de l'affirmer, est en sûreté avec moi autant que si j'étais son frère.

— Je n'en doute pas; mais c'est pour le qu'en dira-t-on.

— Nul ne se permettra de nous calomnier, répliqua fièrement Rochebry. Vous pouvez être sans crainte, baronne. D'ailleurs, au théâtre, on n'a pas les scrupules que vous éprouvez en ce moment, et il faudra bien que Mlle Estelle, puisqu'elle doit suivre cette carrière, s'accoutume à sortir sans vous.

Cette raison était péremptoire et dissipa les craintes de Mme de Ribeaupin.

— Allez donc, dit-elle. Monsieur le vicomte, je vous confie ma fille et vous prie de me la ramener aussitôt que l'entrevue avec M. Dorsay sera terminée.

— C'est entendu.

Et le vicomte entraîna joyeusement Estelle, qui descendit l'escalier, suspendue à son bras, légère comme un oiseau. Mme de Ribeaupin se mit à la croisée, afin de les suivre des yeux. Elle les vit monter en voiture.

— Le joli couple! murmura-t-elle.

Si elle avait éprouvé quelque dépit de ne pouvoir accompagner sa fille et assister à ce qui allait se passer au théâtre, elle se consola en pensant que le vicomte de Rochebry était tout à fait épris d'Estelle, et que le sort de celle-ci n'était pas moins assuré

que le sort de Charlotte, qui tenait dans des chaînes
étroites le baron Drivonne.

— Il vaut peut-être mieux qu'ils aillent seuls,
ajouta-t-elle mentalement. Ils s'expliqueront mieux.

Elle quitta la fenêtre. En attendant le retour d'Estelle, elle alla rejoindre Charlotte, qui, n'étant pas
habillée au moment où le vicomte était venu, n'avait
pas quitté sa chambre.

Estelle et Rochebry étaient entraînés rapidement
dans la direction du boulevard du Temple.

— Avouez, disait la jeune fille à son galant compagnon, que vous n'ignoriez pas que ma mère avait
le dessein de nous suivre, et que c'est afin de l'en
empêcher que vous avez pris la plus petite de vos
voitures.

— Si cela était vrai, m'en voudriez-vous?

— Vous savez bien que je ne serais pas maîtresse
de vous en vouloir ! répondit Estelle d'un air à la
fois tendre et gai.

— Chère Estelle !

— C'est égal, vous jouez admirablement la co-
médie !

— L'amour seul m'a donné du talent.

Et Rochebry lança sur Estelle un regard brûlant,
lui prit la main. Le moyen de se soustraire à de
telles étreintes, quand on est l'un contre l'autre dans
un étroit coupé ! Estelle n'essaya même pas de la
résistance, et jusqu'au terme du voyage le vicomte
garda dans sa main celle de la future comédienne,
tandis qu'il lui donnait en ces termes quelques conseils pour la préparer à l'examen qu'elle allait subir:

— Le directeur des Drôleries-Parisiennes est un excellent garçon, un peu brusque peut-être, mais d'un cœur chaud et généreux. Il aime tout ce qui est beau. J'ai donc la certitude que vous lui plairez. Il vous interrogera. Répondez-lui sans timidité, sans embarras, le plus simplement du monde. S'il vous prie de lui réciter une scène quelconque, ayez de l'assurance, de façon à mettre en relief tous vos moyens. Pour le reste, fiez-vous à moi. Vos intérêts me sont trop chers pour que je vous laisse exploiter.

— Combien je vous sais gré de vos avis ! dit Estelle.

— Puisque je vous aime, n'est-il pas de mon devoir de vous les donner ?

En cet instant, le coupé s'arrêta sur le boulevard du Temple, non loin du théâtre de la Gaîté, qui devait être prochainement démoli et transféré ailleurs. Estelle et Rochebry mirent pied à terre devant une porte basse, au-delà de laquelle s'étendait une allée obscure et tortueuse. Au-dessus de cette porte, Estelle lut ces mots : *Entrée des artistes.* Elle parut hésiter à s'engager dans ce couloir sombre.

— L'accès du théâtre n'est pas brillant, lui dit Rochebry en souriant. Mais rappelez-vous que les plus grands artistes ont passé là où vous passez. Je vous souhaite la gloire qu'ils ont recueillie ici.

Il marcha devant Estelle, afin de lui montrer le chemin. Elle le suivit jusque dans un vaste cabinet situé au premier étage et auquel ils n'arrivèrent

qu'après avoir traversé des corridors si nombreux,
qu'on eût dit un véritable dédale.

— Dorsay est-il chez lui ? demanda le vicomte à
un vieillard à la physionomie repoussante, aux vêtements sordides, qui sommeillait dans un coin.

— Je ne sais, grommela celui-ci.

— Eh bien ! mon brave homme, allez-y voir, reprit
Rochebry sur un ton qui n'admettait pas de réplique, et annoncez-lui un de ses amis accompagné
d'une dame ; il saura ce que cela signifie.

Le vieillard se leva et disparut par une porte placée au fond de la pièce. Rochebry se rapprocha
d'Estelle :

— Je dirai à Dorsay de changer son garçon de
bureau, qui est tout simplement hideux.

— Pourquoi a-t-il choisi celui-là ? demanda Estelle en essayant de dominer l'émotion qui venait
de la saisir, à la pensée qu'elle allait se trouver en
présence d'un directeur.

— Ah ! voilà ; c'est qu'il prétend qu'il n'y a qu'un
cerbère tel que celui-là pour défendre sa porte et
résister aux agaceries des jolies filles qui veulent la
forcer, sous le fallacieux prétexte qu'elles possèdent
un remarquable talent.

Le cerbère reparut :

— Entrez, dit-il en allant reprendre sa place.

— C'est court, mais significatif, dit Rochebry.
Venez, mon ange, et surtout de l'audace.

Il offrit son bras à Estelle, et ils pénétrèrent ainsi
dans le cabinet du puissant autocrate qui présidait
aux destinées du théâtre des Drôleries-Parisiennes.

Dans un salon qui tenait à la fois du bureau et du boudoir, Estelle vit un homme grand, gros, jeune encore, simplement vêtu, remarquable surtout par l'épaisseur de sa chevelure crépue et bouclée.

— Bonjour, Dorsay.

— Bonjour, mon petit vicomte. Tu vois que je n'ai pas oublié notre rendez-vous.

Dorsay s'était levé, et, tout en serrant la main de Rochebry, il dévisageait Estelle, qui soutint cet examen préliminaire avec l'assurance d'une femme qui connaît tout le pouvoir de ses charmes.

— Voici la personne dont je t'ai parlé, dit Rochebry.

La grosse voix de Dorsay devint douce. Un sourire bienveillant transforma son visage gras, rouge et toujours renfrogné. Ce fut avec un geste qui voulait être gracieux qu'il désigna un fauteuil à Estelle, en disant :

— Vous voulez donc entrer au théâtre, mademoiselle ?

— Oui, monsieur, si vous jugez que j'y pourrai tenir une place honorable.

— Si mon ami Rochebry a dit vrai, mon jugement vous est favorable, et je ne demande qu'à traiter avec vous. Reposez-vous un moment ; reprenez haleine, et puis je vous prierai de me réciter une scène quelconque qui puisse m'édifier sur votre manière de dire et de prononcer.

— On n'est pas plus aimable, pensa Estelle. La recommandation de Rochebry est toute-puissante.

Cette conviction suffit à la rassurer, et elle se

sentit prête à affronter l'épreuve à laquelle Dorsay
voulait la soumettre.

Robert Dorsay, directeur du petit théâtre des
Drôleries-Parisiennes, qui fut longtemps le rival heureux des Délassements et des Bouffes, avait la réputation d'un grossier personnage. Cette réputation
n'était pas usurpée. Habile en affaires, possédant au
suprême degré ce flair nécessaire à tout homme
qui vit de l'exploitation des foules, Dorsay traitait
les artistes employés chez lui moins bien, assurément, qu'un directeur d'hippodrome ne traite ses
chevaux.

Son théâtre était surtout ce qu'on appelle un
théâtre à femmes. On y jouait des opérettes comi-
ques, des vaudevilles lestement troussés, des féeries
et tous les genres qui permettent de mettre en
scène des danseuses, des figurantes jeunes et jolies,
de déshabiller à l'excès des actrices, par le bas
aussi bien que par le haut. Il y avait donc autour
de Dorsay un troupeau de femmes. Il les payait
peu et même pas du tout.

— Je vous mets en évidence, leur disait-il.
Grâce à moi, vous pourrez faire valoir vos charmes,
vous arracher à l'obscurité, trouver un établissement avantageux. Il est donc juste que je ne vous
paie pas. Ce serait à vous au contraire à me payer.

On doit bien supposer qu'avec de tels procédés,
il ne pouvait exhiber ni des artistes de haute valeur,
ni un répertoire de choix. C'était là le moindre de
ses soucis.

— De deux choses l'une, disait-il : ou une pièce

est bonne ou elle est mauvaise ; si elle est bonne, elle fait passer l'actrice qui la joue ; si elle est mauvaise, je confie le principal rôle à une belle fille dont les bras et les jambes détournent très-heureusement l'attention du public des faiblesses de l'œuvre.

Cette théorie n'aurait peut-être aucune chance de réussir dans la pratique aujourd'hui. L'esprit public, en ce qui touche les œuvres dramatiques, subit un mouvement incontestable, qui le pousse à applaudir ce qui est le produit d'une noble inspiration. Mais il y a dix ans, au moment où l'opérette bouffe, entraînant à sa suite des excentricités qui n'ont rien de commun avec l'art, s'emparait triomphalement de la scène, les opinions de Dorsay étaient justifiées par des succès quotidiens dont il était très-fier, et qui ne contribuaient pas peu à faire de lui un despote immoral et redoutable. Il se flattait bien haut de ne pas croire à la vertu des femmes, et se jouait de leur honneur aussi agréablement que s'il se fût agi d'une chose légère, facile à remplacer lorsqu'on l'a perdue.

Son théâtre était donc devenu un véritable lieu de débauche, où cherchaient à se produire toutes les demoiselles désireuses de mettre leur beauté en lumière et de faire marchandise de leur corps. Que Dorsay eût pour tout ce monde un mépris profond, cela se comprend, non certes à cause du défaut de vertu qu'il y constatait, mais parce qu'il n'avait jamais pensé qu'il existât des femmes plus estimables que celles qu'il voyait autour de lui. L'accueil qu'il leur faisait se ressentait en général de cette opinion, qui était à la fois la cause et le véritable résultat des désordres de sa conduite. Il tutoyait ses pensionnaires, les rudoyait, les injuriait, et sans pitié leur infligeait pour un rien des amendes dont le total suffisait à la fin du mois à couvrir une partie de ses frais.

— Qu'il est habile ! disait-on.

N'avoir aucune vergogne, c'est en effet une force dont on ne peut méconnaître l'utilité. L'audace cynique est une puissance dont il est souvent difficile d'être vainqueur. En dépit de ces habitudes, Dorsay fit cependant à Estelle de Ribeaupin un accueil qu'on ne devait pas attendre de lui. On a vu qu'il lui parla avec une certaine déférence, la fit asseoir et s'efforça d'être gracieux. C'est qu'Estelle avait été présentée par le vicomte Adalbert de Rochebry, et que le vicomte, visiteur assidu des coulisses des Drôleries-Parisiennes, avait, à diverses reprises, permis à Dorsay de puiser dans sa bourse. On est toujours aimable pour un libertin que la société des femmes rend facile à exploiter et dont la caisse est toujours à votre service. Ainsi s'expliquent l'influence de Rochebry sur Dorsay et les efforts de ce dernier pour prouver à Estelle, contrairement à la vérité, qu'il avait de l'estime pour le talent et de l'admiration pour la beauté.

La veille, en quittant la maison de Mme de Ribeaupin, Rochebry, ayant rejoint Dorsay dans le café où se rendait tous les soirs ce dernier à l'issue du spectacle, lui avait expliqué ce qu'il attendait de lui. En recevant Estelle, le brillant directeur des

Drôleries-Parisiennes ne faisait donc que répéter une leçon qu'il tenait de Rochebry.

Cependant, Estelle, dont le répertoire ne s'étendait pas au-delà de quelques morceaux tragiques, se demandait, tout en prenant haleine, à l'aide de quelle tirade elle tâcherait de rendre Dorsay favorable à ses désirs. Après y avoir réfléchi, elle se rappela l'impression que la veille, dans le salon de sa mère, elle avait produite en récitant le *Songe d'Athalie*.

— Il n'est rien que je dise mieux! pensa-t-elle.

Et se posant dans une attitude favorable, au milieu du cabinet du directeur, elle commença. Accoudé sur le dossier d'une chaise, Dorsay paraissait écouter avec sollicitude cette belle personne, tout en l'examinant des pieds à la tête avec une attention qui aurait fait monter le rouge au visage d'Estelle, si elle n'eût été absorbée par son débit. Assis à l'autre extrémité du cabinet, Rochebry encourageait, par de fréquents signes de tête, la débutante. Soudain, au moment où, ayant fièrement lâché « l'irréparable outrage, » elle gonflait la voix pour le fameux « Tremble, » Dorsay l'interrompit.

— Admirable! admirable! mademoiselle, s'écria-t-il; n'allez pas plus loin...

— Vous ne voulez pas que j'achève?

— Je vois bien à qui j'ai affaire. Je vous engage pour trois ans. Cinq cents francs par mois, deux mois de congé. Vous débuterez au mois de septembre! Ça vous va-t-il?

— Dans quatre mois !

— Oui, à la rentrée ! Je monte pour cette époque une grande féerie : *Le Homard mélomane*, et je vous destine le rôle de la fée Biribi...

— Est-ce un rôle tragique ? demanda Estelle.

— Il ne l'est pas encore, mais i lle sera. Je de manderai aux auteurs d'y intercaler le *Songe d'A thalie* que vous dites si bien.

Estelle fut ravie à la pensée qu'elle pourrait, grâce à cette simple modification, s'assurer pour ses débuts un brillant succès.

— D'ailleurs, vous aurez un splendide costume, un maillot, un caleçon de velours et des ailes de gaze descendant jusqu'aux jarrets.

Estelle ferma les yeux pour essayer de se voir dans ce travestissement, et il lui sembla qu'elle serait si peu habillée qu'autant valait ne pas l'être du tout.

— La parure est un peu écourtée, dit-elle en rougissant légèrement.

— Seriez-vous mal faite, mademoiselle ? demanda vivement Dorsay.

— Monsieur !

— Cagneuse ? Ce serait un vice tel qu'il rendrait impossible votre engagement.

Estelle, interdite, regardait tour à tour Dorsay et Rochebry.

Ge dernier vint à son secours.

— Je suis persuadé, dit-il, que mademoiselle est parfaite de tous points, et que si le costume de la fée Biribi lui paraissait insuffisant, c'est qu'elle n'est pas accoutumée à aller les jambes au vent.

— C'est cela, fit Estelle.

Dorsay reprit :

— Les jambes au vent ! Mademoiselle, vous vous y accoutumerez, et si vous êtes aussi bien bâtie que vous en avez l'air, vous prendrez plaisir à vous faire admirer dans la légère tenue que comporte le rôle dont vous serez chargée.

Estelle ne répondit pas. Elle était stupéfaite par ce qu'elle voyait et entendait. Elle n'avait pas rêvé l'existence artistique sous cet aspect particulier. Cependant, comme elle n'était point farouche, comme elle se savait, plastiquement parlant, en état de supporter toutes les comparaisons, elle oublia le point spécial qui venait d'être soulevé, pour ne se rappeler qu'une chose : c'est que désormais elle était comédienne et gagnait six mille francs par an. Et c'est à Rochebry qu'elle devait ce facile succès ! Elle leva sur lui les yeux où se lisait une gratitude profonde. Deviner qu'il était en ce moment l'objet d'une adoration intérieure n'était pas chose difficile.

Pendant que Dorsay, assis à son bureau, rédigeait en double le traité qui devait lier pour trois ans Mlle Estelle de Ribeaupin au théâtre des *Drôleries-Parisiennes*, le vicomte s'approcha d'elle.

— Êtes-vous contente de moi ? demanda-t-il à voix basse.

— Je vous devrai mon avenir, répondit-elle sur le même ton.

— M'aimerez-vous un peu ?

— C'est déjà fait.

Il y avait juste dix-sept heures qu'Estelle connaissait le vicomte au moment où elle laissait échapper cet aveu ! Il est vrai qu'en dix-sept heures un cœur tendre fait bien du chemin.

Tout à coup, Dorsay, toujours occupé à écrire, releva brusquement la tête :

— A combien fixons-nous le dédit ? demanda-t-il.

— Le dédit ! qu'est-ce que cela ?

Il sourit à la question d'Estelle et reprit :

— Ah ! vous ne savez pas ? On appelle ainsi la somme que vous auriez à me payer à titre de dommages-intérêts, dans le cas où il vous conviendrait de quitter mon théâtre avant l'expiration de votre engagement.

— Voilà qui n'est pas à craindre, répondit Estelle en souriant. J'aime trop la carrière dans laquelle j'entre aujourd'hui pour songer à l'abandonner.

— Oui, mais vous pourriez avoir le désir de monter sur une scène plus vaste, et alors...

Elle l'interrompit.

— Fixez le dédit à telle somme qui vous conviendra.

— Vingt mille francs. C'est le chiffre que j'indique toujours sur les engagements de mes premiers sujets.

— Vingt mille francs, soit ! Mais, ajouta Estelle, quelle indemnité me donneriez-vous si vous vouliez me renvoyer avant trois ans ?

Dorsay se mordit la langue. Il n'avait pas prévu la question, qui fit lever la tête à Rochebry.

— Bien joué ! pensa ce dernier.

— Elle est madrée, cette petite, pensa Dorsay.

Mais, faisant contre mauvaise fortune bon cœur, il ajouta :

— Vous saurez, mademoiselle, que la clause relative au dédit est également profitable aux **deux** parties contractantes.

Ayant fait cette réponse, il se remit au travail et eut terminé en quelques minutes. Alors il donna lecture du traité à Estelle. Voyant que Rochebry, son protecteur, n'élevait aucune objection, elle se déclara satisfaite.

— Signons ! s'écria-t-elle joyeusement.

— Permettez ! fit Dorsay. Quel âge avez-vous ?

— Vingt ans !

— Ma petite, vous n'êtes pas majeure, et votre signature ne vaudra qu'autant qu'elle sera accompagnée de celle de votre père.

— Il est mort.

— Votre mère ?

— Maman signera tout ce que je voudrai.

— Eh bien ! emportez ces deux pièces : l'une est pour vous, l'autre pour moi. Sur celle que **vous** me renverrez, Mme de Ribeaupin apposera son **nom**, ce qui rendra nos conventions définitives.

— Vous pouvez les considérer dès à **présent** comme telles.

— Dès lors, veuillez, dès la semaine prochaine, prendre l'habitude de passer fréquemment au théâtre, pour y connaître ce que vous aurez à faire.

— C'est entendu, répondit Estelle en se dirigeant vers la porte.

Rochebry la suivit. Mais il fut arrêté par Dorsay, qui le ramena du côté de son bureau et lui dit, assez bas pour que la jeune fille ne pût l'entendre :

— Mon bonhomme, j'ai fait ce que tu as voulu. A ton tour maintenant. Où sont les vingt mille balles ?

— Tu les feras prendre chez moi demain matin, contre un reçu qui spécifiera que sur cette somme dix-huit mille francs devront être comptés à ta nouvelle pensionnaire, à raison de cinq cents par mois, pendant trois ans.

— C'est entendu.

— Et tu le sais, pas un mot à la petite.

— Pour qui me prends-tu ?

Rochebry s'élança au dehors et rattrapa Estelle dans l'escalier. Ils descendirent rapidement, sans échanger un seul mot. Le coupé les attendait dans la rue. Le vicomte ouvrit la portière. Estelle étant montée, il prit place à côté d'elle, après avoir donné ses ordres au cocher. Le cheval partit au grand trot. Alors seulement Estelle se retourna vers le vicomte, et de sa voix la plus tendre :

— Ah ! mon cher Adalbert, dit-elle en l'appelant pour la première fois de son petit nom, combien vous me rendez heureuse !

— Est-ce bien vrai ?

— Grâce à vous, me voilà au comble de mes vœux : je suis comédienne.

— Si vous êtes aussi satisfaite maintenant, que sera-ce donc quand vous aurez goûté les applaudissements ?

— On m'applaudira ! Le croyez-vous?

— J'en suis certain.

— Quel bonheur! s'écria Estelle en frappant ses
mains l'une contre l'autre; je connaîtrai la gloire,
et c'est à vous que je la devrai.

Il n'est guère possible de compter les serrements
de mains et les baisers que peuvent échanger, dans
un petit coupé bien clos, des jeunes gens qui ont
du goût l'un pour l'autre. Estelle nageait dans une
joie infinie quand le coupé s'arrêta. Elle allait
ouvrir la portière, descendre ; mais elle fit soudain
un geste de surprise et s'écria :

— Où sommes-nous donc? Je ne me reconnais pas.

Rochebry prit un air aussi étonné que le sien et
regarda à son tour.

— Où nous sommes? rue de Penthièvre, devant
ma porte. C'est mon animal de cocher qui a mal
compris mes ordres et qui nous a conduits chez
moi. Je vais lui dire...

Estelle l'interrompit.

— Ah! c'est ici chez vous? demanda-t-elle. Cela
semble gentil.

Elle voyait à travers une grille une douzaine de
beaux arbres, une pelouse et un petit hôtel d'aspect élégant. On ne pouvait rêver un domicile
plus agréable pour un garçon tel que Rochebry,
qui aimait à entourer ses amours de confortable et
de mystère.

— Voulez-vous entrer chez moi? demanda-t-il.

— Oh! je n'ose pas. D'ailleurs, ma mère nous
attend.

— Seulement cinq minutes, reprit Rochebry, à
qui la pensée de donner asile dans sa maison à sa
belle maîtresse souriait plus qu'on ne saurait dire.

— Et puis, ce n'est guère convenable !

— Oui, pour une toute jeune fille ; une artiste a
l'autres droits, et vous voilà une artiste maintenant,
ma chère Estelle.

— Après ce mot-là, s'écria-t-elle enthousiasmée,
e ne peux plus rien vous refuser.

Le vicomte poussa une exclamation de plaisir. Il
lonna ordre à son cocher. La grille s'ouvrit à l'appel de celui-ci, et la voiture roula dans les allées
sablées du jardin.

— C'est bien singulier cependant, fit observer
Estelle, que ce cocher se soit ainsi trompé et nous
ait conduits rue de Penthièvre, au lieu de nous
conduire rue Marignan.

— C'est une erreur que je bénis.

— Une erreur dans laquelle je devine la complicité du vicomte de Rochebry, reprit Estelle en le
menaçant du doigt.

En ce moment, ils entraient dans un délicieux
boudoir au milieu duquel se trouvait, sur un guéridon, un plateau chargé de vins d'Espagne, de gâteaux et de fruits glacés.

— Est-ce aussi le hasard qui a servi ces friandises? fit Estelle en suivant sa pensée.

Elle regarda son amant en souriant et ajouta:

— Vicomte, vous m'avez trompée.

— Oh ! pouvez-vous croire.....

— Je ne vous en veux pas, allez ! Seulement, hâ-

tons-nous de repartir, afin de ne pas exciter les dé-
fiances de ma mère.

— Nous lui dirons que la rédaction du traité a été
longue. Ma chère Estelle, je suis si heureux de vous
recevoir dans ma maison !

— Croyez-vous que je ne suis pas heureuse d'y
être ?

— Un verre de ce malaga, mon cher ange !

— Volontiers.

Cet entretien avait lieu à bâtons rompus. Estelle,
curieuse comme une fille d'Ève, allait d'un meuble
à un autre, examinant les curiosités, les tableaux,
les statuettes qui ornaient le boudoir. Elle s'efforçait de paraître insouciante et rassurée ; mais au
léger tremblement de ses lèvres, il était facile de
voir qu'une arrière-pensée, dont elle n'osait se
faire l'aveu, s'était emparée de son esprit et qu'elle
comprenait le péril de sa situation. Qu'elle en fût
effrayée, c'est fort douteux ; mais encore est-il des
actions qu'on ne saurait accomplir de sang-froid,
dont l'approche fait trembler lorsqu'on les a ren-
dues inévitables, alors même qu'on en a désiré l'accomplissement. Adalbert, lui expliquant ce qu'elle
ne comprenait pas, guida Estelle dans toutes les
pièces de l'hôtel. Une telle promenade, vu l'état
où étaient les jeunes gens, la hardiesse de Rochebry aussi bien que la complaisance d'Estelle qui
prenait plaisir à des émotions si nouvelles, devint
bientôt brûlante. Il y eut un moment où Estelle
dut supplier Adalbert de l'épargner, où celui-ci se
montra de plus en plus pressant, convaincu que

jamais il n'aurait une occasion meilleure d'assurer
la victoire à son amour. Ce qui devait arriver arriva. La chute d'Estelle eut lieu sans cris, sans
larmes, presque à son insu et sans qu'elle comprît,
au moment où elle se déshonorait, combien elle était
coupable. Rochebry jura qu'il l'aimerait toujours,
qu'il ne l'abandonnerait jamais, qu'il veillerait sur
elle. Il était sincère en ce moment et s'exprimait
sous l'empire d'une exaltation d'autant plus grande
qu'il avait vingt-quatre ans et que, si blasé qu'il fût,
il ne pouvait rester insensible devant la beauté
d'une jeune fille qui s'abandonnait à ses baisers
avec confiance.

Une heure plus tard, il ramenait Estelle chez
Mme de Ribeaupin. En dépit des efforts qu'il fit
pour l'égayer, elle se montra pensive, comme écrasée sous le poids des émotions qu'elle venait de
subir. Sa mère, néanmoins, ne devina rien et signa
sans observation le traité conclu avec Dorsay, qui
fut sur le champ renvoyé à ce dernier. Le même
soir, Rochebry ayant rencontré le baron Drivonne,
lui dit avec fatuité :

— Où en êtes-vous avec Charlotte? Estelle n'a
plus rien à me refuser.

— Vraiment!

— Je ne mens pas.

— Je vous félicite et vous envie. Je n'aurai pas
si facilement raison de Charlotte. Elle tient au mariage, et si elle me résiste encore, je suis capable
de l'épouser.

— Halte-là! je m'y oppose. Estelle, encouragée

par l'exemple, me demanderait d'en faire autant,
et je n'y ai plus aucun intérêt.

— Mais moi qui aime Charlotte !

— Vous l'aimez ?

— Comme un fou !

— Allons, baron, je ne veux pas vous abandonner
dans le malheur, et je vais travailler pour vous.
Vous serez heureux, et vous n'épouserez pas !

En disant ces mots, le vicomte se dandinait agréablement, tandis que Drivonne stupéfait l'interrogeait
du regard.

VIII

Tandis que se déroulaient ces événements, Gaston Rivière, exilé de la maison qu'habitait Adrienne, appelait de tous ses vœux l'heure où il pourrait parler hautement de son amour, sans être obligé de se cacher comme un coupable. Il n'avait la possibilité de voir son amie qu'une fois par semaine, le dimanche, à l'issue de la messe à laquelle elle assistait, ainsi que nous l'avons déjà dit, dans l'église Saint-Philippe-du-Roule, où lui-même se rendait dans le but de l'y rencontrer. Certes, c'était là une consolation. Mais les entretiens échangés dans ces conditions n'avaient ni la longueur ni l'intimité que peuvent souhaiter des amoureux, et seuls leurs regards se disaient toute la grandeur des sentiments dont ils étaient l'un et l'autre animés. C'est à peine s'ils avaient la possibilité de s'écrire, et ce n'était qu'en tremblant que, dans deux ou trois circonstances graves, Gaston avait glissé un billet dans la main d'Adrienne.

— Quand cela finira-t-il ? Quand aurons-nous la liberté de notre amour ?

Telle était la question qu'il posait à Adrienne, en l'abordant sur le perron de Saint-Philippe.

— Je n'aspire pas moins que vous au moment où nous pourrons nous voir fréquemment, sans crainte. Ce moment précédera de peu notre mariage.

— Viendra-t-il jamais ?

— Il viendra, soyez-en sûr, et ne vous laissez pas aller au découragement. Qu'une même espérance nous soutienne ; elle nous aidera à réussir.

C'est ainsi qu'ils s'entretenaient à voix basse, en passant près l'un de l'autre, pressés par la foule, et redoutant toujours d'être surpris par Mme de Ribeaupin, qui n'aurait pas hésité à briser leurs relations, si elle les avait connues. Néanmoins, si courtes que fussent ces entrevues, ils en emportaient l'un et l'autre une grande joie. C'était du bonheur pour une semaine, pendant laquelle ils vivaient entre le souvenir de ce qu'ils s'étaient dit et la perspective de ce qu'ils se diraient le dimanche suivant.

Quoique entraîné dans une existence laborieuse, active, toute consacrée à rendre brillante la carrière qu'il avait embrassée, Gaston ne laissait pas distraire son cœur de la pensée d'Adrienne. Obtenir la main de cette adorable jeune fille, rendre sa femme heureuse, tel était l'unique but de sa vie, dont rien ne semblait pouvoir le détourner. Il était résolu à tout faire pour hâter la réalisation de ses désirs ;

mais il n'était pas moins résolu à la patience, qui
est une force, lorsqu'elle est accompagnée de la volonté de réussir. Il voyait fréquemment l'abbé Mérille et trouvait auprès de lui un charme infini. Ce
n'est pas seulement parce que l'abbé était l'oncle
d'Adrienne que Gaston le recherchait, mais encore
parce que, dans ce prêtre modeste, il pouvait admirer
les vertus les plus nobles. Et puis, l'abbé Mérille,
en le connaissant mieux, avait pu l'apprécier, lui
témoignait une tendresse paternelle et l'encourageait
dans ses projets.

— Vous êtes digne de ma nièce, lui disait-il
souvent. Elle est digne de vous. Dieu ne voudra pas
que vous restiez toujours séparés.

Gaston allait donc à lui comme à un ami. Était-il
abattu, découragé, l'abbé Mérille le fortifiait par un
conseil, lui faisait entendre un langage à la fois doux
et ferme. Déjà plus de deux mois s'étaient écoulés depuis le jour où l'abbé Mérille avait vu sa sœur
pour la dernière fois. Il savait par Gaston qu'elle
était maintenant installée rue Marignan, dans un
appartement conforme à sa position nouvelle. Parfois, une lettre d'Adrienne, que celle-ci lui écrivait
en secret, à laquelle il n'avait même pas la consolation de répondre, lui apprenait que la jeune fille
était, sinon heureuse, du moins résignée à subir
son sort, en attendant la réalisation de ses espérances. Mais il en était réduit à se contenter de ces
relations lointaines, n'osant aller voir sa sœur, dans
la crainte que celle-ci ne s'irritât de ses visites e
ne fît tomber sa colère sur Adrienne.

Les choses en étaient là, quand un incident se produisit qui provoqua un changement dans la conduite de l'abbé. Un dimanche, — c'était trois jours après le dîner offert par Mme de Ribeaupin au baron Drivonne, — Gaston se rendit, suivant sa coutume, à Saint-Philippe-du-Roule, à l'heure où il savait devoir y rencontrer Adrienne ; mais Adrienne ne vint pas. Gaston attendit plusieurs heures, impatienté d'abord, inquiet ensuite, et bientôt sérieusement alarmé, convaincu qu'elle n'avait manqué au rendez-vous que parce qu'elle obéissait à une volonté plus forte que la sienne. Il se rendit dans la rue de Marignan, avec l'espérance qu'en se promenant devant la porte de la maison qu'habitait Mme de Ribeaupin, il verrait sortir Germaine, la femme qui accompagnait ordinairement Adrienne et qui favorisait leurs amours. Mais son attente fut vaine. Il ne vit personne qui pût le renseigner sur ce qu'il avait à cœur de savoir, et n'osa prolonger sa promenade, de peur d'être vu par Mme de Ribeaupin, qui n'aurait pas manqué d'en découvrir le motif.

— Il lui est arrivé quelque malheur ! se dit-il.

Sous l'empire de cette idée, il sauta dans une voiture, se fit conduire dans le faubourg Saint-Jacques, au couvent des Carmélites, dont l'abbé Mérille était l'aumônier. Il trouva le prêtre dans la sacristie, se dépouillant des ornements sacerdotaux : il venait de célébrer la messe et descendait de l'autel. En voyant entrer Gaston pâle, les traits contractés par l'inquiétude qui le dévorait, l'abbé Mérille crut à un grand malheur.

— Que vous arrive-t-il ?

— Adrienne n'est pas venue.

— Venue ! où ?

— A Saint-Philippe-du-Roule, où tous les dimanches nous nous rencontrons à l'issue de l'office. Si elle n'est pas venue, si elle ne m'a envoyé personne pour me rassurer, c'est qu'elle est malade.

— Vous vous alarmez trop vite !

— Ah ! mon cher abbé, quand on s'aime...

L'aumônier fit un signe à Gaston pour lui faire comprendre qu'une sacristie n'était point propre à un tel entretien. Puis il le conduisit dans le petit appartement qu'il occupait hors de l'enceinte du couvent, et là Gaston lui fit part de ses craintes.

— Vous les exagérez sans doute beaucoup, lui dit l'abbé Mérille. Mais peu importe ! Que puis-je faire ?

— Aller chez votre sœur, tâcher de voir Adrienne.

L'abbé ne répondit pas sur le champ. Il voulait réfléchir, et ce ne fut qu'après quelques minutes de silence qu'il répondit :

— Quelque répugnance que j'aie à me rencontrer avec ma sœur, je ne veux pas vous refuser, d'autant plus que si vos pressentiments sont fondés, ma visite sera salutaire à Adrienne.

— Oh ! merci ! s'écria Gaston.

L'abbé l'invita à partager son frugal déjeuner, ne le laissa partir qu'après lui avoir prodigué les plus tendres encouragements et lui avoir dit :

— Revenez à cinq heures. J'aurai vu Adrienne.

Gaston proposa d'accompagner l'abbé, de l'atten-

dre en voiture. Mais dans la crainte que Mme de
Ribeaupin ne découvrît sa présence et n'accusât
abbé de se faire le complice des jeunes gens, ce
dernier refusa. Ce n'était pas sans une certaine
appréhension qu'il se rendait chez sa sœur. Il savait quelle était la violence de cette femme, combien il était difficile de faire arriver jusqu'à son
cœur la voix de la raison. Il redoutait les discussions, craignant d'y compromettre son caractère,
obéissant aussi à une timidité invincible, car cet
homme, dont l'aspostolat était un long acte d'hé-
roïsme, avait la douceur d'un enfant. La fermeté
dont il avait fait preuve maintes fois dormait au
fond de son âme. Il fallait, pour qu'elle se révélât,
des circonstances graves, en dehors desquelles
elle se cachait sous des apparences de faiblesse
qui étaient un excès de bonté et une haine profonde
pour tout ce qui ressemblait à la violence. Cependant il n'hésita pas un seul instant. Seulement, il
conçut l'espoir que sa sœur serait sortie et qu'il
trouverait Adrienne seule.

Il était trois heures lorsqu'il sonna à la porte de
sa sœur. Il n'était pas encore venu dans cette maison. En voyant le luxe de l'escalier, le tapis qui
couvrait les degrés, les fleurs et les banquettes de
velours qui, à chaque étage, invitaient au repos, il se
dit :

— Il faut que ma sœur soit plus riche qu'on ne
le croit pour vivre ici.

Ce fut Jeanne qui vint lui ouvrir. A l'aspect de
ce prêtre aux traits précocement vieillis, courbé par

le labeur de sa vie plus que par l'âge, dont la soutane montrait la corde, la soubrette ne put retenir un geste de surprise. Elle n'était pas accoutumée à de telles visites. De son côté, l'abbé, qui, sans le tablier blanc que Jeanne portait, n'eût pas deviné qu'elle n'était qu'une servante, remarqua à part lui que cette fille au visage effronté n'avait pas la tenue qui convient à une honnête maison.

— Mme de Ribeaupin? demanda l'abbé.

— Madame la baronne est sortie! répondit Jeanne.

— Ma sœur est baronne, pensa l'abbé; je l'avais oublié.

Et il reprit tout haut :

— Mlle Adrienne est-elle également sortie ?

— Mademoiselle est là; mais, en l'absence de sa mère, elle ne reçoit pas.

— Elle me recevra, moi. Je suis son oncle, le frère de votre maîtresse.

Ayant dit ces mots, l'abbé, tout joyeux de l'absence de sa sœur, écarta Jeanne qui lui barrait le chemin et entra dans l'antichambre, en disant d'un ton qui n'admettait pas de réplique :

— Prévenez ma nièce.

— On demande mademoiselle, dit Jeanne en entrant dans la chambre d'Adrienne ; c'est un curé, le frère de madame, à ce qu'il assure.

— Mon oncle ! s'écria Adrienne.

Elle était encore bien faible à la suite des violentes émotions qu'elle avait subies trois jours avant. Mais, en entendant annoncer le bon prêtre qu'elle

aimait avec tant de tendresse, toutes ses peines furent oubliées. Elle quitta la chaise longue sur laquelle elle était étendue et s'élança au-devant de
l'abbé Mérille, qui lui ouvrit les bras.

— Ma chère enfant, que je suis heureux de te
revoir ! dit-il en la pressant contre sa poitrine.

Tout à coup, il fit deux pas en arrière, et regardant avec attention Adrienne debout dèvant lui :

— Est-ce que vraiment tu as été malade ? demanda-t-il avec inquiétude.

— Oh ! une indisposition, fit négligemment
Adrienne en entraînant l'abbé Mérille dans sa
chambre.

— Allons ! les cœurs qui aiment ont un flair
particulier pour deviner.

— Deviner quoi, mon oncle ?

— Ne comprends-tu pas pourquoi je viens ?

— Pour embrasser votre nièce, je pense.

— Oui, et depuis longtemps j'en avais le désir.
Mais si, au risque d'exciter la mauvaise humeur de
ta mère contre moi, j'ai remis les pieds dans cette
maison, c'était pour donner à Gaston Rivière une
satisfaction qu'il demandait ardemment.

— Gaston !

Et en prononçant ce nom, Adrienne rougit et
baissa les yeux.

— Oui, Gaston, qui ce matin espérait te rencontrer à Saint-Philippe-du-Roule à l'issue de la messe,
et qui, après avoir vainement attendu, est venu
chez moi, désespéré.

— Pauvre garçon ! J'ai bien pensé qu'il serait en

proie à de vives inquiétudes. Il m'aime tant ! Mais
je n'ai pu le faire prévenir de l'impossibilité où
j'étais de sortir. La seule personne que j'aurais pu
lui envoyer a été chassée par ma mère il y a trois
jours.

— Chassée ! pourquoi ?

— Je crois qu'elle m'était trop dévouée, la pauvre
Germaine ! Ma mère s'en est irritée, dit tristement
Adrienne.

— Chère mignonne, tu n'es pas plus heureuse
aujourd'hui qu'autrefois, n'est-ce pas ?

— Comment serais-je heureuse ? Ma mère me témoigne moins de tendresse encore que par le
passé, et mes sœurs plus d'indifférence. On ne me
pardonne pas de ne pas aimer les plaisirs et de
préférer la solitude à la bruyante société qu'on reçoit ici.

— Quelle société ? demanda l'abbé Mérille qui,
revenant dans la maison de sa sœur après plusieurs
semaines d'absence, était désireux de connaître
comment Mᵐᵉ de Ribeaupin occupait sa nouvelle
position.

Alors Adrienne, qui n'avait pu depuis longtemps
confier à un cœur ami les chagrins dont était rempli
le sien, céda au besoin d'épanchement qui l'obsédait
et raconta à son oncle les détails que l'on connaît, les
assiduités du baron Drivonne auprès de Charlotte,
la présentation imprévue du vicomte de Rochebry,
tout ce qu'avec la perspicacité propre aux jeunes
filles elle avait vu, compris et observé dans la maison.
Elle peignit en traits rapides cette soirée qui restait

dans son souvenir comme un affreux cauchemar, et qui lui avait coûté si cher. L'abbé Mérille était douloureusement surpris. Le désespoir se lisait sur son visage.

— Mais ce baron Drivonne, ce vicomte de Rochebry épouseront-ils tes sœurs ?

— Je ne le crois pas, mon oncle, répondit Adrienne, qui, malgré son innocence instinctive, n'en était plus à ignorer de quelles infamies étaient capables certaines âmes. On traite la femme qu'on doit épouser avec plus de respect qu'ils ne traitent mes sœurs. Si le baron Drivonne devient le mari de Charlotte, c'est qu'elle l'aura obligé en quelque sorte, sans amour et par ambition, à lui donner son nom. Quant au vicomte de Rochebry, il n'a certainement pas l'intention de donner le sien à Estelle. Un gentilhomme ne s'allie pas à une comédienne.

— Comment ! une comédienne ! s'écria l'abbé.

— C'est vrai ! vous ne savez pas !

Adrienne répéta alors ce qu'elle avait appris par les entretiens de sa mère et de ses sœurs, à savoir que depuis deux jours Estelle était engagée au théâtre des Drôleries-Parisiennes.

— Les malheureuses femmes ! murmurait l'abbé Mérille en gémissant.

Il ne pouvait en croire ses oreilles.

— Il est impossible, pensait-il, que ce soit de propos délibéré que ma sœur mène ainsi ses filles à la perdition et au déshonneur.

Mais, tout en essayant de se convaincre qu'il n'y

12

avait là que le résultat d'une conduite irréfléchie, il ne pouvait imposer silence à un pressentiment qui lui disait que sa sœur agissait avec préméditation.

— Je lui parlerai, s'écria-t-il tout à coup, je saurai...

Adrienne l'interrompit.

— Oh! mon oncle, fit-elle, par pitié, ne dites rien à ma mère. Ne lui donnez pas à comprendre que vous connaissez ce qui se passe. N'essayez pas de lui faire entendre des conseils qu'elle n'accepterait pas. Elle ne vous les pardonnerait pas à vous, et elle ne me pardonnerait pas à moi ces confidences que je n'ai pu vous taire. Il en résulterait un nouvel éclat, et de nouveau j'en serais la victime, puisque cette maison vous serait encore fermée.

— C'est vrai, cela !

— Feignez de ne rien savoir. Ma mère et mes sœurs vont rentrer. Dites, ce qui est vrai, que vous avez voulu avoir de nos nouvelles ; essayez de sourire, de paraître avoir oublié le passé et ignorer le présent. A ce prix, ma mère ne vous verra pas d'un mauvais œil. Il me sera permis de vous embrasser quelquefois et de puiser dans votre présence les consolations dont j'ai besoin.

L'abbé Mérille hésitait. Adrienne reprit, avec des supplications dans la voix :

— Vos conseils ne porteront aucun fruit. Ils seront impuissants à éclairer ma mère sur les périls qui nous menacent. Il faut une catastrophe pour

lui ouvrir les yeux. Eh bien ! que du moins je ne
sois pas condamnée à souffrir sans cesse de cette
situation, et puisque vous êtes mon seul ami, ne
mettez pas une barrière entre nous.

— Soit, répondit l'abbé Mérille. Peut-être as-tu
raison et vaut-il mieux qu'en feignant de tout ignorer, je me réserve la possibilité d'entrer ici à toute
heure. Ce sera meilleur pour toi et aussi pour ces
malheureuses femmes; ma présence peut-être les
retiendra.

Adrienne sauta au cou de son oncle.

— Depuis longtemps je n'ai pas été si heureuse,
dit-elle.

— Sais-tu à quoi je pense? fit tout à coup l'abbé
Mérille.

— A quoi, mon oncle ?

— A te procurer un grand plaisir.

— Lequel?

— Que dirais-tu de quinze jours passés à la campagne avec moi, et pendant lesquels Gaston Rivière
viendrait une ou deux fois nous voir?

— Ce que j'en dirais !... ce serait une joie si parfaite que je n'ose y croire.

— Eh bien ! je veux me montrer tel pour ma sœur
qu'elle ne puisse refuser de m'accorder la faveur
que je lui demanderai pour toi.

Comme l'abbé Mérille venait de prononcer ces
paroles, on entendit un grand bruit dans l'antichambre.

— Voilà ma mère et mes sœurs, dit vivement
Adrienne. Elles reviennent du bois.

Au même moment, la porte s'ouvrit. Mme de Ribeaupin, Estelle et Charlotte, vêtues toutes les trois de robes printanières, d'une élégance achevée, entrèrent dans la chambre.

— Que m'apprend-on ? que mon frère est ici ! s'écria Mme de Ribeaupin.

— On ne vous trompe pas, ma sœur. Le voici, votre frère. Il souffrait d'être demeuré si longtemps sans vous serrer les mains, et aujourd'hui il est venu. Embrassons-nous, mes chères nièces ; je suis ravi de vous voir en si belle santé.

Et l'abbé Mérille ouvrait paternellement les bras. Mme de Ribeaupin était au comble de la surprise.

— Je ne reconnais plus mon frère, se disait-elle.

Elle s'attendait à des remontrances sur son luxe, sur la toilette de ses filles, en un mot à ce qu'elle appelait des jérémiades.

— On me l'a changé ! ajouta-t-elle mentalement.

En le voyant ainsi, elle était elle-même toute disposée à oublier leurs précédentes discussions. Il ne déplaisait pas à son amour-propre que, par le changement apporté dans sa conduite auprès d'elle, son frère reconnût en quelque sorte qu'il avait eu tort précédemment de se montrer sévère à son égard.

— Je suis ravie de vous voir, mon frère, dit-elle, et tant que vous serez raisonnable, ma maison sera la vôtre.

L'abbé Mérille se garda bien de relever ce mot. Alors Mme de Ribeaupin, s'adressant à Estelle et à Charlotte, restées debout derrière elle, reprit :

— Mes filles, embrassez votre oncle.

Engagée sur ce ton, et l'abbé étant résolu à ne se choquer de rien, à contenir son indignation, les reproches qui se pressaient sur ses lèvres, afin d'arriver à améliorer la situation d'Adrienne, l'entrevue ne pouvait être de part et d'autre que pleine d'affabilité. Mme de Ribeaupin ne parla ni de ses relations, ni de ses affaires. Elle se contenta de dire :

— Je suppose que vous avez appris les heureux changements survenus dans ma fortune ?

— Je les connaissais, et je m'en réjouis, répondit l'abbé Mérille.

— Décidément, pensait Mme de Ribeaupin, il a compris qu'il valait mieux m'avoir pour amie que pour ennemie.

Elle ne s'expliquait pas autrement la conversion de son frère.

— Ne nous ferez-vous pas le plaisir de dîner avec nous ? lui demanda Mme de Ribeaupin lorsqu'elle fut persuadée qu'il ne cherchait qu'à rentrer en grâce auprès d'elle, et qu'il avait laissé à la porte les remontrances et les conseils.

— Je suis obligé de vous refuser. Aujourd'hui dimanche, mes bonnes Carmélites ont besoin de leur aumônier à partir de six heures. Nous avons la bénédiction...

— Bien, bien, mon frère ; je ne veux pas troubler vos occupations. Je ne vous retiendrai pas ; mais gardez-moi un de ces prochains jours, n'est-ce pas ?

— Oh ! je vous le promets, répondit l'abbé.

Il se réjouissait du résultat inattendu de cette entrevue.

— Cette petite Adrienne a eu raison, pensait-il.
Ma sœur se montrera aimable tant que je ne paraî-
trai pas blâmer sa conduite. Eh bien ! je me tairai,
même sur ce qui pourra blesser mes scrupules. Je
me tairai, afin de conserver le droit de revenir
dans cette maison où ma présence sera utile à la
chère enfant, et exercera peut-être une influence
heureuse sur sa mère et sur ses sœurs.

Engagé dans cette voie, résolu à ne s'en pas
écarter, l'abbé Mérille s'efforça de se montrer aimable. En ce moment, sa sœur était assise à côté
de lui sur un canapé. En face d'eux se tenaient Estelle et Charlotte, et, debout derrière elles, Adrienne
dont le regard reconnaissant prouvait à l'abbé Mérille combien elle était sensible aux efforts qu'il
faisait pour lui plaire.

— Mes nièces jouissent d'une bonne santé, à ce
qu'il me paraît, dit l'aumônier à sa sœur.

— Oui, je suis assez satisfaite sous ce rapport.

— Mais ne trouvez-vous pas cette fillette un peu
pâlotte ? ajouta l'abbé en désignant Adrienne.

Mme de Ribeaupin allait répondre à cette question, en accusant Adrienne d'avoir un mauvais
caractère, de se montrer boudeuse et inquiète, afin
de troubler le repos de sa mère. Mais elle se retint.
Il ne suffisait pas de formuler de tels reproches ; il
fallait encore les justifier, et Mme de Ribeaupin ne
pouvait le faire qu'en entrant dans certains détails
qui eussent scandalisé son frère et ramené peut-
être sur ses lèvres les conseils qu'elle ne voulait
plus entendre. Elle se contenta de répondre :

— Cette enfant grandit beaucoup, et la croissance
la fatigue.

— Elle aurait besoin de changer d'air.

— Croyez-vous? Le quartier que nous habitons
est sain cependant. Nous sommes à côté des
Champs-Élysées, non loin du bois de Boulogne.
L'air est pur, et Adrienne n'a pas à souffrir à cet
égard.

— Cet air ne vaut pas celui des champs.

— Sans doute; mais je ne peux aller encore à la
campagne.

— A cause de vos occupations, n'est-ce pas?
demanda l'abbé, comme pour donner raison à sa
sœur.

— Oui, la surveillance de mes intérêts me retient
ici.

— Ils ne sont pas compromis, j'espère?

— Nullement. Mais vous connaissez la fable de
l'*Œil du maître*.

— Je comprends, et je vous approuve.

L'abbé s'arrêta. Il y eut un silence de quelques
minutes; puis il reprit :

— Savez-vous ce que vous devriez faire, ma
sœur ?

— Quoi donc, mon frère ?

— Toutes les années, je vais, au mois de mai,
passer quelques jours à la campagne, chez le frère
de notre supérieure, un fermier des environs d'É-
vreux. On vit là très-largement. Il y a des bonnes
chambres, une nourriture saine, des prairies, des
vaches, tout ce qui peut aider à fortifier la santé.

On goûte tous les charmes de la solitude, un repos réparateur. Je pars cette semaine pour y passer mes courtes vacances. Donnez-moi vos filles. Je vous les garderai une quinzaine et vous les rendrai rafraîchies, engraissées.

— Mais je ne veux pas engraisser ! s'écria Charlotte, qui pensait que le baron Drivonne la trouvait bien telle qu'elle était.

— Et moi, je ne veux pas quitter Paris ; maman sait bien pourquoi, ajouta Estelle, qui songeait à ses répétitions et au rôle de la fée Biribi qu'elle devait jouer aux Drôleries-Parisiennes dans le *Homard mélomane*.

— Oui, reprit Mme de Ribeaupin, la présence de ces demoiselles est nécessaire à Paris.

Elle se disait encore que quinze jours passés dans une ferme avec un vieux prêtre ne constituaient pas pour des jeunes filles un plaisir enchanteur.

— Mais moi, maman, fit alors Adrienne, qui devinait les intentions de son oncle et la tactique dont il s'était servi pour les faire réussir, rien ne me retient à Paris, et vous seriez bien bonne si vous vouliez me permettre d'accompagner mon oncle.

— Vous l'entendez, dit l'abbé à sa sœur en souriant ; donnez-moi Adrienne.

Mme de Ribeaupin hésitait. Elle craignait que, vivant seule avec son oncle, Adrienne ne se laissât aller à des confidences et ne répétât les faits qui s'étaient déroulés dans la maison et sous ses yeux. D'un autre côté, elle se disait que, dans les circonstances actuelles, la présence d'Adrienne auprès d'Estelle et de Charlotte était un embarras, alors qu'elle se montrait si peu disposée à les imiter.

— Eh bien, ma sœur... ? demanda l'abbé.

— Eh bien, mon frère, je réfléchissais. Je ne sais trop... Après tout, je ne vois pas un grand inconvénient à ce qu'Adrienne parte avec vous.

— Quel bonheur ! s'ecria la jeune fille.

— Comment, mademoiselle, est-ce la pensée de me quitter, de quitter vos sœurs qui vous réjouit ? fit aigrement Mme de Ribeaupin.

— Non, maman, répondit Adrienne interdite, non ; c'est que je vais voir la vraie campagne et voyager. Vous savez bien que je ne suis jamais allée au delà de Saint-Cloud.

Mme de Ribeaupin allait répondre ; mais l'abbé Mérille l'en empêcha. Il se leva et dit en se frottant les mains :

— Voilà qui est entendu. J'emmènerai Adrienne. Fais tes préparatifs, ma fille. Nous partirons mercredi, à neuf heures du matin. Je viendrai te chercher. Quant à vous, mes belles nièces, ajouta-t-il en se retournant vers Estelle et Charlotte, je regrette que vous ne suiviez pas l'exemple de votre sœur.

— Nous ne pouvons laisser maman seule à Paris, dit Estelle d'un ton pénétré.

— Chère enfant ! reprit Mme de Ribeaupin d'un accent ému qui semblait un reproche pour Adrienne.

Ce fut le dernier mot de l'entretien. L'abbé Mérille avait pris sa canne et son chapeau. Il serra la main de sa sœur et de ses nièces, à l'exception toutefois d'Adrienne, qu'il embrassa.

— A mercredi, fit-il.

Puis il sortit. A cînq heures, il était chez lui. Il y trouva Gaston, qui, dévoré d'impatience, avait devancé l'heure du rendez-vous.

— Adrienne?... demanda le jeune homme.

— Elle n'a pu venir à l'église ce matin, à cause d'une légère indisposition, ni vous faire prévenir, sa mère ayant chassé la seule persoune qu'elle aurait pu vous envoyer.

— Germaine ! on a chassé Germaine !

— Est-ce qu'elle s'appelait Germaine ?

— Oui, et puisqu'elle n'est plus au service de Mme de Ribeaupin, je la prendrai au mien. Adrienne la retrouvera dans ma maison. Ne vous a-t-elle chargé d'aucune commission pour moi ?

— Qui ça ? Germaine ? Je ne la connais pas.

— Non, Adrienne?

— Ma nièce? Aucune commission, si ce n'est de vous rassurer et de vous prévenir que vous la verrez bientôt.

— Dimanche ?

— Dimanche, soit.

— Je serai à Saint-Philippe à l'heure accoutumée.

— Mais elle n'y sera pas.

— Comment la verrai-je alors ?

— Vous partirez dimanche de grand matin pour Évreux. En arrivant dans cette ville, vous vous rendrez à l'hôtel des Roches-Noires. Vous ferez atteler une voiture, et sur votre demande on vous conduira à la ferme de Villiers-les-Pommes, où vous trouverez, vous attendant pour déjeuner, Mlle Adrienne de Ribeaupin et son oncle, l'abbé Mérille.

— Oh ! que je suis heureux ! s'écria Gaston. Mais comment se fait-il...

L'abbé l'interrompit pour lui raconter l'entretien qui venait d'avoir lieu entre sa sœur et lui.

— Et Mme de Ribeaupin a consenti à vous confier sa fille ?

— Je me suis montré diplomate si consommé ! Je crois même que je n'ai pas dit toute la vérité à ma sœur ; mais le bon Dieu me le pardonnera en faveur de l'intention.

En ce moment, un petit garçon entra.

— Monsieur l'aumônier, c'est l'heure des vêpres.

— L'heure des vêpres ! Et moi qui l'oubliais ! Adieu, mon cher Gaston ; à bientôt. N'oubliez pas : Évreux, l'hôtel des Roches-Noires, la ferme de Villiers-les-Pommes.

— Je n'oublierai pas, mon cher abbé. Oh ! je suis bien heureux !

Gaston se retira, et l'abbé courut à la chapelle du couvent.

IX

Au centre de la fertile vallée de l'Eure, parmi les prairies grasses que paissent les bœufs, où courent, l'œil ardent, la crinière au vent, les jeunes chevaux, se trouve la ferme de Villiers-les-Pommes. Les bâtiments qui la composent sont d'abord un vaste pavillon, ancienne dépendance d'un château qui s'élevait jadis en cet endroit et qui sert aujourd'hui d'habitation au fermier, puis des étables, des écuries et des hangars. Par la manière dont ces constructions sont placées, elles laissent entre elles une cour, encombrée de charriots, d'instruments aratoires, au milieu de laquelle on voit un puits, à côté du puits l'auge à laquelle les bêtes viennent boire. Les murs de la ferme sont en briques, les toits en ardoises qui miroitent au soleil comme des plaques en argent. Le pavillon principal a une physionomie charmante. A l'extérieur, des plantes vertes grimpent aux murailles dans un désordre inextricable qui ne laisse de place qu'aux croisées et aux portes qu'elles encadrent gracieusement. On

ne peut passer devant cette maison sans éprouver
le désir d'y entrer. Dans l'intérieur du pavillon, ce
qui frappe d'abord le regard, c'est une exquise
propreté. Dans la cuisine qu'ornent des vieux buf-
fets en chêne sculpté comme on n'en fait plus aujourd'hui, les faïences placées sur les dressoirs,
les plats et les casseroles d'étain accrochés au
mur brillent comme des miroirs. Le plancher, formé
de dalles larges en pierres blanches, a l'air d'être
en marbre, et jamais une tache ne vient souiller
l'immense table de sapin qui s'étend au milieu de
cette pièce, aussi bien tenue qu'un boudoir frais et
coquet. A côté de la cuisine où les valets prennent
leur repas se trouve la salle à manger des maîtres,
meublée comme celle d'un bourgeois aisé. Un cellier
et deux chambres complètent le rez-de-chaussée.
L'étage supérieur est divisé en quatre autres
chambres qui ne sont habitées que lorsque le fermier
reçoit des visiteurs. Par toutes les croisées du principal corps de logis, l'œil embrasse l'étendue des
champs. De tous côtés se déroulent des prairies
semblables à un tapis bariolé auxquelles des pom-
miers déjà vieux prêtent leur ombre, et qu'arrosent
des ruisseaux qui sillonnent le sol avec un doux
murmure. Le terrain est accidenté. Ici il s'élève,
là il s'abaisse ; plus près il forme un mamelon, plus
loin un vallon profondément encaissé entre des
fossés larges au bord desquels poussent des saules
au tronc rabougri, aux branches flexibles et légères.
Sur la droite, à deux kilomètres de la ferme, on
voit un village qui n'a guère que cinq cents feux,

mais où tout démontre la richesse et l'aisance des habitants. Dans ces pays fertiles, où la terre n'est point capricieuse, ni le ciel inclément, l'herbe pousse toujours assez abondamment pour nourrir les bestiaux, et à moins qu'une épizootie ne survienne, ce qui est, après tout, fort rare, les éleveurs peuvent, sans grande peine, arrondir leur bien.

A l'époque où se passe ce récit, la ferme de Villiers-les-Pommes avait pour propriétaire Guillaume Rondet, un beau gros paysan de cinquante ans, au teint rougeaud, à l'œil gris, aux cheveux blonds, droit comme un piquet, taillé comme un hercule, mangeant dru, buvant sec, et connu à vingt lieues à la ronde comme le plus habile et le plus honnête des fermiers de la vallée d'Eure. La ferme lui appartenait. Il l'avait acquise après s'être enrichi par la mort de son père, et s'il avait continué à l'exploiter lui-même, c'est qu'il lui était aussi impossible de vivre sans travailler qu'il est impossible aux poissons de vivre hors de l'eau. L'activité de Guillaume Rondet était proverbiale et son influence toute-puissante. Dans leurs tournées électorales, les préfets qui se succédaient dans le département de l'Eure ne manquaient jamais d'aller prendre un repas à la ferme de Villiers-les-Pommes, et s'estimaient heureux s'ils réussissaient à acquérir pour leurs candidats l'influence de Guillaume Rondet. C'était une masse totale de quatre mille voix qui obéissait comme un seul homme à la volonté du fermier et qui ne se mettait en mouvement qu'à sa fantaisie. Guillaume Rondet était veuf, sans enfants.

Ceux de ses parents à qui sa succession devait revenir possédaient déjà la fortune. On peut donc penser que s'il travaillait, ce n'était pas en vue de ses héritiers. Ce n'était pas non plus dans le but de s'enrichir. Il se trouvait assez riche. Non, c'était d'abord par amour du travail, nous l'avons dit, puis parce qu'il pouvait par là conserver son influence, faire du bien autour de lui. Faire le bien, c'était son plus grand bonheur. Il était d'une famille charitable et pieuse; sa sœur était entrée à vingt ans aux Carmélites du faubourg Saint-Jacques, et par ses vertus avait été jugée digne de devenir la supérieure de la communauté. Il était fier d'être le frère d'une telle femme. C'est en son nom qu'il aimait à répandre des bienfaits dans le pays; il s'inspirait de son exemple pour essayer de devenir chaque jour meilleur. C'est chez cet homme excellent que tous les ans l'abbé Mérille allait, durant quinze jours, se reposer des fatigues de l'année. Dans la seconde quinzaine de mai, il lui écrivait : « J'arrive après-demain; » il trouvait sa chambre prête et un accueil enthousiaste et fraternel. Au lendemain de sa visite à Mme de Ribeaupin, il écrivit comme de coutume à Guillaume Rondet : « Cette fois-ci, je ne viens pas seul : ma nièce m'accompagne. Préparez pour elle votre meilleure chambre. » Adrienne, en arrivant à Villiers-les-Pommes, après avoir fait sans fatigue une route heureuse, trouva Guillaume Rondet à l'entrée de son domaine.

— Vous voyez, mon cher Guillaume, qu'on vous traite en ami, dit l'abbé Mérille en lui serrant la main. J'amène ma nièce sans vous en avoir demandé l'autorisation.

— N'êtes-vous pas chez vous, monsieur l'abbé? répondit vivement Guillaume. Ici, voyez, on peut venir quand on veut, comme on veut. Il y a toujours à manger et à boire. Les chambres ne manquent pas, et le bon air est à tous. Je suis ravi de recevoir mademoiselle.

Enchantée de cet accueil, Adrienne tendit sa petite main au fermier et lui dit en souriant :

— Je prévois que nous allons devenir très-amis.

Le mot alla au cœur de Guillaume. Son émotion fut telle qu'il ne put prononcer une seule parole. Adrienne devina le trouble et, lui prenant le bras par un geste charmant, elle ajouta :

— Oh! je vous en prie, monsieur Guillaume, faites-moi visiter votre belle ferme. C'est la première fois que j'en vois une.

— La première fois!

— Oui, je n'avais pas le loisir de voyager. Je veux tout connaître.

— Mais ne voulez-vous pas déjeuner avant?

— Non, visitons d'abord.

Et c'est ainsi que Guillaume, ayant à son bras Adrienne épanouie dans sa joie, parcourut toute la ferme, expliquant à la jeune fille l'usage des instruments, l'emploi des bâtiments. Elle voulait tout savoir, comment on engraisse les poules, comment on trait les vaches, comment on fait les fromages...

— Mademoiselle, lui dit Guillaume en souriant, il m'est impossible de vous apprendre toutes ces

choses en un jour. Vous ferez votre éducation peu
à peu.

— Ah! mon oncle, s'écria Adrienne en se jetant
dans les bras de l'abbé, qui la regardait en souriant,
quand je serai mariée, je dirai à Gaston que je
veux être fermière. Nous quitterons Paris ; nous
achèterons une petite ferme près d'ici.

— Soit, mademoiselle, répliqua Guillaume en
riant ; vous serez ma voisine, et vous viendrez faire
votre apprentissage chez moi.

On se mit bientôt à table, et Adrienne, heureuse
d'avoir échappé pour quelques jours aux obsessions
de sa mère, vécut jusqu'au soir dans un calme
qu'elle n'avait jamais goûté jusque-là.

L'existence qu'on menait à la ferme de Villiers-
les-Pommes était uniforme et sans incidents. Mais
combien était salutaire le repos dont on y jouissait ?
Tous les matins, au lever du jour, Adrienne sautait
à bas de son lit, s'habillait à la hâte et descendait
dans la cour déjà pleine de mouvement. Les troupeaux sortaient des étables pour gagner les prairies
voisines où ils devaient paître jusqu'au soir. Les
chevaux venaient par bandes se ranger autour de
l'auge qu'on remplissait au fur et à mesure qu'ils
avaient bu. Des filles de ferme passaient avec des
grandes cruches en grès pour aller traire les vaches.
Des valets graissaient les essieux et les roues des
charriots. Tout ce monde allait et venait, s'agitait,
riait, criait et travaillait sous l'œil vigilant de Guillaume Rondet, qui fumait sa pipe au milieu de la
cour et donnait ses ordres. Adrienne assistait à ce

réveil, semblable à celui des abeilles dans une ru-
che. Elle regardait partir les travailleurs, échan-
geait quelques mots avec Guillaume, implorait le
pardon d'un valet réprimandé pour avoir maltraité
ses chevaux, et se mêlait autant qu'elle le pouvait
à cette existence, si différente de celle qu'elle menait à Paris. A sept heures, l'oncle Mérille faisait son
apparition dans la cour. Il avait son bréviaire sous
le bras, son chapeau sur la tête, sa canne à la
main, prêt à partir pour le village où il allait dire
sa messe.

— Viens-tu avec moi, petite? demandait-il.

— Je crois bien! répondait-elle.

— Bon voyage! leur criait Guillaume.

Il fallait une demi-heure pour arriver à l'église.
La route étroite, gazonnée, ombragée par les saules,
se déroulait entre les prés couverts de fleurs. Le
soleil pénétrait à travers les feuillages humides,
dissipant les brumes du matin, mettant en gaîté les
oiseaux étourdis qui chantaient et sifflaient en traversant le chemin à tire d'ailes. Des fermes dissé-
minées dans la plaine, on voyait sortir les troupeaux.
Le cri rauque et prolongé des grands bœufs remplissait par instants la vallée dont l'écho sonore le
répétait. Des odeurs saines et fortifiantes s'élevaient
du sol et jetaient dans les poumons des provisions
de santé. Adrienne et son oncle marchaient allégre-
ment, en gens débarrassés de toute entrave, gais
comme des écoliers en vacances. La jeune fille interrogeait son mentor sur ceci, sur cela. Le brin
d'herbe qui pousse au bord du chemin, le soleil qui

se lève, l'insecte qui s'avance en rampant, tout
était prétexte à des questions d'une part, à des
explications d'autre part. Adrienne s'instruisait, et
son âme , tenue jusque-là dans la compression et
l'ignorance, se dilatait dans l'admiration de toutes
les belles choses qui lui étaient révélées. On arrivait dans l'église presque solitaire ; tandis que
l'abbé Mérille la traversait pour arriver à la sacristie, Adrienne s'agenouillait dans un coin et priait
pour ceux qu'elle aimait, pour ceux qui l'aimaient,
et pour ceux aussi dont l'indifférence et la conduite
déchiraient son cœur. Puis elle entendait la messe
dite par son oncle. Après la messe, on rentrait à la
ferme pour le déjeuner, après lequel Adrienne cou-
rait de tous côtés à travers les bâtiments jusqu'au
moment où, accompagnée de l'abbé et de Guillaume,
elle allait faire une grande promenade. Ah ! la belle
vie ! que d'émotions ! que de bonnes joies ! quel
repos et quel charme de vivre ainsi !

Les quatre premiers jours, néanmoins, parurent
bien longs à Adrienne. C'est qu'elle attendait Gaston ! Voir son ami, non plus à la dérobée, mais sans
avoir rien à craindre, avec l'assentiment et sous la
surveillance de l'oncle Mérille, protecteur paternel
de ces chastes amours, n'était-ce pas un bonheur infini ? Le dimanche arriva, et avec lui Gaston Rivière.
On le présenta à maître Guillaume, qui lui dit :

— Puisque vous êtes le futur de Mlle Adrienne et
le protégé de M. l'abbé, vous êtes mon ami. Venez
ici autant que vous le voudrez, et considérez cette
maison comme vôtre.

— Ah ! bon Guillaume ! s'écria Adrienne.

— J'accepte vos offres, répondit Gaston, et je reviendrai dimanche.

L'abbé Mérille assistait à l'entretien.

— Doucement ! doucement ! fit-il. Je ne sais, mon cher Gaston, s'il est prudent que vous reveniez dimanche.

— Pourquoi, mon oncle ? demanda Adrienne.

— Parce que si ta mère venait à savoir que je favorise des entrevues comme celle-ci, alors qu'elle a positivement refusé de continuer à recevoir Gaston, je serais fortement grondé.

— Mais comment le saurait-elle ? reprit Adrienne.

— D'ailleurs, ne suis-je pas libre de venir voir mon ami M. Guillaume ? ajouta Gaston.

— Bien parlé, monsieur l'avocat, s'écria le fermier, à qui l'abbé avait raconté l'histoire d'Adrienne, et qui portait le plus vif intérêt à cette jeune fille. Vous êtes chez moi, et je puis recevoir qui bon me semble. Et puis, quel mal commet-on, je vous prie, à visiter sa fiancée en présence de deux vieux tels que M. l'abbé et moi ?

Adrienne regarda son oncle en souriant.

— Qu'avez-vous à répondre ?

— Rien, sinon qu'on me fait jouer un singulier rôle. Me voilà réduit à l'état de paravent.

— Vous ne cachez rien de répréhensible, reprit le fermier.

— Za moins, soyez prudents, mes enfants ; et vous, monsieur mon futur neveu, gardez-vous bien de

raconter que vous avez des rendez-vous à la ferme
de Villiers-les-Pommes.

Après cette recommandation inutile, Gaston offrit
son bras à Adrienne, et nos deux amoureux, suivis
à distance par l'abbé et par le fermier, commencè-
rent une longue promenade à travers champs. Que
de confidences échangées ce jour-là ! Gaston ne
connut qu'alors le cœur de son amie, et en voyant
combien ce cœur était pur, noble, désintéressé,
dévoué, il se réjouit et fut fier de son amour. Tous
les chagrins d'Adrienne, tous les périls auxquels
elle était exposée, les ambitions malsaines de sa
mère et de ses sœurs furent révélés au jeune avocat,
à qui son amie ne cacha rien. Ils s'attristèrent ensemble en pensant aux obstacles qui s'opposaient
à leur bonheur et en voyant que si, par une circonstance imprévue, Mme de Ribeaupin ne revenait
pas sur ses résolutions, il faudrait attendre, pour
contracter mariage, la majorité d'Adrienne. Elle
n'avait que dix-huit ans. Trois ans à attendre ! Cependant, la confiance des jeunes âmes dans l'avenir
est telle, et l'amour qui se revêt de chasteté est
si fort, qu'ils oublièrent leurs peines pour ne songer qu'à goûter entièrement le bonheur de se voir
réunis. Ce fut une journée délicieuse, et lorsque
le soir Gaston partit pour gagner Évreux, l'un et
l'autre bénissaient Dieu qui leur avait ménagé cette
entrevue enivrante.

Le lendemain de ce jour, au moment où l'abbé,
accompagné d'Adrienne, revenait du village où il
avait dit sa messe, on lui remit une lettre qu'avait

apportée le facteur en son absence. Il l'ouvrit, la lut et dit :

— Quel malheur ! nous voilà obligés de partir !

— Partir ? Pourquoi ? demandèrent en même temps Adrienne et Guillaume.

— Parce que l'une de mes carmélites est dangereusement malade, qu'elle me réclame et que la supérieure me rappelle en toute hâte.

Une grosse larme brilla dans les yeux d'Adrienne.

— C'est dommage de quitter ce beau pays, murmura-t-elle. J'y étais si heureuse !

Guillaume comprit ce gros chagrin, et d'un ton paternel il dit :

— Mais, chère petite, rien ne vous oblige à partir, vous ! Monsieur l'abbé, laissez-moi votre nièce. Sa mère ne saura pas qu'elle est demeurée seule ici avec moi, et quand vous serez libre, vous viendrez la chercher.

— Au fait, cela est possible, répondit l'abbé.

Adrienne était consolée.

— Ah ! monsieur Guillaume, fit-elle alors en s'adressant au fermier, comme vous me comprenez bien, vous ! Je vous aime déjà comme si vous étiez mon père.

Maître Guillaume rougit de plaisir.

— C'est beau et bon ce que vous me dites là, ma mignonne. Je n'ai pas d'enfant, mais j'ai des entrailles de père, et vous seriez ma fille que je n'aurais pas plus de tendresse pour vous.

L'abbé Mérille partit le même jour, et Adrienne resta à la ferme.

La semaine qui suivit s'écoula pour Adrienne rapide comme un rêve. Grâce à la sollicitude de Guillaume, elle goûta toutes les joies de la solitude et de la modeste vie des champs, sans en connaître les ennuis. Le fermier, nous l'avons dit, n'était ni sot ni vulgaire. Bien qu'il ne fût qu'un paysan, il avait reçu quelque instruction. Son intelligence ardente, cette science un peu élémentaire s'étaient plus tard développées au contact des châtelains de la contrée, qui ne dédaignaient pas de frayer avec lui, et les négociants de Paris et d'Évreux auxquels il avait souvent affaire. Cela suffisait pour qu'il ne fût pas permis de confondre Guillaume avec la foule qui habite les champs, ignorante la plupart du temps, livrée aux préjugés, soupçonneuse et d'une loyauté qui laisse quelquefois à désirer.

Dans ses entretiens avec Adrienne, le fermier témoignait autant de raison que de droiture. La jeune fille était heureuse de causer avec lui. Guillaume était fier d'inspirer cette confiance, et il répétait souvent :

— Je vous aime comme si vous étiez ma fille.

Il faut ajouter que ses actes étaient conformes à ses paroles. Pour les repas d'Adrienne, rien n'était assez bon ; pour sa chambre, rien n'était assez beau. Il fit tout exprès le voyage d'Évreux pour lui procurer de la parfumerie fine, des meubles plus confortables. Si Adrienne, confuse d'être l'objet de tant de soins, le priait de modérer ses largesses, il répondait :

— Je suis si heureux que vous puissiez vous plaire dans ma maison !

Le lendemain du départ de son oncle, Adrienne ayant dit qu'il lui serait agréable de monter à cheval, Guillaume lui amena, le jour suivant, un petit poney aux allures fringantes, doux comme un mouton, à l'aide duquel elle put parcourir les prairies.

— Ce cheval est désormais à vous, dit Guillaume ; nul autre que vous ne le montera. Il restera ici, et toutes les fois que vous viendrez à la ferme, vous le trouverez.

Vers la fin de cette semaine, elle reçut une lettre de son oncle. Il annonçait que son séjour à Paris devait se prolonger encore, et que si Adrienne voulait néanmoins rester à la ferme, il la recommandait à maître Guillaume.

— Voilà une recommandation inutile, fit en souriant Adrienne, et je ne sais pourquoi mon oncle...

— Je le sais bien, moi, objecta Guillaume sur le même ton.

— Pourquoi prend-il le soin de vous rappeler que vous êtes chargé de veiller sur moi ?

— Parce qu'après-demain ce sera dimanche.

— Eh bien ?

— Et que ce jour-là doit arriver ici certain jeune homme qui était ici dimanche dernier.

— Gaston ! s'écria Adrienne. Mon oncle a-t-il peur que je me laisse enlever ?

— Non, ma chère demoiselle, votre oncle ne saurait avoir de telles frayeurs en ce qui vous touche, vous et M. Gaston, qui est un honnête garçon. Seulement, il paraît que Mme de Ribeaupin ne lui pardonnerait pas de favoriser vos entrevues, et comme

dimanche il ne pourra pas être parmi nous, il me
charge de vous empêcher de commettre aucune imprudence.

— Nous serons prudents, monsieur Guillaume.
Notre bonheur en ce moment est trop complet pour
que nous voulions le compromettre.

Gaston arriva le dimanche à l'heure où il était
attendu. Il n'aurait eu garde de manquer à ce rendez-
vous. Il fut surpris d'apprendre que l'abbé Mérille
avait quitté la ferme depuis huit jours ; mais il s'a-
bandonna complètement à la félicité de retrouver
sa chère Adrienne. Jamais sa fiancée n'avait été
plus jolie. La santé lui revenait et colorait son visage de couleurs roses qui relevaient la blancheur
de son teint. Ses yeux brillaient d'un éclat inaccoutumé. La jeunesse, la grâce et l'amour resplen-
dissaient en elle. Après le déjeuner, auquel avait
présidé Guillaume, Adrienne proposa une promenade. On touchait alors à la fin de mai. Le ciel était
bleu ; le soleil répandait une chaleur douce sur les
prés. Les arbres des chemins tempéraient l'intensité de sa lumière. Les haies d'aubépine étaient en
fleurs. Les grillons chantaient sous les herbes.
C'était un temps exquis, fait exprès pour les poètes
et les amoureux.

— Mes chers enfants, dit Guillaume, que réjouissait le spectacle de ces deux jeunes gens entièrement livrés à l'amour, je ne vous ferai pas l'injure
de vous suivre dans votre promenade. Si l'oncle
Mérille était ici, ce serait un compagnon pour moi.
Mais marcher seul avec vous ! j'aurais l'air d'un

surveillant. Ce n'est point mon rôle. Allez courir les
champs, et quand vous vous serez confié tout ce
que vous avez à vous dire, revenez.

Il leur parlait ainsi, en souriant paternellement.
Ils étaient ravis, et après l'avoir remercié, ils s'em-
pressèrent de profiter de la permission. C'était la
première fois que Gaston et Adrienne se trouvaient
seuls, libres, sans témoins. Devant eux l'immensité
des champs leur assurait la solitude et la tranquillité pour tout le jour. Loin de tout espionnage
jaloux, loin du tumulte, sans crainte ni contrainte,
ils pouvaient se livrer à cette joie suprême de s'en-
tretenir d'eux, et d'eux seuls. Ils n'avaient jamais
goûté joie pareille. Gaston offrit son bras à Adrienne.
Elle s'y appuya, émue, mais confiante, et ils reprirent leur conversation là où ils l'avaient laissée le
dimanche précédent. Le chapitre des confidences
fut continué, et une fois de plus ils purent se convaincre que jamais deux âmes n'avaient été plus
dignes de s'appartenir.

Derrière la ferme de Villiers-les-Pommes s'étendait un petit bois de jeunes chênes et de peu-
pliers, dont le sol formait un tapis de gazon et de
fleurs. C'est là qu'après avoir marché durant trois
heures, Adrienne et Gaston vinrent se réfugier, afin
de s'y reposer avant de rentrer à la ferme. Le calme
des champs était solennel. Ils se croyaient cachés à
tous les yeux. Gaston dit :

— Nous voilà au terme de notre bonheur : cette
semaine, vous rentrerez sans doute à Paris, et je
serai condamné, comme par le passé, à ne vous voir

que rarement, et sans pouvoir échanger avec vous
aucune parole intime. Mais chaque fois que je vous
trouverai ainsi, je me rappellerai les instants délicieux que nous venons de passer l'un près de
l'autre, et ma mémoire fidèle me répétera les paroles que vous avez prononcées pour me prouver
la grandeur et la fermeté de votre amour.

— De telle sorte, reprit Adrienne, que nos entrevues, alors même que mille témoins se trouveraient entre nous, seront délicieuses, puisque nous
croirons entendre l'un et l'autre ce que nous nous
sommes dit. Sachons nous contenter de cette joie,
si mince qu'elle puisse être. Le ciel ne nous sera
pas toujours cruel. Il aura pitié de nous et fera
surgir l'événement qui nous permettra de nous
unir.

— Je ne vis que dans cette espérance.

— Elle m'est chère autant qu'à vous.

— Ah! ma chère Adrienne, au milieu même de
la douleur que nous cause la volonté de votre mère,
combien nous sommes heureux de nous aimer
ainsi!

Adrienne ne répondit pas. Une émotion douce
remplissait son cœur. Elle était assise sur le talus
d'un fossé. Accroupi à ses pieds, Gaston tenait sa
main et la regardait avec ivresse. Aucune pensée
coupable ne troublait leur extase. Ils étaient perdus
dans la contemplation de l'avenir que leur promettait leur amour. Tout à coup, d'un sentier qui s'ouvrait presque en face d'eux, ils virent déboucher
plusieurs personnes. Gaston se releva vivement.

Adrienne effrayée l'imita ; mais au même instant elle poussa un cri auquel un cri semblable répondit. Elle venait de reconnaître sa mère. Sa mère venait de la reconnaître et la regardait avec stupéfaction et colère. Derrière Mme de Ribeaupin se tenaient, non moins surpris qu'elle, mais un sourire moqueur sur les lèvres, Estelle, Charlotte, le baron Drivonne et le vicomte de Rochebry.

Il faut, avant d'aller plus loin, expliquer par quel concours de circonstances Mme de Ribeaupin, ses filles et les amis de ses filles se trouvaient en plein champ, et surprenaient Adrienne et Gaston au moment où ceux-ci se croyaient en sûreté.

Depuis que la jeune fille avait quitté la maison de sa mère pour suivre son oncle à la ferme de Villiers-les-Pommes, le baron Drivonne et le vicomte de Rochebry avaient redoublé d'assiduité auprès de ses sœurs, le premier parce qu'il cherchait à obtenir de Charlotte ce que le second ne sollicitait plus d'Estelle, ce dernier parce qu'il était encore dans l'ivresse de sa passion, aussi rapidement satisfaite qu'elle avait été prompte à allumer. La présence de ces deux hommes dans la maison de Ribeaupin tourna toutes les têtes. Ce ne furent plus que parties de plaisir, dîners fins dans les restaurants, promenades au bois dans les voitures de Drivonne et de Rochebry, excursions aux environs de Paris. La mère et les filles prenaient un grand plaisir à cette existence panachée d'agréments de toutes sortes, ainsi que disait Rochebry. Quant à lui, il y trouvait le moyen de se rapprocher d'Estelle, tandis que Drivonne, toujours auprès de Charlotte, s'efforçait de réduire cette vertu qui ne se montrait farouche que parce qu'elle espérait tirer parti de sa résistance.

Si Mme et MMlles de Ribeaupin avaient occupé dans le monde parisien une position plus en vue, il eût suffi de cette conduite imprudente pour les perdre à jamais de réputation. Leur obscurité les sauva de l'infamie, ou pour mieux dire elles n'eurent pas à souffrir dans les apparences de leur honneur des folies auxquelles elles se laissaient entraîner. Adrienne absente ne connut rien qui fût de nature à l'alarmer, et l'abbé Mérille, laissé comme elle dans l'ignorance de ce qui se passait, ne sut pas dans quel abîme sa sœur et ses nièces étaient en train de descendre. Mme de Ribeaupin envisageait-elle les conséquences de sa légèreté? Était-ce à dessein et dans un but déterminé qu'elle prêtait les mains à ces rapprochements constants entre ses filles et les deux libertins qui voulaient les perdre? Nous n'oserions l'affirmer. Il est permis de supposer qu'elle n'obéissait qu'à un goût excessif pour le plaisir, car si le langage qu'elle avait tenu à ses filles en d'autres temps était tel qu'on dût en tirer une opinion contraire, il est certain qu'elle ne laissait plus rien paraître qui fût de nature à laisser comprendre qu'elle persistait à vouloir trafiquer de l'honneur de ses filles. Il y a même lieu d'ajouter qu'un changement s'était opéré dans ses idées, et qu'en nourrissant toujours la volonté d'établir richement ses enfants, elle pensait moins qu'autrefois à acheter cet éta-

blissement au prix de leur réputation. Maîtresse
d'un revenu relativement considérable, elle ne dé-
sespérait plus de trouver un mari pour Charlotte.
Elle n'avait aucune peine à penser que l'amour de
Drivonne irait jusqu'au mariage et qu'Estelle, lancée au théâtre, se tirerait d'affaire elle-même.
Celle-ci lui avait caché soigneusement, ainsi qu'à
Charlotte, ce qui s'était passé entre elle et Rochebry.

Mais Mme de Ribeaupin manquait de persistance.
Et puis, elle était vaine, légère, étourdie. La société
de deux gentilshommes lui offrait des charmes
puissants. Les plaisanteries grossières du vicomte
parlaient à son âme. Il ne lui déplaisait pas d'être
cavalièrement traitée; elle était trop peu clairvoyante
pour deviner vers quel but Drivonne et Rochebry
dirigeaient leurs efforts. Leur ayant ouvert sa maison, ayant trouvé plus d'un attrait dans l'habitude
de les recevoir, elle prêta les mains à toutes leurs
manœuvres. Drivonne faisait à Charlotte une cour
assidue. Estelle acceptait les hommages de Rochebry, qui les lui rendait, non plus comme un solli-
citeur, mais comme un amant satisfait et fidèle, et
Mme de Ribeaupin ne trouvait pas que cela pût
tourner à mal. Sa présence lui semblait justifier,
innocenter toutes choses, et les deux complices ne
se montraient jamais si empressés auprès des jeunes
filles que lorsque leur mère les couvrait de son
égide. Devenus les commensaux de la maison, ils
avaient pris à tâche de ne plus laisser aux dames
de Ribeaupin le loisir de respirer. Ils les accablaient

de distractions, de fêtes, comme s'ils eussent voulu les étourdir, les mettre dans l'impossibilité de résister à leurs desseins. Mme de Ribeaupin était sur les dents, ce qui ne l'empêchait pas de se montrer tout enivrée d'une vie si belle.

Les choses en étaient là, lorsque le matin du jour où, à la ferme de Villiers-les-Pommes, Adrienne attendait Gaston, le vicomte de Rochebry et le baron Drivonne se présentèrent chez Mme de Ribeaupin.

— Eh bien! maman, demanda le vicomte, voici un beau dimanche qui commence; comment l'emploierons-nous?

— Allons passer l'après-midi au bois. Nous dînerons à Madrid, répondit Mme de Ribeaupin.

— Fi donc! un dimanche aller au bois avec la cohue! objecta Drivonne.

— Alors, partons pour la campagne, ajouta Charlotte.

— Oh! toujours les bois de Ville-d'Avray et la matelotte mangée sur le bord de l'étang, c'est monotone, murmura Estelle. Voyageons plutôt.

— Partons pour de lointains pays, s'écria Rochebry. Mais où irons-nous?

— Tenez, il me vient une idée, dit alors Mme de Ribeaupin.

Tous l'interrogèrent du regard. Elle continua:

— Ma fille Adrienne est à la ferme de Villiers-les-Pommes, aux environs d'Évreux; allons lui faire une visite et lui demander à dîner. Évreux est à deux heures de Paris; la ferme est à deux heures d'Évreux. C'est un voyage charmant. Nous arriverons pour nous mettre à table, et nous reviendrons dans la nuit.

Il n'y eut qu'un cri pour accepter la proposition. On courut à la gare Saint-Lazare, on sauta dans le train qui allait partir, et deux heures plus tard, nos cinq voyageurs débarquaient sur le pavé d'Évreux et se mettaient en quête d'une voiture qui pût les conduire à Villiers-les-Pommes. L'hôtel des Roches-Noires fournit un vaste landau. On s'y installa comme on put, et le cocher fouetta ses chevaux, tandis que le vicomte, assis au fond de la voiture entre Estelle et Mme de Ribeaupin, passait ses bras autour de la taille de ses voisines en entonnant une chanson des plus lestes. La voiture roulait depuis longtemps en pleine campagne, lorsque Drivonne, s'adressant au cocher, lui demanda si l'on était encore bien loin du but du voyage.

— Ces grands bâtiments que vous voyez dans le vallon, c'est la ferme de Villiers-les-Pommes, répondit le cocher.

— Alors, descendons ici, s'écria Rochebry. Nous poursuivrons la route à pied.

Et il s'élança hors de la voiture. Ses compagnons l'imitèrent. Du point où ils se trouvaient, deux chemins conduisaient à la ferme : d'un côté, la grande route blanche, poudreuse et droite ; de l'autre, un sentier gazonné et fleuri entre des champs de blé.

— Prenons par le sentier, dit Rochebry ; nous ferons en marchant des couronnes de bluets et de coquelicots. Quant à vous, ajouta-il en s'adressant au cocher, allez directement à la ferme ; vous annoncerez cinq ventres affamés, ou plutôt, car il faut être convenable, annoncez la baronne de Ribeaupin et une nombreuse société.

Les chevaux partirent au grand trot, et les voyageurs suivirent Rochebry, qui se dirigeait vers le petit bois où quelques instants auparavant étaient entrés Adrienne et Gaston.

Guillaume Rondet marchait à petits pas dans la cour de sa ferme, attendant ses jeunes amis partis depuis plusieurs heures, quand soudain il vit arriver une voiture traînée par deux chevaux couverts d'écume. Surpris, il s'avança vers le cocher :

— Qui demandez-vous ? lui dit-il.

— J'amène d'Évreux des amis à vous qui viennent vous faire visite, monsieur Guillaume. Ils ont pris par le sentier, en m'ordonnant de venir les attendre ici.

— Des amis ! Je n'attends personne.

— C'est Mme la baronne de Ribeaupin et une nombreuse société, ajouta le cocher, répétant fidèlement les paroles de Rochebry,

A ce nom, Guillaume pâlit.

— Mais elle va rencontrer Gaston ! pensa-t-il.

Et, sans répondre au cocher qui mettait pied à terre pour dételer, il se mit à courir dans la direction du petit bois, avec l'espoir qu'il y rencontrerait Gaston et Adrienne, et qu'il pourrait faire fuir le jeune homme avant l'arrivée de Mme de Ribeaupin. Mais, quelque diligence qu'il fît, lorsqu'il pénétra

14

sous les arbres qui servaient en ce moment d'abri
aux fiancés, il eut la douleur de voir Adrienne pâle,
Gaston confus et Mme de Ribeaupin, les traits contractés par la colère, devant eux, entourée de ses
compagnons de route.

— Me direz-vous, mademoiselle, ce que vous
faites ici en compagnie de monsieur ? s'écria Mme de
Ribeaupin en s'avançant vers Adrienne.

La jeune fille baissa la tête et garda le silence.

— Ne vous avais-je pas défendu de le voir ? ajouta
Mme de Ribeaupin.

— Jamais, maman ! répondit Adrienne d'une voix
tremblante.

— Soit, je ne vous en avais pas fait la défense
formelle. Mais vous n'ignoriez pas que lorsqu'il
avait demandé votre main, j'avais répondu par un
refus, que je lui avais fermé ma porte, et que dès
lors il ne vous appartenait pas de lui accorder un
rendez-vous sans mon consentement.

Un moment interdit par la brusque apparition de
Mme de Ribeaupin, Gaston n'avait pas tardé à recouvrer son sang froid. En entendant les paroles
qui précèdent, il fit un pas en avant, et s'adressant
à la mère d'Adrienne :

— Voudrez-vous bien me dire, madame, par lequel de mes actes j'ai pu perdre votre estime et mé-
riter à ce point votre courroux ?

Mme de Ribeaupin le regarda des pieds à la tête,
comme si elle eût été surprise de tant d'audace,
puis, d'un ton dédaigneux, elle répondit :

— Je n'ai pas d'explications à vous donner, monsieur. Il ne m'a pas convenu de vous agréer pour gendre. Pour quelles raisons ? C'est mon affaire et non la vôtre.

— Pardonnez-moi, madame, c'est un peu la mienne aussi. J'aime votre fille... elle m'aime...

— Elle vous aime... sans ma permission !

— Ma mère, s'écria Adrienne, aucune permission ne m'était nécessaire pour disposer de mon cœur. Il m'appartient et n'appartient qu'à moi.

— Vous l'entendez ! s'écria Mme de Ribeaupin avec colère, en prenant ses deux aînées à témoin de cette réponse. Ce sont là sans doute les fruits des conseils que vous receviez de votre oncle, mon digne frère ? Où est-il, ce saint prêtre ? J'ai à cœur de le féliciter pour la manière dont il comprend l'obéissance filiale et couvre de son caractère, qu'il nous dit être respectable, vos coupables amours !

— Voilà une mauvaise parole, ma mère, et vous la regretterez quand vous connaîtrez la vérité, fit Adrienne, le cœur gonflé par l'émotion.

Gaston allait protester à son tour. Mais Guillaume qui, jusqu'à ce moment, avait gardé le silence, et qu'au milieu du trouble général Mme de Ribeaupin n'avait pas encore vu, crut devoir intervenir.

— Vous vous méprenez, madame, sur la signification de l'entretien que vous avez surpris. Ces jeunes gens n'ont rien à se reprocher. Ils s'aiment, et pour le bon motif ; votre frère, que des affaires urgentes ont appelé à Paris voici huit jours, n'est pas moins innocent. Le coupable, s'il est vrai qu'il y ait un coupable, c'est moi, et moi seul. Mais, je vous l'avoue, je ne croyais pas si mal faire. Gaston Rivière est mon ami autant que votre frère, autant que mademoiselle, et je ne voyais aucun mal à favoriser une chaste tendresse qui doit trouver sa consécration dans un mariage.

— Ce mariage n'aura pas lieu, répliqua sèchement Mme de Ribeaupin, et je saurai bien empêcher monsieur votre ami de revoir ma fille. Mademoiselle, ajouta-t-elle en s'adressant à celle-ci, rentrez sur le champ à la ferme ; faites charger vos paquets sur la voiture, et venez me reprendre là-bas, sur la route, où nous allons vous attendre. Je vous ramène à Paris.

— Eh quoi ! madame, vous ne voulez pas me faire l'honneur de vous reposer dans ma maison ? demanda le fermier, qui espérait apaiser le courroux de cette mère terrible.

— Non, monsieur ; ce serait approuver dans une certaine mesure ce qui s'y est passé et que le hasard m'a fait découvrir. Nous repartons immédiatement.

Rien ne pouvait être plus désagréable à Estelle et à Charlotte que cette décision. Jusqu'à ce moment, elles avaient joui silencieusement du trouble de leur sœur, heureuses enfin de trouver en défaut cette jeune fille dont la vertu était comme un reproche pour elles. Mais en comprenant qu'elles allaient être privées du plaisir qu'elles attendaient de leur promenade, elles manifestèrent leur mécontentement par des murmures. Rochebry, désireux de leur plaisir, essaya de faire revenir

Mme de Ribeaupin sur cette résolution ; mais elle l'interrompit dès les premiers mots qu'il prononça.

— Monsieur le vicomte, dit-elle avec majesté, je suis mère et connais les devoirs que ce titre m'impose. Je ne dois pas m'arrêter ici. Nous dinerons à Évreux.

Rochebry s'inclina ; il fit un pas en arrière, du côté du baron Drivonne, qui avait assisté à cette scène avec autant de sang froid que s'il eût été assis dans une stalle du Vaudeville ou du Gymnase, et lui dit à voix basse :

— On nous a changé la maman Ribeaupin. Je crois qu'elle a fait un vers.

En ce moment, Adrienne, après avoir jeté un regard plein de tristesse sur Gaston, allait se retirer pour exécuter les ordres de sa mère ; mais celle-ci ayant réfléchi que si sa fille rentrait seule à la ferme, elle pourrait avoir avec son fiancé un dernier entretien, se décida à l'accompagner.

— Allez nous attendre à l'extrémité de ce sentier, dit-elle à ses filles ; ces messieurs vous tiendront compagnie.

Puis elle suivit Adrienne, escortée elle-même de Guillaume, qui n'avait pas perdu tout espoir de l'apaiser.

— Voilà un fâcheux contre-temps, s'écria alors Estelle. Nous étions bien contents, et il a fallu que cette pécore d'Adrienne se trouvât là pour désorganiser une partie si bien commencée.

Cependant Gaston, désespéré, contenant à grande peine son émotion, était debout au milieu du che-

min, à quelques pas du groupe formé par les demoiselles de Ribeaupin et leurs compagnons, ne sachant à quel parti s'arrêter, n'osant aller à la ferme,
de peur d'y rencontrer de nouveau la mère
d'Adrienne, et n'osant s'éloigner de cet endroit où
il espérait voir passer son amie et échanger avec
elle un dernier adieu dans un regard.

— Il a fort bonne mine, ce jeune homme, dit
alors le baron Drivonne à Rochebry en désignant
Gaston.

— Oui, répondit le vicomte, il m'intéresse; je
voudrais faire quelque chose pour lui.

Et avançant d'un pas au-devant de Gaston, il
ajouta, en s'adressant à lui :

— Je suis fâché, très-fâché pour vous, monsieur,
de ce qui est arrivé. Croyez bien que si nous avions
connu votre présence sur ce point, nous aurions
dirigé ces dames d'un autre côté.

— Je vous remercie, monsieur, dit froidement
Gaston en s'inclinant.

Le vicomte de Rochebry continua:

— Il est dommage que votre tête-à-tête ait été
aussi brusquement interrompu, car la petite est
gentille. Mais tout n'est peut-être pas désespéré. Mon
ami le baron Drivonne et moi avons quelque influence sur la mère Ribeaupin. Nous nous em-
ploierons afin de dissiper les préventions qu'elle
semble nourrir contre vous et la décider à vous rou-
vrir sa maison.

Gaston était à la fois surpris et charmé du secours
inespéré qui lui arrivait.

— Vous ne pouvez être seul à souffrir, tandis que nous sommes très-heureux, le baron avec Charlotte, moi avec Estelle. Nous souhaitons que vous en arriviez à vos fins avec la petite Adrienne.

La figure de Gaston, un moment égayée par l'espoir qu'on faisait luire à ses yeux, se rembrunit. Il comprit le sens infâme des paroles de Rochebry, et, faisant un geste de dénégation :

— Veuillez, monsieur, me dispenser de vous devoir quelque reconnaissance. En voulant m'être agréable, vous ne pourriez que froisser tous mes sentiments. Nous ne saurions nous comprendre.

Ayant prononcé ces paroles d'une voix assurée, il salua les deux hommes qui le regardaient avec stupéfaction et s'éloigna rapidement, tandis qu'eux-mêmes, escortant Estelle et Charlotte, se mettaient en route pour rejoindre Mme de Ribeaupin au rendez-vous qu'elle leur avait assigné.

Après avoir fait un grand tour dans les champs, Gaston arriva à la ferme, qu'Adrienne et sa mère avaient déjà quittée. Guillaume l'attendit, et marchant à sa rencontre, lui prit les mains en disant:

— C'est là une aventure malheureuse ; mais n'allez pas vous décourager, ni vous désoler : Adrienne est partie pleine de courage et d'espoir, et vous demande de tenir vaillamment tête à la tourmente.

— J'ai le même espoir et le même courage, répondit Gaston.

— Maintenant, si vous m'en croyez, vous ne tarderez pas à prendre un parti héroïque et décisif.

— Lequel?

— Celui qui seul mettra Mme de Ribeaupin dans
la nécessité de vous accorder la main de sa fille. Il
est douloureux d'en arriver là, mais vous n'aurez
pas raison autrement de cette vieille folle. Enlevez
Adrienne.

— La déshonorer ! moi !

— Allons donc ! vous l'enlèverez, vous l'amènerez
chez Guillaume Rondet, dont la fortune et la maison sont à votre disposition.

Gaston arrêta le fermier.

— Je vous remercie, monsieur Guillaume, et à
l'occasion je me souviendrai de vos offres ; mais je
n'aurai recours au parti extrême que vous me pro-
posez que lorsqu'il me sera démontré que la volonté
de Mme de Ribeaupin est inébranlable.

Le retour d'Adrienne à Paris fut aussi triste
qu'avait été joyeux son départ quelques jours auparavant. Douloureusement affectée par les scènes
qui précèdent, brusquement séparée de Gaston au
moment où elle jouissait du bonheur d'être auprès de lui, elle avait le cœur déchiré. Bien qu'elle
eût fait bonne contenance, elle était sous l'empire
d'un effroi très-grand, car elle ne doutait pas que
sa mère ne se portât à des extrémités pour l'obliger
à renoncer aux espérances chères et douces qui la
faisaient vivre. Les yeux humides, l'âme conster-
née, elle dut assister aux ébats de la joyeuse bande
qui la ramenait à Paris, sans faire attention à elle.
On dîna copieusement dans un hôtel d'Évreux, si
copieusement qu'en traversant à minuit les rues de
la ville pour arriver à la gare, Rochebry, dont la

bruyante gaîté attestait l'exaltation causée par les fumées du vin de Champagne, fut obligé d'offrir son bras à Mme de Ribeaupin, qui se plaignait amèrement de la faiblesse de ses jambes. Une foule énorme remplissait la gare. Le train qui allait partir était le dernier se dirigeant sur Paris, et tous les voyageurs attardés se pressaient pour y prendre place. On connaît la physionomie particulière des gares, le dimanche, dans les environs de Paris. C'était le même tumulte, les mêmes cris.

— Nous allons être envahis, et il nous sera impossible de rester entre nous durant la route, dit Rochebry à Drivonne.

— Je vais prendre tout un compartiment, répondit ce dernier en s'approchant du guichet où se distribuaient les billets.

Grâce à sa prodigalité, nos six voyageurs se trouvèrent seuls, Drivonne à côté de Charlotte, Estelle à côté de Rochebry et Adrienne en face de sa mère. Mais à peine assise, Mme de Ribeaupin, dont la tête était singulièrement alourdie, ferma les yeux, et bientôt un ronflement sonore vint apprendre à ses compagnons qu'elle était livrée au sommeil.

— Quand les chats dorment, les souris dansent, s'écria joyeusement Rochebry.

Adrienne, qui se tenait dans l'angle opposé du wagon, le front collé contre les vitres, se retourna à ces mots et rougit en voyant le vicomte agenouillé devant Estelle, la tête sur les genoux de sa maîtresse, qui caressait machinalement ses cheveux. En face d'eux, Drivonne avait entre ses mains les mains de Charlotte et parlait avec ardeur. Adrienne reprit sa première position et ne bougea plus, essayant, malgré les personnages qui l'entouraient, de s'isoler, pour ne pas les voir et pour rêver de Gaston. Le train brûlait les rails et filait rapidement à travers les champs obscurs et déserts. Il passait comme une flèche devant les arbres échevelés, et c'est eux qui semblaient entraînés dans une course folle. Lorsqu'il s'arrêtait aux stations, on voyait passer sur le trottoir un homme pressé, muni d'une lanterne, dont la voix réveillait en sursaut la plupart des voyageurs. Quelques-uns descendaient; d'autres montaient. Le bruit d'une sonnette, un coup de sifflet se faisaient entendre, et l'on repartait. Au milieu de ce bruit uniforme, que dominaient parfois les rires étouffés de ses sœurs et de leurs amis, Adrienne s'assoupit en pensant à Gaston. Elle ne se réveilla qu'à Paris.

X

Le lendemain matin, vers neuf heures, Adrienne venait de se lever quand Jeanne, la femme de chambre léguée par Florence Bakson à Mme de Ribeaupin, entra brusquement chez elle et lui dit :

— Mademoiselle, courez au salon. Je ne sais ce qui se passe. Mme la baronne y est avec vos sœurs et M. Dervaux. Elle crie et se désespère.

Depuis longtemps, on le sait, Adrienne s'attendait à voir la maison frappée par un grand malheur. Elle avait dit maintes fois à son oncle :

— Une catastrophe seule ouvrira les yeux de ma mère.

Il lui vint sur le champ à l'esprit que cette catastrophe éclatait. Malgré les torts de sa mère et de ses sœurs, elle n'écouta que son cœur et se rendit en toute hâte auprès d'elles. Lorsqu'elle entra dans le salon, Mme de Ribeaupin, pâle et morne, était assise entre Estelle et Charlotte dont elle tenait les mains, et paraissait en proie à une peine très-vive. En face des trois femmes, debout, accoudé à la cheminée, jouant d'une main avec son lorgnon, de l'autre tenant sa canne et gesticulant, se tenait, souriant, élégant et superbe, Dervaux, le propriétaire des magasins du *Diable Boiteux* et l'associé de Mme de Ribeaupin. A le voir ainsi, personne n'eût pu croire qu'il était l'auteur du trouble auquel ces dames semblaient en ce moment livrées. Et cependant, telle est la vérité. Quelques instants avant, se présentant à l'improviste, il avait fait demander Mme de Ribeaupin et lui avait tenu le langage suivant :

— Je suis tout à fait désolé d'avoir à vous donner de mauvaises nouvelles, mais je ne saurais vous le cacher plus longtemps.

— Qu'est-ce donc ? demanda Mme de Ribeaupin, qui venait de se réveiller et dont le cerveau était encore un peu obscurci.

— Apprenez, chère madame, que la vente du mois dernier a été nulle et que...

— Vous avez mangé l'argent que je vous avais confié ! s'écria Mme de Ribeaupin, recouvrant toute sa lucidité.

Elle se mit à pousser des cris déchirants qui attirèrent Estelle et Charlotte d'abord, puis Adrienne. Lorsque cette dernière apparut, Dervaux attendait qu'un peu de calme se fît pour expliquer l'objet de sa visite. Il ne tarda pas à reprendre la parole.

— Vous venez de vous servir d'une expression dure pour moi, chère baronne, dit-il. Non, je n'ai pas mangé vos fonds. J'espère encore pouvoir sauver les vôtres et les miens. Mais s'ils sont compromis, c'est sans que j'aie un seul reproche à m'adresser. Ainsi que j'avais eu l'honneur de vous l'exposer, les visites des clients ont été extrêmement rares dans ce mois de mai qui finit. Il en est résulté un déficit considérable dans le chiffre des rentrées mensuelles, déficit qui se produit en même temps qu'arrive l'échéance des valeurs que j'ai souscrites en paiement des achats faits par moi en vue de la campagne du printemps. Ce n'est pas dire que votre argent ait disparu : il s'est transformé en marchandises ; mais ces marchandises sont encore dans les rayons, et je n'ai pas de quoi les payer.

— Eh bien ! qu'y puis-je faire ? s'écria vivement Mme de Ribeaupin, qui allait de la colère à la douleur.

Dervaux continua flegmatiquement son récit :

— J'ai à verser après-demain aux banquiers qui possèdent ma signature une somme de quarante-cinq mille francs. Or, je vous le répète, la caisse est à sec et restera ainsi jusqu'à ce que la vente reprenne. Il faudrait donc me procurer quarante-cinq mille francs !

Mme de Ribeaupin se leva avec indignation.

— Qui ? moi ! Comment ! je vous ai confié soixante mille francs, et vous les avez compromis. Je devais toucher à la fin de l'année ma part des bénéfices, et ces bénéfices seront nuls, et vous venez encore...

— Je vous ferai observer, madame la baronne, qu'en ce qui concerne votre part de bénéfices, vous l'avez touchée.

— Je l'ai touchée !

— En marchandises. Votre compte dans la maison, pour fournitures faites à vous et à ces demoiselles, s'élève à plus de vingt mille francs. De plus, depuis que nous sommes associés, c'est-à-dire depuis quatre mois, vous avez reçu, à valoir sur lesdits bénéfices, cinq cents francs par mois, soit au total vingt-deux mille francs. Vos bénéfices ne se seraient pas élevés à ce chiffre.

— Vingt-deux mille francs ! répéta machinalement Mme de Ribeaupin.

— Tout autant ; j'étais bien aise de vous l'apprendre. Maintenant, si vous refusez de verser la somme que je vous demande, je ne pourrai payer mes échéances ; ma signature sera protestée, et je serai dans la nécessité de déposer mon bilan.

Cette menace ne parut produire qu'un médiocre effet sur Mme de Ribeaupin. C'est qu'elle venait de calculer que si Dervaux était déclaré en faillite, la liquidation de ses affaires ne serait pas trop désastreuse et qu'il reviendrait à ses créanciers un beau dividende dont elle aurait sa part. Ce dividende, joint aux sommes qu'elle avait touchées, devait équivaloir à peu de chose près à son capital. Sous l'empire de cette idée, elle répondit tranquillement :

— La faillite ! vous feriez faillite ! Eh bien ! soit, je courrai le risque de tous ceux dont vous êtes le débiteur, et j'aurai les mêmes avantages qu'eux. Cela vaudra mieux pour moi que de vous faire un nouveau versement.

Un sourire singulier, vraie grimace de coquin, passa sur les lèvres de Dervaux, et il dit :

— Je vois, chère baronne, que vous n'avez pas saisi toute la portée du contrat qui nous lie. En aucun cas vous ne pouvez être créancière de la maison du *Diable Boiteux*, par le motif que vous êtes mon associée, et que si je fais faillite vous ferez faillite avec moi.

Mme de Ribeaupin regarda son interlocuteur, comme si ce langage l'eût frappée d'hébétement.

— Oui, madame, continua Dervaux, répétant avec le plus grand calme les expressions dont il s'était déjà servi, comme s'il eût pris plaisir à retourner le poignard dans la plaie qu'il venait d'ouvrir ; oui, si je fais faillite, vous ferez faillite. Si le syndic, après avoir ordonné de vendre judiciairement et à vil prix nos marchandises et notre matériel, juge que mes biens doivent être saisis, les vôtres le seront également. Enfin, s'il arrivait que la faillite fût qualifiée de frauduleuse, vous comparaîtriez avec moi en cour d'assises.

Autant de mots, autant de coups pour Mme de Ribeaupin. Elle fut longtemps avant de pouvoir recouvrer l'usage de la parole.

— Ainsi, dit-elle enfin d'une voix sourde qu'étouffaient les larmes, voilà le résultat de vos belles promesses. Je vous ai confié le plus clair de mon bien, l'héritage de mes enfants...

Dervaux l'interrompit :

— Madame la baronne, les reproches ne changeront rien à ce qui est. Ils ne serviraient qu'à nous

faire perdre un temps précieux. Le torchon brûle,
comme on dit vulgairement. Hâtons-nous, et ne ré-
criminons pas. Pouvez-vous, sous deux jours, me
compter quarante-cinq mille francs?

— Où voulez-vous que je les prenne? J'en ai
reçu quatre-vingt mille de la Ville, à titre d'indemnité; je vous ai remis les trois quarts de cette
somme; le quart restant a servi à payer mon installation. En dehors de cela, je ne possède rien que
ma pension de veuve d'officier et les revenus de mon
bureau de tabac.

— Vous avez des amis.

— Et vous croyez que j'oserais....

— Ces demoiselles oseront, répliqua cyniquement
Dervaux en désignant Estelle et Charlotte.

La première ne comprit pas le sens de ces paroles; mais la seconde bondit sous cette injure et,
s'avançant vers le propriétaire du *Diable Boiteux*,
elle l'apostropha en ces termes :

— Pour qui nous prenez-vous, monsieur? Nous
croyez-vous à vendre? Ma mère a raison : nous
n'avons pas la somme que vous désirez, et cela vaut
mieux, car, si nous la possédions et si nous étions
assez folles pour vous la confier, elle irait rejoindre
celles que vous avez englouties déjà. Déposez votre
bilan, si cela vous plaît ainsi. Ma mère sera déclarée
en faillite; on saisira son mobilier; nous serons rui-
nées; nous devrons nous contenter de peu, comme
autrefois; mais, du moins, nous ne ferons rien perdre
à personne. Quant aux tribunaux dont vous mena-
cez la baronne de Ribeaupin, elle n'a pas à les re-

douter, car s'ils étaient appelés à prononcer, nous leur prouverions sans peine que le mauv is état de vos affaires date de loin, et que lorsque les soixante mille francs vous ont été versés, vous étiez déjà sous le coup d'une faillite que vous n'avez évitée que grâce à nous. Ma mère n'est coupable que d'imprudence, et cette imprudence ne frappe qu'elle et sa famille.

Charlotte s'arrêta. Elle avait parlé avec véhémence, écrasant d'un regard dédaigneux Dervaux, qui ne souriait plus.

— Vous avez bien tort de me répondre ainsi, mademoiselle, fit-il avec douceur. Vous m'adressez des reproches que je ne mérite pas; mais je ne veux pas les entendre, et je tiens seulement à vous faire comprendre que si je paie l'échéance d'après-demain, nous sommes tous sauvés.

— Sauvés! Comment?

— Je suis exproprié des lieux que j'occupe; vous le savez bien. Avant peu, le jury aura à m'allouer une indemnité. J'ai demandé deux millions de francs. On m'en accordera quinze cent mille. Que faut-il donc pour éviter une catastrophe? que je franchisse heureusement les quelques semaines qui nous séparent du jour où le jury rendra sa sentence.

Mme de Ribeaupin et Charlotte se regardèrent, ébranlées et rassurées à la fois. Après ce qui leur était arrivé à elles-mêmes et la façon presque miraculeuse dont elles s'étaient enrichies par l'expropriation, le langage de Dervaux et ses espérances ne pouvaient leur paraître téméraires.

15

— Je veux bien vous croire, répondit Mme de Ribeaupin ; mais, encore une fois, comment nous procurer quarante-cinq mille francs ?

Charlotte réfléchissait.

— C'est mon affaire ! s'écria-t-elle tout à coup. Vous aurez la somme après-demain, avant midi.

— Es-tu folle ? demandèrent en même temps sa mère et Estelle.

— Est-ce que tu comptes vendre mes diamants ? ajouta la seconde avec inquiétude. Je ne peux me dessaisir des miens en ce moment. Ils me seront nécessaires au théâtre pour mon rôle de la fée Biribi.

— Mademoiselle Estelle va débuter au théâtre ? fit Dervaux avec intérêt. J'en suis bien aise. J'ai la certitude qu'elle est destinée à de grands succès.

En tout autre moment, cette phrase eût mis du baume sur le cœur de Mme de Ribeaupin ; mais, préoccupée, elle ne l'entendit même pas et continua à interroger Charlotte du regard.

— Sois sans inquiétude, dit celle-ci en s'adressant à Estelle ; il ne s'agit pas de vendre nos diamants. La somme que nous en retirerions serait bien loin de suffire aux nécessités du moment.

— Mais alors ? interrogea Dervaux.

— Vous pouvez vous retirer, monsieur, répondit froidement Charlotte. Vous avez ma parole.

— Un moment ! s'écria Mme de Ribeaupin. Il faut du moins que ce nouveau sacrifice nous serve à quelque chose. On vous versera les quarante-cinq mille francs, monsieur. Comment ? je n'en sais

rien ; mais vous les aurez en temps utile. Seulement,
vous ne les toucherez qu'à deux conditions : la première, c'est que l'association qui existe entre
nous sera rompue le même jour, d'un commun
accord ; la seconde, c'est que vous vous reconnaîtrez débiteur du capital que vous avez reçu de moi.

— Mais, madame....

— C'est à prendre ou à laisser, reprit Mme de
Ribeaupin. Je veux bien perdre ce capital ; mais je
veux pouvoir prouver que vous me le devez. Je
tiens surtout à ne pas être déclarée en faillite.

— Vous renoncez à participer à mes affaires au
moment où l'expropriation va les rendre fruc-
tueuses !

— Vous tirerez seul profit de l'indemnité, monsieur, et je me tiendrai pour satisfaite si vous me
remboursez.

Ce fut dit d'un ton qui n'admettait pas de réplique. Dervaux comprit qu'il n'obtiendrait rien de
plus et se retira. Mme de Ribeaupin s'adressa alors
à Charlotte :

— Comment comptes-tu te procurer la somme ?

— Estelle en demandera une partie à M. de Rochebry, et je demanderai l'autre au baron.

— Moi ! exploiter mon petit vicomte ! s'écria Estelle. Jamais. D'ailleurs, il me refuserait. Il n'est
pas assez riche pour faire un tel sacrifice.

Charlotte regarda sa sœur avec une tristesse mêlée
de mépris.

— Ah ! c'est vrai, murmura-t-elle, j'oubliais
que...

Estelle pâlit.

— Qu'oubliais-tu ?

— Rien ! rien ! se hâta de répondre Charlotte, qui ne voulait pas que sa mère comprît l'allusion qu'elle venait de faire. Le baron Drivonne me donnera toute la somme.

— A quel titre, malheureuse enfant ? demanda Mme de Ribeaupin en obéissant à un dernier effort de son honneur expirant.

Charlotte leva les épaules :

— Nous pourrions, en vendant nos diamants, notre mobilier, en engageant pour quelques années le revenu de notre bureau de tabac, trouver l'argent nécessaire. Mais, après tous ces efforts dont personne ne nous saurait gré, nous serions réduites à la misère, et je ne veux de la misère à aucun prix. Le travail me fait peur. A quoi me servirait d'avoir vingt ans et d'être belle ?

Mme de Ribeaupin baissa la tête sans répondre. Elle retrouvait dans ce langage les fruits de l'éducation qu'elle avait donnée à ses filles. Aucune objection contraire aux idées qu'exprimait Charlotte ne se présentait sur ses lèvres, car elle était bien près de les partager.

— Après tout, pensa-t-elle, elle a de la tête et de l'habileté. Qu'elle agisse à sa guise.

— Charlotte a raison, dit Estelle, comme si elle eût compris ce qui se passait dans l'esprit de sa mère.

Placée dans un coin du salon, Adrienne n'avait rien perdu des scènes qui précèdent. En apprenant

le malheur qui frappait sa famille, elle s'était ré-
jouie, nourrissant l'espoir que la ruine ramènerait
sa mère et ses sœurs dans une voie meilleure que
celle où elles étaient engagées, et hâterait son mariage avec Gaston. Mais en entendant la conclusion
inattendue de cet entretien, elle fut saisie d'un
double sentiment d'horreur et d'effroi. Elle quitta
le salon comme elle y était entrée, sans être remarquée, et regagna sa chambre, où elle fut oubliée, et
laissée à ses larmes et à son désespoir.

Le soir du même jour, à huit heures, Charlotte
attendait le baron Drivonne qu'elle avait fait appeler, désireuse d'avoir avec lui un entretien important. Comme pour favoriser ce tête-à-tête, qui devait
exercer sur sa destinée une influence décisive, les
circonstances avait concouru pour qu'elle demeurât
seule. Adrienne, retirée dans sa chambre, ne donnait pas signe de vie. Quant à Estelle, accompagnée
de sa mère, elle s'était rendue au théâtre des Drôleries-Parisiennes, où devait avoir lieu, au foyer des
artistes, la lecture de la féerie *Le Homard mélomane*
et la distribution des rôles.

A peine entrée dans le petit salon où elle devait
recevoir le baron, Charlotte s'approcha d'une glace
pour jeter sur sa toilette un dernier coup d'œil.
Elle s'était vêtue, comme le soir où, pour la première fois, Drivonne avait dîné chez Mme de Ribeaupin, d'une robe de couleur paille, recouverte
de dentelles noires et décolletée. Elle se rappelait
quelle impression saisissante elle avait causée ce
soir-là à cet homme éperdument épris, auquel de-

puis ce jour elle n'avait pas accordé, malgré ses supplications, la moindre faveur. En s'efforçant d'être aussi belle que durant les heures où elle avait pu mesurer l'étendue de son pouvoir sur lui, elle voulait exercer encore une séduction irrésistible, afin qu'il fût hors d'état de refuser ce qu'elle allait lui demander. Elle se sentait d'autant plus forte qu'elle ne s'était jamais montrée ni faible, ni tendre. Ce qu'elle allait dire, elle ne le savait qu'imparfaitement ; mais ce qu'elle savait bien, c'est que, quoi qu'il dût lui en coûter à elle même, Drivonne ne devait sortir de chez elle qu'après avoir cédé à tous ses désirs. Charlotte, on l'a vu, n'était pas vertueuse, mais elle était habile. L'éducation déplorable qu'elle tenait de sa mère ne pouvait la protéger contre les périls qui l'environnaient ; mais ce que l'éducation n'avait pu faire, le soin bien entendu de ses intérêts l'avait fait. Dévorée d'ambition, désireuse de posséder la fortune, ne pouvant l'acquérir qu'à l'aide de sa beauté, elle comprenait qu'une réputation sans tache relevait singulièrement le prix de ses charmes. Plus avisée qu'Estelle, elle ne voulait pas se donner, mais se vendre. Et c'est pour cela que Drivonne, jusqu'à ce jour, n'avait rien obtenu d'elle. Elle le conduisait à sa guise, l'agenouillant sans cesse, le laissant pâtir, non pour le décourager, mais au contraire pour irriter sa passion, affaiblir sa volonté ; elle comptait tirer parti de l'état auquel elle l'aurait réduit.

Les ravages qu'elle avait faits dans le cœur de Drivonne étaient immenses. Il souffrait horrible-

ment de son amour non satisfait. Les passions qui
frappent les hommes durant la seconde moitié de
leur vie les étreignent si fortement qu'elles les
meurtrissent et les tuent, s'ils ne peuvent leur
fournir un aliment. Et, chose étrange, aimant fré-
nétiquement Charlotte, il ne l'estimait pas. Il ne
voulait pas s'arrêter au seul parti honorable qui
s'offrît à lui : l'épouser. Il redoutait de voir traîner
son nom dans la boue. Il n'avait aucune confiance
dans cet objet qui lui était si cher.

— Que peut-elle me vouloir ? se demandait-il en
se rendant au rendez-vous.

Il y arriva à huit heures et cinq minutes. Ce fut
Jeanne qui vint lui ouvrir.

— Ah ! monsieur le baron, lui dit la femme de
chambre, je crois que vous êtes bien inspiré en
venant ce soir. Si c'est à votre intention que
mademoiselle Charlotte s'est faite belle...

— Elle m'attend ! répondit discrètement Drivonne.

— Elle attend monsieur le baron, et elle est
seule ! Tous mes compliments !

— Veux-tu te taire, mauvaise langue !

— Combien achetez-vous mon silence ? demanda
Jeanne avec effronterie.

Le baron lui donna deux louis, qu'elle fit preste-
ment disparaître, et s'avança jusque vers la porte
du salon qu'elle lui ouvrit. Il entra et demeura
ébloui en voyant Charlotte nonchalamment étendue
sur une chaise longue, auprès d'une croisée
entr'ouverte par où pénétrait l'air pur d'une belle
soirée d'été.

On était au mois de juin. Ce n'était pas encore la nuit, mais ce n'était plus le jour. Charlotte, noyée dans le crépuscule, la tête enveloppée dans un voile de tulle blanc, ressemblait à une de ces sylphides qui n'existent que dans les légendes que l'imagination des poètes a créées. Elle lui fit signe d'avancer et lui tendit la main en souriant.

— Je touche au bonheur, pensa-t-il.

Et s'inclinant, il déposa un baiser sur cette belle main, petite et modelée comme celle d'une statue.

— Asseyez-vous, lui dit Charlotte; nous avons à causer.

Il obéit.

— Depuis plusieurs semaines, vous me poursuivez de vos hommages, reprit-elle aussitôt. Quoique je ne les aie pas accueillis sans froideur et sans arrière-pensée, vous me rendrez cette justice que je ne les ai ni repoussés, ni découragés. En remontant dans mes souvenirs, je me rappelle vous avoir même fait comprendre qu'il ne me déplairait pas d'être votre femme.

— Vous me l'avez dit.

— N'est-ce pas? Je suis donc bien à l'aise pour vous mettre à l'épreuve aujourd'hui. Il s'agit pour moi de savoir si les déclarations que j'ai entendues dans votre bouche venaient ou non de votre cœur.

— Elles venaient de mon cœur, n'en doutez pas.

— Ainsi vous m'aimez?

— Vous ne pouvez l'ignorer.

— M'aimez-vous assez pour me rendre un ser-

vice, mais un très-grand service, un de ceux-là
qu'on refuse le plus souvent ?

— Parlez !

— Pour me prêter quarante-cinq mille francs.

— Vous les prêter, non ; les déposer à vos pieds
à titre de don gracieux, oui.

Ce fut dit spontanément, avec une certaine
crânerie qui alla droit au cœur de Charlotte.

— Vous me les donneriez sans me demander ce
que j'en veux faire ?

— Si vous ne croyez pas devoir me l'apprendre.

— Merci de cette réponse. Je l'accepte comme
une preuve de confiance et d'amour. Je n'attendais
pas moins de vous.

Charlotte s'arrêta pour reprendre haleine. Elle
était fort émue. Le plaisir que cause le succès
brillait dans ses yeux. Il lui fallut un instant pour
se remettre.

— Mais je ne crois pas, continua-t-elle, devoir
vous cacher l'emploi que je veux faire de cet
argent. Vous pourrez peut-être me donner un bon
conseil.

Et aussitôt elle lui raconta la visite de Dervaux
et les aveux qu'il avait faits.

— M. Dervaux est un fieffé coquin, répondit le
baron. Il espérait que Mme de Ribeaupin serait
pour lui la vache à lait. Peut-être vaudrait-il mieux
refuser carrément de lui venir en aide, dût-il être
mis dans la nécessité de déposer son bilan et dût
votre mère être entraînée dans sa faillite. Il est à
craindre que le secours que vous lui apporterez

ne suffise pas et que... Mais, ajouta le baron, je ne
peux vous donner le conseil d'agir de la sorte.
J'aurais l'air de regretter la promesse que je vous
ai faite et de vouloir la retirer. Les quarante-cinq
mille francs lui seront remis, et, en les remettant,
je tâcherai de tirer votre mère de ce guêpier, en
rompant, comme elle en a eu la pensée, l'association.

— Nous serons ruinés, mais nous ne verrons
pas vendre à l'encan notre mobilier, dit Charlotte
en souriant tristement.

— Ruinés! s'écria Drivonne. Pouvez-vous redouter la ruine quand je suis là, divine Charlotte?
Je bénis cet événement qui me permet de vous
parler à cœur ouvert. L'heure est venue pour vous
de prêter à mes propositions une oreille complaisante. Consentez à me rendre heureux, et, en
retour, je vous assure une existence opulente telle
que vous l'aimez. Hôtel, chevaux, voitures, bijoux,
rien ne vous manquera, et je vous fournirai les
moyens de faire à votre mère une pension qui
suffira à ses besoins, à ceux de vos sœurs, et la
dédommagera amplement de la perte qu'elle subit.

Charlotte écoutait ce langage d'un air rêveur, et
comme si elle eût hésité pour prendre une décision.

— Est-ce bien l'amour qui vous dicte ces paroles?
demanda-t-elle tout à coup.

— L'amour le plus ardent, s'écria impétueusement Drivonne en se jetant à ses pieds.

— Mais alors, pourquoi ne m'épousez-vous pas?
Cette question tomba sur l'enthousiasme de Dri-

vonne comme de l'eau glacée sur un foyer incan-
descent. Mais, en homme auquel la demande d'argent qui venait de lui être adressée et la générosité
dont il avait fait preuve donnaient l'avantage, il se
releva et répondit :

— Je ne vous épouse pas, Charlotte, parce que
le mariage est un lien, parce que j'ai presque
soixante ans et que vous en avez vingt à peine,
parce que je serai un amant aussi agréable que je
ferais un mauvais mari, en un mot parce que je
veux bien me donner une maîtresse, mais non enchaîner ma liberté.

Charlotte s'attendait-elle à la réponse du baron
Drivonne ? Il est permis de le supposer, car son visage demeura impassible ; aucun éclair d'indignation ne passa dans ses yeux. On eût dit qu'elle
comprenait que s'étant mise, en faisant appel à la
bourse de son adorateur, au niveau d'une vulgaire
courtisane, elle méritait d'être traitée comme telle.
Le baron continua :

— Qu'est-ce que le mariage ajouterait de plus à
l'amour que j'ai pour vous, à celui que vous pouvez me donner ? Rien. Aimons-nous donc librement, sans nous forger des chaînes que nous por-
terions mal...

— Assez ! assez ! fit sourdement Charlotte.

Un violent combat se livrait en elle. Si pervertie
qu'elle fût, elle ne pouvait, prête à tomber sans avoir
l'excuse de l'amour ni même d'un entraînement,
ne pas être intérieurement éclairée par une lueur
de vertu. Mais cette hésitation fut de courte durée.

Repousser les offres de Drivonne, c'était revenir
aux jours difficiles, aux misères passées, s'obliger à
un travail de tous les jours, renoncer à l'opulence
qu'elle avait rêvée.

— Jamais! se dit-elle.

Elle se dressa, triste, pâle, grave, belle comme
une prêtresse antique, et d'un accent froid et sac-
cadé :

— Qu'il soit fait selon votre volonté ! Je pouvais
être pour vous une épouse dévouée, fidèle, recon-
naissante de vous devoir un nom, un rang dans le
monde, tous les avantages de la fortune. Je ne
serai qu'une créature déshonorée, dégradée par
vous, dont vous aurez exploité la fatale ambition,
qui ne vous devra rien que la somme de plaisir
que vous lui paierez. Je ne me donne pas : je me
vends.

Elle avait espéré qu'il entendrait ce cri de son
orgueil humilié, qu'il en serait touché comme d'un
effort de la vertu aux abois. Il n'en fut rien. Drivonne, assuré du succès, ne voyant rien au-delà,
se contenta de répondre :

— Voilà de méchantes paroles. Vous avez une
bien mauvaise opinion de moi. Je m'attacherai à
vous prouver que je vaux mieux que ce que vous
pensez.

Et comme, tandis qu'il parlait, elle avait repris sa
place sur le canapé, comme la nuit était venue et
qu'à la clarté des pâles rayons de la lune qui entraient dans le salon elle lui paraissait séduisante
comme un rêve d'Orient, il s'avança vers elle, le

bras arrondi, la bouche en cœur. D'un geste, elle le
cloua sur le parquet, et, changeant soudain d'allures, elle lui dit en affectant une ironie grossière :

— Mon cher, vous ne m'avez pas encore payée.
Et puis, une fille comme moi ne tombe pas plate-
ment. Il faut que ma chute soit accompagnée du
chant de l'orgie, embellie par l'ivresse du vin. Des
victimes telles que Charlotte veulent être immolées
une couronne de roses sur le front. Où sont les
roses ? où est le vin ?

Elle couronna sa phrase d'un éclat de rire. Le
baron était stupéfait.

— Allez, mon ami, ajouta-t-elle plus doucement;
j'ai besoin d'être seule. Apportez demain les quarante-cinq mille francs à ma mère. Et puis cher-
chez-moi un petit hôtel près du bois de Boulogne:
j'adore le bois. Mettez-y des tapisseries. Voyez Moïse
pour les chevaux, Binder pour les voitures. Pressez
le tout, et installez-moi au plus vite. Surtout, soyez
patient, car votre esclavage commence, et il n'aura
pas que des douceurs.

Tout cela était débité du ton le plus naturel du
monde, et Drivonne avait la tête en feu lorsqu'il se
retira. A peine seule, Charlotte se leva, marcha rapidement vers la porte, et menaçant d'un geste celui
qui venait de sortir :

— Tu ne voulais pas enchaîner ta liberté! C'est
tout ton être que j'enserrerai dans des liens tels
que tu ne pourras plus les briser; je ne les délierai
que le jour où, enrichie par toi, je te jetterai comme
une orange desséchée.

Lorsque Estelle et Mme de Ribeaupin rentrèrent,
il ne restait plus trace sur le visage de Charlotte
des émotions qu'elle venait de subir. Elle avait
quitté sa brillante toilette pour des vêtements plus
simples. Elle écouta souriante le récit des merveilles du *Homard mélomane* dont ces dames avaient
entendu la lecture. Elles étaient enthousiasmées,
d'autant plus enthousiasmées que le directeur du
théâtre, jugeant que la pièce était un chef-d'œuvre
capable d'attirer la foule et de faire des recettes,
même pendant la canicule, avait décidé qu'elle
serait jouée en été d'abord, puis en hiver. Il
fallait qu'en un mois elle fût apprise, sue, répétée
et jouée.

Le rôle de la fée Biribi, qu'Estelle devait remplir,
était tout simplement une merveille. Il comptait
cent quarante-trois lignes, et Estelle apparaissait
dans onze scènes. Elle devait porter successivement trois costumes dessinés par un peintre fantai-
siste dont le crayon collaborait à cette éblouissante
féerie. Elle devait aussi chanter un rondeau deux
fois chef-d'œuvre par les paroles et par la musique.
Enfin, le vicomte de Rochebry se faisait fort d'obliger tous les journalistes qui rendraient compte de
la représentation à n'avoir que des éloges pour la
débutante.

— Dans six mois, je serai au Théâtre-Français,
s'écriait Estelle ; le vicomte me l'a promis, car ce
n'est pas pour jouer aux Drôleries-Parisiennes que
j'ai appris à réciter le *Songe d'Athalie*. Mais, fit-
elle tout à coup, le directeur m'avait promis de faire

intercaler ce récit dans mon rôle. Je lui rappellerai
sa promesse.

— Il pourra la tenir facilement, répliqua Mme de
Ribeaupin d'un air capable ; je vois le passage où
l'on peut intercaler le *Songe*.

— Où donc, maman ?

— Lorsqu'au second acte, dans le royaume des
poissons, la fée Biribi va visiter le Homard mélomane, et qu'afin d'interrompre ses chants, qui
fatiguent tout le monde, elle s'efforce de lui démontrer que la poésie est supérieure à la musique,
il serait tout naturel qu'elle lui récitât les vers.

— C'est évident. Ce sera même d'un effet ravissant.

Cet entretien menaçant de se prolonger, Charlotte, impatientée, l'arrêta en disant à sa mère :

— J'ai vu le baron, et je lui ai parlé.

— Nous prête-t-il de l'argent ? demanda vivement
Mme de Ribeaupin.

— Vous parlez affaires, s'écria Estelle. Je vous
laisse. Cela me troublerait, et j'ai besoin de conserver toute la sérénité de mon esprit. Au revoir.

Elle sortit sans entendre sa mère qui l'engageait
à rester pour connaître la réponse du baron Drivonne.

— Négligente comme une artiste ! objecta Mme de
Ribeaupin. Elle n'a aucun souci des intérêts maté-
riels.

— Elle y viendra, fit gravement Charlotte, qui
portait envie à sa sœur depuis qu'elle la voyait sur
le chemin de la célébrité.

Ensuite elle prit la parole pour raconter à sa
mère l'entretien qu'elle avait eu avec le baron Drivonne. Elle lui en apprit le résultat en passant toutefois sur les détails qui lui étaient personnels, de
telle sorte que Mme de Ribeaupin ne sut pas tout
d'abord de quel prix sa fille payait le service que le
baron rendait à la famille. Elle eut cependant un
vague soupçon et dit à Charlotte :

— Il prête cet argent sans conditions ?

— Les conditions, c'est mon affaire et non la
vôtre, répondit brutalement Charlotte. Apprenez
seulement que si vous êtes ruinée par Dervaux, ni
vous ni mes sœurs n'aurez à en souffrir.

Et comme sa mère l'interrogeait pour que le sens
de ces paroles lui fût expliqué, elle ajouta:

— Ces questions sont inutiles. Il n'est pas besoin
que j'y réponde.

— J'aime autant ça, se dit Mme de Ribeaupin,
qui commençait à comprendre.

Le lendemain, le baron Drivonne, porteur des
quarante-cinq mille francs, vint la chercher ; ils
se rendirent chez Dervaux, à qui la somme fut
comptée. Il en donna reçu, ainsi que de celle qui
lui avait été précédemment remise. Le contrat qui
déclarait Mme de Ribeaupin associée du directeur-
propriétaire du *Diable Boiteux* fut rompu d'un
commun accord par devant le notaire qui l'avait
précédemment reçu, et qui promit de faire des pu-
blications légales à bref délai. Par suite de cette
rupture, Mme de Ribeaupin, d'associée qu'elle était,
devint simple commanditaire, ce qui, en cas de fail-

lite, dégageait sa responsabilité et réduisait sa perte au capital versé, en lui laissant, si un recouvrement total ou partiel devenait possible, les mêmes moyens qu'aux autres créanciers. Dervaux reconnut que ce capital s'élevait à la somme de quatre-vingt-dix mille francs, déduction faite du montant des étoffes fournies aux dames de Ribeaupin, et il s'engagea à en payer trimestriellement les intérêts. Quant au baron Drivonne, lorsque Mme de Ribeaupin voulut lui signer une reconnaissance de la somme qu'il venait de compter à Dervaux, il s'y opposa en disant :

— J'ai un reçu de Mlle Charlotte. Cela me suffit.

XI

En persistant à s'opposer au mariage de Gaston Rivière et d'Adrienne, Mme de Ribeaupin obéissait à la haine inexplicable qu'elle nourrissait contre la plus jeune de ses filles. Haine ! le mot semblera peut-être un peu fort. Il est certain cependant que nul autre ne pourrait rendre ce qu'inspirait à cette mère imprudente et pervertie le spectacle des vertus d'Adrienne. Cette enfant modeste, n'ayant d'autre ambition que celle de bien faire et de demeurer pure, ignorant l'égoïsme, toujours prête à se dévouer à qui lui témoignait quelque tendresse, sourde aux excitations qui la poussaient au mal, offrant aux mauvais conseils une résistance insurmontable, n'aimant rien de ce qu'aimaient sa mère et ses sœurs, préférant la solitude aux exhibitions bruyantes qui plaisaient à celles-ci, était comme un reproche vivant toujours suspendu sur les actions de Mme de Ribeaupin. A cette première cause de haine, il faut en ajouter une autre. Pendant longtemps Adrienne avait été la victime des bizarreries, des violences, des caprices de sa mère. Traitée comme une servante, dédaignée par ses sœurs, réduite, ainsi que nous le disions en commençant ce récit, à n'être qu'une Cendrillon, Adrienne s'était contentée d'opposer à des procédés aussi indignes une résignation contre laquelle se brisaient toutes les tentatives faites pour la pousser à une révolte qui les eût à la rigueur justifiés. Une victime qui sourit et s'offre patiente irrite bien plus le bourreau qu'une victime qui résiste et lutte avec l'énergie du désespoir. La vertu d'Adrienne constituait le premier grief de sa mère contre elle. Sa résignation était le second. Enfin Mme de Ribeaupin ne lui pardonnait pas d'avoir séduit, sans le vouloir et sans efforts, Gaston Rivière qui, dans sa pensée, aurait été pour Charlotte un excellent mari.

Pour ces motifs, Mme de Ribeaupin semblait poursuivre sur sa fille l'accomplissement d'une vengeance. Elle savait que d'un mot elle pouvait assurer le bonheur d'Adrienne; mais elle ne voulait pas que celle-ci fût heureuse, que son avenir fût fixé, alors surtout que ses deux aînées vivaient dans l'incertitude du lendemain. Et puis elle s'irritait de voir son frère, qu'elle détestait, prendre le parti d'Adrienne contre elle-même, approuver la conduite de l'enfant et blâmer la sienne. Enfin, il n'était pas jusqu'aux hommages de Gaston qui ne fussent à ses yeux un crime dont Adrienne, qui en était l'objet, devait subir le châtiment.

Voilà pourquoi une première fois Gaston avait

été éconduit, pourquoi, en le surprenant à la ferme de Villiers-les-Pommes en tête-à-tête avec sa fille, Mme de Ribeaupin, entrant en fureur, avait déclaré que jamais un tel mariage n'aurait lieu et entraîné Adrienne loin de Gaston.

Le lendemain de cet événement, Adrienne s'attendait à recevoir d'amers reproches, à voir redoubler les sévérités dont elle était l'objet. Durant la soirée précédente, sa mère avait proféré des menaces peu rassurantes. Rien de ce qu'elle redoutait n'arriva, car la visite de Dervaux vint changer subitement le cours des idées de Mme de Ribeaupin et lui fit oublier ce qu'elle appelait les débordements de sa fille. Puis vinrent la lecture et les répétitions du *Homard mélomane,* sujets de préoccupations bien faits pour entraîner l'esprit de Mme de Ribeaupin loin d'Adrienne. Au milieu de ces émotions diverses, la jeune fille parut être oubliée autant que si elle n'eût pas existé.

Elle ne voyait sa mère et ses sœurs qu'aux heures des repas. On ne lui adressait pas la parole, et, qu'elle entrât lorsqu'on était déjà à table, qu'elle se retirât alors qu'on y était encore, nul ne semblait s'en préoccuper. Loin de se plaindre de compter si peu, elle s'en réjouissait. Elle conservait plus entière la liberté de ses actions. Elle avait pu écrire à son oncle, l'abbé Mérille, afin de le tenir au courant de ce qui s'était passé à la ferme de Villiers-les-Pommes et des événements dont elle était témoin depuis son retour chez sa mère. Enfin, elle sortait fréquemment, accompagnée de

l'une des bonnes, sans que l'on parût vouloir s'y
opposer, et dirigeait ses promenades vers les
avenues un peu solitaires qui bordent la Seine,
derrière le palais de l'Industrie. Prévenu par elle,
Gaston s'y trouvait quelquefois, et s'il leur était
impossible de s'aborder et d'échanger quelques
paroles, ils avaient du moins la consolation de se
voir. Quinze jours s'écoulèrent ainsi. Un dimanche,
pendant le déjeuner, Charlotte, s'adressant à
Adrienne, lui dit :

— Nous allons aujourd'hui aux courses. Te
convient-il d'y venir?

— Quelles courses? demanda ingénument
Adrienne.

— Les courses du bois de Boulogne, donc!
s'écria Estelle. Est-elle ignorante, cette petite!

— Le baron Drivonne nous prête sa voiture,
reprit Charlotte. C'est une gracieuseté à laquelle
nous ne pouvons répondre qu'en mettant de l'empressement à en profiter. Viens avec nous.

— Mais ne paraîtra-t-il pas surprenant que nous
nous montrions en public dans la voiture d'un
homme qui ne nous est rien? fit timidement
Adrienne.

— Incorrigible! murmura Estelle en levant les
épaules.

Mme de Ribeaupin intervint à son tour :

— Je crois, mademoiselle, que vous critiquez la
conduite de votre mère.

— Je ne la critique pas, maman. J'estime qu'il
y a plus d'un inconvénient à se promener dans la

voiture du baron Drivonne. Cela me semble dan-
gereux pour des filles qui, comme nous, n'ont
d'autre bien que leur réputation.

— Tu crains de te compromettre? dit ironique-
ment Charlotte.

— Avec cela qu'on nous connaît ! ajouta Estelle.
Il y aura cinquante mille personnes, et nous pas-
serons inaperçues parmi elles.

— Il suffirait, pour donner prise à la calomnie,
qu'une seule nous vît et nous reconnût, répliqua
Adrienne.

Et elle pensait à Gaston, auquel elle ne voulait
pas causer la peine qu'assurément il éprouverait
en la voyant dans la voiture d'un personnage qui
s'efforçait presque ouvertement de séduire Charlotte. Mme de Ribeaupin s'était jusqu'à ce moment
montrée assez calme; mais lorsque sa fille parla de
calomnie, elle ne put contenir un mouvement de
colère et d'impatience, et s'écria :

— Vous ne redoutiez pas la calomnie lorsque
vous accordiez, il y a quinze jours, à M. Gaston Rivière ce rendez-vous que fort heureusement j'ai
surpris.

Adrienne rougit, mais ne montra ni honte, ni
faiblesse, et répondit fièrement:

— Gaston Rivière est mon fiancé ; j'ai le droit
de le voir.

— Malgré ma défense ! hurla Mme de Ribeaupin.

Adrienne, ne voulant pas exaspérer sa mère,
garda le silence.

— Vous me devez obéissance, reprit celle-ci, et

vous l'oubliez trop souvent. Juisqu'ici, j'ai bien voulu fermer les yeux sur vos actes d'insubordination. J'espérais que la réflexion et ma clémence vous ramèneraient à des sentiments meilleurs. Je vois qu'il n'en est rien, et désormais j'aviserai aux moyens de plier votre caractère. Pour aujourd'hui, j'ai décidé que vous viendriez aux courses avec nous, mes filles étant à leur place partout où je les accompagne. Vous viendrez donc. Tenez-vous prête pour deux heures.

Adrienne avait écouté sa mère avec respect; mais à mesure que celle-ci parlait, il était facile de voir s'accroître l'émotion de la jeune fille. Ses lèvres avaient pâli, et sa poitrine se soulevait rapidement. Elle quitta soudain la table pour se retirer, mais avant de sortir elle s'exprima ainsi :

— Les conseils d'une mère sont quelquefois imprudents, et j'ai dû cesser de suivre les vôtres pour m'en tenir à ceux de mon oncle. C'est en m'inspirant d'eux que je refuse aujourd'hui de vous obéir. Je n'irai pas aux courses, parce que ma place n'est pas dans la voiture du baron Drivonne.

Ayant ainsi parlé, elle disparut. Mme de Ribeaupin se leva pour la suivre.

— Elle me brave ! Nous verrons...

Charlotte l'arrêta :

— Laissez donc, maman. N'allez pas vous irriter pour avoir raison de cette mijaurée. Elle serait capable de vous résister encore. Cela nous ferait une scène désagréable.

— Que je tolère une telle révolte !

— Bah ! cela ne durera pas, continua Charlotte. On la réduira bien, cette belle personne. Il suffira de lui trouver un amoureux moins scrupuleux que M. Gaston Rivière et quelque peu entreprenant...

Charlotte n'acheva pas ; mais elle regarda Estelle, et les deux sœurs se comprirent. L'une déjà déchue, l'autre prête à déchoir, elles ne pouvaient tolérer qu'il y eût sous le même toit qu'elles un ange de candeur et de pureté. Il fallait briser le piédestal et faire rouler l'ange dans la boue où elles-mêmes s'enfonçaient chaque jour. Mᵐᵉ de Ribeaudin parut céder aux conseils de Charlotte et reprit sa place en murmurant :

— Après tout, si ce petit avocat veut nous débarrasser d'elle, qu'il l'épouse.

Elle passait ainsi d'une résolution à une autre avec une extrême mobilité, mobilité qui était plus encore que ses instincts la cause de ses imprudences et de ses faiblesses.

Ce n'était pas dans l'unique but de faire assister les dames de Ribeaupin aux courses du bois de Boulogne que le baron Drivonne avait mis ses équipages à leur disposition. Lassé de subir les caprices de Charlotte qui, bien que s'étant promise, continuait, tantôt sous un prétexte, tantôt sous un autre, à retarder le bonheur après lequel il soupirait, il s'était résolu, suivant le conseil de Rochebry, à brusquer le dénoûment. Il était convenu qu'à l'issue des courses ces dames dîneraient avec le vicomte et lui. En quel endroit ? Il le leur avait

soigneusement caché. Il voulait, disait-il, qu'elles
eussent tout le plaisir de la surprise qu'il leur
réservait. Il devait ce jour-là commettre des folies.
Il s'efforçait de toucher le cœur de Charlotte en lui
prouvant de combien de prodigalités son amour
était capable, et il espérait que le soleil du lendemain ne se lèverait pas sans que sa constance eût
été récompensée. Le secret qu'il taisait, nous
pouvons dès à présent le révéler. Depuis quinze
jours, il n'était occupé qu'à exaucer les désirs que
Charlotte lui avait manifestés. Il était devenu propriétaire d'un hôtel situé sur l'avenue de Saint-
Cloud, non loin des fortifications, et à quelques pas
du bois de Boulogne. L'hôtel acheté, il l'avait livré
aux tapissiers, avec l'ordre d'y prodiguer tous les
raffinements du luxe et du confortable. Mᵐᵉ Benoît,
la marchande à la toilette qu'on a déjà vue figurer
dans ce récit, s'était chargée de fournir les tapis,
l'argenterie, le linge, les dentelles, un trousseau
complet et plusieurs pièces d'étoffes, satin, soie et
velours.

C'était là, dans ce nid capitonné, fantaisie rui-
neuse, digne d'un vieillard amoureux, que le baron
Drivonne devait offrir à dîner à Mᵐᵉ de Ribeaupin et à ses filles, et remettre à Charlotte l'acte no-
tarié qui la constituait maîtresse de ces lieux.
Jeanne, la camériste, qui devait passer au service de
Charlotte, Mᵐᵉ Benoît et Rochebry étaient seuls
dans la confidence, et l'on peut croire qu'ils avaient
également travaillé tous les trois à seconder les
projets du baron : Jeanne, parce qu'elle espérait

s'enrichir rapidement dans l'emploi qui lui était
promis; Rochebry, parce qu'il comptait faire participer Estelle à la bonne fortune échue à sa sœur;
Mme Benoît, enfin, parce qu'en travaillant à hâter la
chute de Charlotte, elle croyait tirer vengeance de
Mme de Ribeaupin, à laquelle elle ne pardonnait pas
de l'avoir jouée lors de la vente du mobilier de
Florence Bakson.

A deux heures de l'après-midi, Mme de Ribeaupin et ses filles étaient habillées, prêtes à monter
en voiture. Estelle, radieuse, allait et venait, récitant
des fragments du rôle de la fée Biribi, dont elle
avait commencé l'étude. Charlotte, écrasante de
beauté brutale et hardie, était sombre, comme si
elle eût pressenti le désastre qui devait la frapper
dans son honneur et de son consentement à la
fin de cette journée. Quant à Mme de Ribeaupin, il
eût été difficile de dire quelles préoccupations
l'absorbaient. Elle était silencieuse depuis qu'A-
drienne, peu d'heures auparavant, avait refusé de
lui obéir. Tout à coup, Jeanne entra précipitamment.

— Madame la baronne, mesdemoiselles, la voiture est arrivée. C'est splendide. Quatre chevaux,
des jockeys en culotte grise, en velours bleu de
ciel, avec des franges d'argent. Toute la rue est en
émoi.

Estelle se précipita vers la croisée :

— Elle a raison, fit Estelle en jetant un coup
d'œil au dehors. On va joliment nous regarder.

Mme de Ribeaupin suivit l'exemple d'Estelle et fut
éblouie.

— Ah! le baron fait bien les choses, dit-elle à Charlotte, qui n'avait pas bronché et demeurait impassible. Viens donc voir le bel équipage.

— C'est inutile, puisque nous allons y monter, répondit-elle.

— Partons! partons! s'écria Estelle.

Sur le trottoir, devant la porte cochère, plusieurs passants s'étaient attroupés autour de l'élégante calèche, qui ne portait ni devises ni armoiries, mais simplement un C et un R enlacés, sous une couronne de baron. Charlotte fut seule à remarquer ce détail. Les trois femmes traversèrent la foule et s'installèrent au milieu d'un murmure dont elles ne comprirent pas le sens véritable. Il y avait dans ce groupe quelques hommes en blouse dont les réflexions n'avaient rien de sympathique. En ce moment, le laquais qui avait ouvert la portière et abaissé le marche-pied remit un billet à Charlotte. Elle l'ouvrit en tremblant, le lut à la hâte et rougit de plaisir.

— Qu'est-ce donc? demanda sa sœur.

— Le baron me rappelle que nous dînons avec lui, répondit-elle froidement.

Elle mentait. Le billet du baron Drivonne était ainsi conçu: « Adorable Charlotte, voiture, bêtes et gens vous appartiennent. Agréez-les comme le premier des hommages d'un amour qui mettra sa gloire et son bonheur à exaucer tous vos désirs. »

— Les ordres de mademoiselle? demanda le valet de pied.

— A Lonchamps!

La voiture s'ébranla, et les chevaux prirent le trot, tandis que les jockeys faisaient claquer leurs fouets à manches courts, garnis de rubans bleus. Comme on débouchait de la rue de Marignan sur l'avenue des Champs-Élysées, encombrée déjà de véhicules de toute espèce, un grand break, attelé de deux chevaux fringants qui venaient de la place de la Concorde, rejoignit la voiture des dames de Ribeaupin. Sur le siége de devant étaient assis, élégants et superbes, le baron Drivonne, qui conduisait, et Rochebry; sur le siége de derrière, deux domestiques à la livrée du baron. Charlotte adressa à ce dernier un sourire qui lui parut plein de promesses.

— Nous allons en avant pour retenir votre place sur la piste, fit-il à demi-voix au moment où les deux équipages se trouvèrent à côté l'un de l'autre.

— Il y a un panier de champagne dans le caisson, s'écria Rochebry en envoyant un baiser à Estelle.

— M. de Rochebry est un peu léger, objecta Mme de Ribeaupin.

— Il manque peut-être de tenue; mais il est si obligeant! répliqua Estelle. Sans lui je ne serais pas au théâtre.

On filait rapidement entre les véhicules de toute espèce qui se rendaient aux courses. Les fiacres étaient mêlés aux équipages armoriés : Parisiens et provinciaux confondus. La plupart des femmes portaient des toilettes luxueuses. Toutes semblaient jolies et jeunes; le ciel était bleu, le soleil étincelant. A travers des nuages de poussiere, on voyait miroiter les harnais des chevaux, les mors d'acier, le vernis des voitures. L'Arc-de-Triomphe se découpait sur l'horizon avec ses lignes grandioses et ses statues colossales. Au loin, dans la poudre d'or qui voltigeait dans l'air, on pouvait contempler par dessus les arbres du bois de Boulogne les hauteurs qui bordent la Seine. Au moment où l'on entrait dans le bois, on était agréablement impressionné par la brusque transition de cette atmosphère brûlante à un air plus frais, tout parfumé de saines émanations.

Après un trajet d'une demi-heure environ, la voiture des dames de Ribeaupin arriva dans la plaine de Longchamps, franchit l'enceinte réservée, et, lancée à travers la prairie, vint se ranger contre les barrières qui protégent la piste, à quelques pas du break du baron Drivonne. Les courses venaient de commencer. Entre une double haie de curieux, adossés les uns contre les tribunes, les autres contre les voitures placées sur plusieurs rangs, passaient, lancés à toute vitesse, des chevaux grands et maigres, montés par des jockeys vêtus de soie de diverses couleurs. Au moment du départ, la foule, comme un flot de mer brusquement soulevé, s'était précipitée avec bruit pour les voir de plus près. En même temps, le murmure de cent mille voix s'était accru et allait en grandissant, à mesure que se dessinaient les chances de chacun des concurrents.

— C'est *Miss Aurore* qui est en tête,

— *Néron* va la dépasser.

— Le jockey de *Spartacus* n'a pas tous ses moyens.

— *Néron* se dérobe.

— *Miss Aurore* tient toujours. Dix louis pour *Miss Aurore*.

— Je les tiens pour *Jeannette*.

— Bravo *Jeannette!* Elle les distance tous.

— Non, c'est *Miss Aurore*.

— Non, c'est *Jeannette*.

Un bruit de tonnerre ébranla le sol. Les chevaux, lancés comme une avalanche, fouettés à tour de bras par leurs conducteurs, repassèrent comme un éclair devant les tribunes. Le second tour de la piste commençait. Alors le murmure devint tel qu'on ne s'entendait plus. Dans les tribunes, dans la prairie, sur les voitures, de toutes parts, on ne voyait que gens dressés sur la pointe des pieds, le nez en l'air, suivant de l'œil la cavalcade vertigineuse. Puis une immense clameur se fit entendre. Des applaudissements éclatèrent : *Jeannette* arrivait première, battant d'une demi-longueur *Miss Aurore* épuisée. Les chevaux revenaient du côté de l'enceinte du pesage. La piste fut envahie, *Jeannette* entourée, applaudie, protégée à grande peine, elle et son jockey victorieux, par deux palefreniers.

Pendant l'intervalle qui s'écoula entre la première et la seconde course, le côté des voitures reçut la visite des curieux placés dans les tribunes. On ne circulait qu'avec peine. De beaux jeunes gens pimpants, une rose à la boutonnière, portant

en sautoir une courroie qui retenait l'étui de leur
lorgnette, passaient en re les voitures, cherchant
du regard, parmi les femmes, un visage ami. Les
dames aux camélias, — on les appelait encore
ainsi, — faciles à reconnaître, étaient surtout fort
entourées. Dans les groupes formés autour d'elles,
on riait bruyamment. Les bouquetières essayaient
d'approcher pour vendre les fleurs qu'elles portaient
dans des petites corbeilles. On commençait à boire,
et le bruit des bouchons arrachés aux bouteilles,
des verres choqués entre eux, s'ajoutait au brou-
haha général.

Assises dans leur voiture, qui excitait tout autant
qu'elles-mêmes l'admiration générale, Estelle et
Charlotte contemplaient ce spectacle, sans remarquer
la curiosité dont elles étaient l'objet, sans entendre
les commentaires auxquels elles donnaient lieu.
Leur présence causait un certain émoi parmi la
foule des habitués de ces sortes de fêtes. Qui
étaient-elles? d'où venaient-elles? appartenaient-
elles à la catégorie des filles qu'on paie ou à la
troupe rare et privilégiée des riches héritières?
Autant de questions qui se pressaient sur toutes les
lèvres.

Drivonne et Rochebry, qui avaient mis pied à
terre pour se rapprocher des demoiselles de Ribeaupin, jouissaient de leur émotion et des éloges
inspirés par la beauté, l'élégance et le luxe de
leurs maîtresses. Ils étaient debout auprès de la
voiture, accoudés l'un à la portière droite, l'autre
à la portière gauche, afin de prouver qu'ils tenaient

de très-près aux deux reines de la journée. A leur
tour, leurs amis, pour montrer au vulgaire qu'ils
connaissaient les heureux adorateurs de ces belles
personnes, s'empressaient de venir leur serrer la
main. Drivonne et Rochebry firent ce jour-là beaucoup d'envieux. Quant à Mme de Ribeaupin, nous
aurions voulu pouvoir dire qu'elle se montrait
heureuse et fière du succès de ses filles. Malheureusement, il n'en était rien. La foule, la chaleur,
la poussière, la nouveauté de ce spectacle l'avaient
comme abrutie. Elle n'entendait plus qu'une rumeur
confuse, ne voyait plus que des nuages. Sa face
était écarlate, ses yeux somnolents, et ses filles ne
se préoccupaient pas plus d'elle que si elle eût été
loin de là.

— Voilà Florence Bakson! dit tout à coup Charlotte en désignant un petit coupé qui venait de se
placer à quelque distance.

— Où donc? demanda vivement Rochebry.

Estelle lui pinça le bras et lui dit à voix basse:

— Si vous la regardez, vous pouvez renoncer à
me voir.

Une femme à pied, traînant derrière elle des flots
de mousseline et de soie, passa au bras d'un gros
personnage. C'était Mme Benoît qu'escortait son
mari. A l'aspect des dames de Ribeaupin, elle fit
un mouvement pour s'approcher d'elles; mais elle
renonça à ce projet et se contenta d'échanger un
sourire avec le baron Drivonne. En ce moment,
Rochebry fit le tour de la voiture et s'approcha du
baron.

— La mère Ribeaupin est profondément ridicule avec sa capote blanche et sa face apoplectique. On va se moquer de nous.

— Ceux qui riront voudraient bien être à notre place, répondit Drivonne sur le même ton.

— C'est égal, continua Rochebry, sa présence n'ajoutera rien à la gaîté de notre dîner. S'il y avait moyen de la perdre en route...

— Comment faire?

— Je vais y réfléchir. En attendant, allons voir l'enceinte du pesage.

Drivonne fit un signe d'acquiescement, dit un mot à Charlotte et à Estelle qui se levèrent. Il ouvrit la portière et les aida à descendre. La première prit son bras, la seconde le bras de Rochebry. Ils allaient s'éloigner :

— Et maman! s'écria Estelle.

— Elle s'endort, répondit Rochebry. Laissons-la tranquillement faire son somme. Les domestiques veilleront sur elle.

Ils se dirigèrent, en traversant la piste, vers l'enceinte du pesage, qui s'ouvrit devant eux lorsque le baron eut montré les cartes dont il s'était muni à l'avance. Là on respirait un peu plus librement; il était possible de circuler. Le baron en profita pour essayer de connaître les impressions de Charlotte.

— Êtes-vous satisfaite, lui demanda-t-il, et doutez-vous encore de mon amour?

— Qu'avez-vous fait pour me le prouver? fit-elle froidement et d'un air distrait.

Il la regarda avec surprise.

17

— Cette voiture, ces chevaux ! Ma foi ! je pense que vous n'y avez aucun mérite. Vous êtes riche. D'ailleurs, c'est autant votre orgueil que le mien que vous avez voulu satisfaire. Vous êtes très-flatté de vous montrer avec moi parmi ce monde, et vous jouissez, pour votre argent, de l'effet que j'y produis.

— Cela diminue-t-il en quelque chose le désir que j'ai de vous plaire? fit le baron avec un accent de reproche.

— La ! la ! reprit Charlotte en souriant, ne vous attristez pas. Si vous voulez toute ma pensée, je suis contente et touchée des attentions que vous me prodiguez.

Le baron devint radieux. Charlotte, sous ses apparences de froideur, contenait une joie indicible. Les passions malsaines qui depuis si longtemps s'agitaient dans son cœur étaient déchaînées. Elle se voyait l'objet de tous les regards, de mille hommages muets, de convoitises qui étaient pour elle, non une injure, mais la consécration éclatante de sa beauté et de son pouvoir. Rochebry se rapprocha du baron Drivonne et lui dit :

— Retournons sur nos pas. Nous avons produit notre effet, et Estelle meurt de soif.

— Moi aussi, fit Charlotte, qui avait entendu la fin de la phrase.

A travers la foule, d'instant en instant plus compacte, ils revinrent lentement vers la voiture, sur les coussins de laquelle Mme de Ribeaupin dormait profondément. Ces demoiselles reprirent leur place.

Sur un signe de Rochebry, un domestique ouvrit
l'un des caissons du break, en retira une boîte en
fer-blanc contenant de la glace et six bouteilles de
vin de Champagne. Avec une dextérité qui prouvait
l'habitude qu'il avait de ces sortes d'exploits, le
vicomte cassa le goulot de l'une des bouteilles et
remplit plusieurs verres du liquide écumeux. Il les
offrit à Estelle et à Charlotte. Puis, réveillant brusquement Mme de Ribeaupin :

— Tenez, baronne, fit-il, voici qui vous remettra.

— Je vois que j'ai dormi, dit Mme de Ribeaupin
en ouvrant les yeux et en prenant machinalement
des mains du vicomte le verre qu'il lui présentait.

Elle but avec avidité.

— C'est exquis, s'écria-t-elle. Encore !

La coupe de cristal fut remplie de nouveau et de
nouveau vidée. Mme de Ribeaupin répéta :

— Encore !

Rochebry hésitait ; mais un sourire passa sur ses
lèvres.

— Pourquoi pas ? se demanda-t-il.

Et pour la troisième fois il versa à Mme de Ribeaupin la liqueur rafraîchissante, mais capiteuse.

L'effet que Rochebry en attendait ne tarda pas à
se produire. Mme de Ribeaupin se mit à parler avec
une étrange volubilité. Elle criait, riait, se levait,
se démenait, et son regard se promenait avec hardiesse sur les passants. Puis elle devint très-pâle,
demeura assise, immobile et murmura :

— J'ai mal au cœur.

Estelle, qui suivait avec attention la course, entendit ces mots.

— Maman, es-tu malade? demanda-t-elle.

Charlotte, le baron Drivonne et Rochebry se retournèrent.

— Ces trois verres de champagne vidés coup sur coup! objecta le dernier.

— Il faudrait la ramener chez elle, dit le baron.

Mme de Ribeaupin, pâle d'abord, était devenue verte. Ses yeux roulaient égarés et blancs dans leur orbite. Une sueur froide coulait sur son front. Charlotte, rouge de honte en voyant sa mère atteinte de tous les symptômes de l'ivresse, aida cependant Estelle à lui donner quelques soins. Le vicomte riait sous cape.

— Il n'y a aucun danger, dit-il aux jeunes filles; elle aurait besoin d'être couchée. Nous allons la reconduire rue de Marignan.

— Traverser la ville avec une femme ivre dans notre voiture! répliqua Charlotte.

Rochebry se gratta le front. Tout à coup, il vit Mme Benoît. Il courut à elle et lui parla pendant cinq minutes; puis il revint alors vers ses amis, auxquels il apprit que Mme Benoît, ayant une voiture fermée, voulait bien se charger de ramener Mme de Ribeaupin.

— De cette façon, ajouta-t-il, rien ne sera changé dans notre programme. Il n'y aura qu'une femme de moins.

Mme de Ribeaupin, qui ne disait mot, descendit de la voiture avec la plus grande peine, soutenue

par Drivonne et par Rochebry. Elle n'avait plus
conscience de ses actions. Le coupé de Mme Benoît
s'était rapproché. La marchande à la toilette, souriant de manière à prouver combien cet incident —
humiliant pour Mme de Ribeaupin, et qui livrait
complètement Charlotte et Estelle à la merci des
deux libertins — la réjouissait, ouvrit elle-même la
portière. La malheureuse baronne fut installée tant
bien que mal. Mme Benoît monta. Charlotte lui
adressa des remercîments et lui dit :

— Ma plus jeune sœur est demeurée à la maison.
Vous n'aurez qu'à confier notre mère à ses soins.

— Soyez sans inquiétude, mon cœur, répondit la
vieille coquine.

Et s'adressant à son mari, qui venait de céder sa
place à Mme de Ribeaupin, elle ajouta :

— Vous prierez Florence Bakson de vous ramener. Et surtout, pas de libertés avec cette demoiselle.

M. Benoît accepta, humble comme un petit enfant,
l'observation de sa femme ; il se perdit dans la foule,
cherchant Florence de tous les côtés. Le coupé de
Mme Benoit se mit en route, s'avançant lentement,
afin de ne causer aucun accident. Bientôt les chevaux, trouvant plus d'espace devant eux, hâtèrent
le pas et ne tardèrent pas à disparaître.

— Emballée, la vieille ! souffla Rochebry à l'oreille
du baron Drivonne.

— Voilà un fâcheux accident, disait en même
temps Estelle à sa sœur.

— Cela vaut mieux, répondit froidement celle-ci.

Estelle la regarda étonnée, mais Charlotte ne jugea pas utile d'expliquer sa pensée. Il était cinq heures. Les courses finissaient. De toutes parts les spectateurs regagnaient leurs voitures. D'autres, venus à pied, se mettaient en route à travers les allées du bois pour atteindre la station du chemin de fer placée au rond-point de l'avenue de l'Impératrice. Les équipages s'ébranlaient, prenaient la file et roulaient avec ordre au milieu du tumulte, dans la direction de l'Arc-de-Triomphe. Les gardes à cheval, les sergents de ville veillaient à la sûreté de chacun. Drivonne et Rochebry, ayant renvoyé leur break, étaient montés dans la calèche offerte à Charlotte. Ce fut le dernier coup porté à la réputation des demoiselles de Ribeaupin. Personne ne doutait plus qu'elles ne fussent les maîtresses des deux hommes qui étaient auprès d'elles.

Le brillant équipage soulevait sur son passage autant de murmures que de flots de poussière. Drivonne et Rochebry avaient le sourire aux lèvres, ainsi qu'il sied à des triomphateurs. Estelle ne comprenait pas l'infamie de sa situation et bravait, par ses regards, les curieux qui la dévisageaient. Quant à Charlotte, elle semblait perdue dans ses réflexions et insensible au tumulte qui débordait autour d'elle. La voiture gagna l'Arc-de-Triomphe, s'engagea sur l'avenue des Champs-Élysées qu'elle parcourut deux fois. Il est de mode, au retour des courses de Longchamps, de parader longuement sur cette promenade, l'une des plus splendides qui existe au monde. A six heures, le baron Drivonne, ayant

donné ordre à ses gens, les chevaux prirent la route
de Saint-Cloud. Sur cette route, quelques mètres
avant les fortifications, s'élevait une demeure élégante, précédée d'une cour sablée. La grille d'entrée
était flanquée de deux petits pavillons de brique.
On descendit sous une marquise vitrée, devant un
perron de marbre qui donnait accès dans l'hôtel.
Au moment où Charlotte et Estelle mettaient pied à
terre, Jeanne apparut devant elles.

— Vous ici ! s'écria Charlotte.

— Je suis désormais au service particulier de mademoiselle, répondit la sémillante soubrette.

— Vous voici chez vous, belle Charlotte, ajouta
Drivonne. Veuillez faire connaître vos ordres.

Charlotte s'arrêta une minute sur le perron,
comme si elle eût hésité à franchir le seuil de cette
demeure où devait se consommer la ruine de son
honneur. A quelques pas d'elle se tenaient Estelle
et Rochebry. Elle les regarda ; elle regarda le baron.
Puis tout d'un coup, ayant fait le geste énergique
qui dénote les grandes résolutions, elle se retourna vers son amant, lui tendit la main et dit en
souriant :

— Allons ! il n'y a pas moyen de vous résister !

Elle pénétra dans son nouveau domaine. Tous la
suivirent.

XII

Navrée encore au souvenir de l'altercation qui avait eu lieu le matin entre elle et sa mère, Adrienne, durant cette après-midi, était restée dans sa petite chambre, livrée aux douloureuses réflexions que devait lui inspirer son infortune. Elle n'éprouvait aucun repentir. Elle se disait qu'elle avait sagement agi et que sa fermeté serait désormais pour elle un sûr préservatif contre les rigueurs de sa mère. Plusieurs heures s'étaient écoulées ainsi. Puis, pour chercher dans l'oubli quelques consolations, elle avait écrit à son oncle et à Gaston, goûtant un charme indicible à laisser courir sur le papier sa main, interprète de son cœur. Tout à coup, un violent coup de sonnette retentit dans l'appartement. Elle prêta l'oreille, se demandant qui pouvait venir en ce moment. La sonnette se fit entendre de nouveau.

— M'a-t-on laissée seule ? s'écria-t-elle.

Elle se leva, courut et put remarquer, en traversant l'appartement, que tous les domestiques

étaient sortis. Elle ouvrit et recula vivement. Trois
personnes étaient devant elle : Mme Benoît, soute-
nant d'un côté Mme de Ribeaupin, que le concierge
soutenait de l'autre. La baronne était à faire peur.
Ses vêtements en désordre, sa capote de crêpe
blanc froissée, écrasée sur sa tête, ses yeux éteints,
sa face morbide, tout indiquait en elle la victime
d'un horrible accident.

— Ciel ! qu'est-il arrivé ? s'écria Adrienne, oubliant tous ses griefs. Les chevaux se sont empor-
tés ? Mes sœurs...

— Ne vous alarmez pas, ma belle enfant, répondit Mme Benoît. Vos chères sœurs sont en joyeuse
compagnie, et je me suis chargée de ramener votre
mère, qui a eu le grand tort d'abuser du vin de
Champagne.

Un hoquet s'échappa de la bouche de Mme de Ribeaupin, comme pour confirmer l'assertion de la
Benoît.

— Et mes sœurs ont toléré que ma mère revînt
seule dans cet état ?

— Voilà qui n'est pas gentil pour moi, ma mignonne, reprit la Benoît. Elle n'est pas revenue
seule, votre mère, puisque j'étais avec elle. Quant
à vos sœurs, elles ont bien vu que ce n'était là
qu'un accident assez bête, qui ne pouvait avoir de
suites graves. Elles n'ont pas cru devoir quitter le
baron Drivonne et le vicomte de Rochebry, avec
qui elles dînent aujourd'hui.

Adrienne, indignée et épouvantée à la fois, se
couvrit le visage en gémissant.

— Conduisez-nous à la chambre de la baronne, lui dit alors Mme Benoît. Nous la déposerons sur son lit, ce qui lui sera plus salutaire que vos larmes.

Adrienne obéit. Quelques instants après, Mme de Ribeaupin s'assoupissait entre deux draps, et la concierge s'échappait pour aller raconter à tout le quartier que la baronne était rentrée ivre, sans ses filles, et que celles-ci dînaient en tête-à-tête avec deux célibataires connus pour la légèreté de leurs mœurs.

— Vous n'avez qu'à la laisser dormir, ajouta alors Mme Benoît. Si, par hasard, elle se réveillait, faites-lui boire du thé, toujours du thé, et encore du thé. Elle n'en consommera jamais trop. Je connais ces indispositions, moi. Une bonne nuit, et il n'y paraîtra plus. C'est ce que nous appelons une petite culotte.

Adrienne baissa la tête pour cacher ses pleurs qui redoublaient.

— Je voudrais être homme, reprit bientôt Mme Benoît en minaudant, et me trouver à la place de votre mère, pour avoir le plaisir d'être soignée par une garde-malade telle que vous. Peste! quels yeux! quelle bouche! Des dents, des cheveux et de la tournure! Ma petite, avec ces agréments-là, vous roulerez carrosse comme vos sœurs quand il vous plaira, et si vous voulez...

Adrienne releva son chaste front et darda sur la Benoît son grand beau regard.

— Je crois, madame, que vous vous trompez!

— Comment, je me trompe ! balbutia la marchande à la toilette.

— Vous croyez parler à une autre !

— Quoi ! je vous scandalise parce que je constate que vous êtes belle, très-belle. Mais je sais des hommes qui paieraient cher pour être regardés par ce regard-là ! Et vous restez à la maison, petite sotte ! Allez donc étaler tout cela au grand soleil, et vous jugerez vous-même de l'effet que vous produirez.

— Assez ! madame ! s'écria Adrienne.

La Benoît leva les épaules.

— Allons ! votre éducation est à faire. Mais vous y viendrez comme les autres. Ce jour-là, rappelez-vous Mᵐᵉ Benoît. Je suis femme à vous donner un bon conseil, ou plutôt à vous le vendre, car dans ce monde on ne doit rien donner : tout a son prix.

Le cynisme de ce langage laissait Adrienne confondue. Mais elle avait pris le parti de ne plus rien répondre, comprenant que c'était le seul moyen d'avoir raison de la loquacité de cette traficante de chair humaine. La Benoît, en effet, s'arrêta d'elle-même, et, après avoir de nouveau rassuré Adrienne sur l'état de Mᵐᵉ de Ribeaupin, elle se retira en souriant méchamment. Restée seule, Adrienne passa ses mains sur son front, comme pour se convaincre qu'elle n'était pas la proie de quelque horrible cauchemar.

De ses lèvres tremblantes sortirent ces mots :

— Insultée par cette misérable ! ma mère dégradée ! mes sœurs déshonorées ! Et être seule, sans appui, sans secours !

Et éclatant en sanglots, elle tomba sur ses genoux devant le lit sur lequel était étendue, ronflant avec un grand bruit, celle qu'elle n'osait plus appeler sa mère. Un peu plus tard, les domestiques rentrèrent, à l'exception toutefois de Jeanne, retenue ailleurs, on soit où. Mme de Ribeaupin reçut tous les soins que nécessitait son état. Vers dix heures, elle ouvrit les yeux et la bouche. Elle prononça quelques paroles sans suite, qui prouvaient qu'elle n'avait pas gardé la mémoire des événements de cette journée. Puis elle se rendormit. On la laissa seule. Adrienne eut la douleur d'entendre du côté de la cuisine de bruyants éclats de rire. C'étaient les domestiques qui se moquaient à qui mieux mieux de l'accident arrivé à Mme la baronne, ivre comme deux Polonais, disait le bel esprit de l'antichambre, et qui commentaient à leur manière l'absence prolongée d'Estelle et de Charlotte.

Autant pour soigner sa mère que pour attendre ses sœurs, Adrienne fut debout durant toute la nuit. Elle allait de la chambre de Mme de Ribeaupin à la croisée qui donnait sur la rue, épiant les moindres bruits et en proie à une émotion telle qu'elle ne sentait pas sa fatigue. A six heures du matin, sa mère dormait toujours, et ses sœurs n'étaient pas rentrées. Alors un grand trouble s'empara d'elle. Elle vit l'infamie dégradante installée sous son toit, le nom de son père déshonoré, sa mère prêtant complaisamment les mains aux déréglements de ses sœurs.

— Je ne peux vivre ici plus longtemps, se dit-elle. Mais où aller ?

Comme dans un rêve charmant apparut à son imagination le paysage enchanté au sein duquel était située la ferme de Villiers-les-Pommes. L'air était rempli de fraîcheur et de parfums. Les prairies se déroulaient au soleil comme des tapis moussus et fleuris. La chanson des bergers, le cri de l'alouette, les mugissements des bœufs se confondaient dans le solennel murmure qui s'élevait des champs inondés de chaleur et de lumière.

— Oh ! vivre là ! pensait Adrienne, ne plus voir Paris, ni ses corruptions, ni sa fange !

Obéissant à un mouvement plus fort qu'elle, elle couvrit sa tête d'un chapeau et d'un voile épais, s'enveloppa dans un châle, et, ayant jeté dans un petit sac de nuit les objets auxquels elle tenait le plus, elle s'enfuit de la maison avec le dessein de se rendre à la ferme de Guillaume Rondet. L'air frais du matin apaisa son imagination et son cœur. Elle put, tout en marchant, apprécier plus sainement sa situation ; ayant changé de dessein, elle se dirigea vers le couvent des Carmélites du faubourg Saint-Jacques, où elle espérait rencontrer l'abbé Mérille. Cette jeune fille voilée qui, de grand matin, parcourait les quais encore peu animés attira plusieurs fois l'attention des passants. Mais aucun ne se douta qu'une grande douleur gonflait cette âme — âme d'enfant mûrie par la souffrance.

Sept heures sonnaient aux horloges du faubourg Saint-Jacques au moment où Adrienne franchit le seuil de la petite chapelle attenant au couvent des Carmélites. L'abbé Mérille était debout devant l'au

tel et célébrait la messe. Quelques personnes pieuses
y assistaient. Les religieuses, placées derrière la
grille qui les cachait à tous, psalmodiaient d'une
voix monotone et douce l'office du matin. Adrienne
sentit son âme soudainement rassérénée et fortifiée.
Elle n'oublia pas sa douleur, mais elle fut remplie
de courage pour la supporter. Elle pria avec ferveur
pour ceux mêmes qui la faisaient souffrir. Quant
à l'abbé Mérille, ce ne fut que lorsque, la messe
étant finie, il se retourna vers les fidèles pour les
bénir qu'il reconnut sa nièce.

En la voyant ainsi seule à cette heure matinale,
il éprouva une surprise telle que les paroles latines
qu'il prononçait s'arrêtèrent sur ses lèvres.

— Quel nouveau malheur est-il arrivé? se demanda-t-il.

Il parvint cependant à se remettre, termina ses
prières, rentra dans la sacristie, et, n'ayant pris
que le temps nécessaire pour quitter ses ornements
sacerdotaux, il traversa la chapelle, enjoignit d'un
geste à sa nièce de le suivre et l'emmena chez lui,
où elle put lui répéter les événements de la veille,
non qu'elle les eût vus dans tous leurs développe-
ments, mais tels qu'elle les avait compris. Elle
peignit avec émotion la nuit terrible qu'elle avait
passée, prodiguant des soins à sa mère en attendant
ses sœurs, les combats qui s'étaient livrés en elle.
Elle apprit à son oncle quelles réflexions et quelles
craintes l'avaient déterminée à fuir la maison
maternelle, devenue une maison où il n'y avait
plus de place que pour le vice. L'abbé Mérille

écouta ce récit avec plus de douleur que d'indignation.

— Pauvres femmes ! disait-il, elles ne savent ce qu'elles font. Mon Dieu ! pardonnez-leur, ouvrez leurs yeux, accordez-leur la force du repentir. Quant à toi, ma fille ajouta-t-il en s'adressant à Adrienne, tu as sagement agi. Tu ne pouvais plus vivre auprès de ta mère. Seulement, qu'allons-nous faire ? Je ne peux te garder ici ; tu vois comment je suis logé : ce n'est ni grand, ni confortable.

Et il montrait à Adrienne son petit appartement, pauvre et nu comme une cellule de moine.

— Prier mes bonnes sœurs de te garder durant quelques semaines. reprit-il, assurément elles ne refuseraient pas de te laisser vivre parmi les postulantes. Mais ce ne serait pas bien gai pour toi, ma chère mignonne !

— Mon oncle, interrompit Adrienne, il ne s'agit pas de savoir ce qui est gai ou non. Ma position est assez triste pour que je n'aie en ce moment aucun désir de me réjouir, et je n'aurais pas plus de répugnance à entrer provisoirement chez les Carmélites qu'à retourner chez ma mère. Mais je crois que ce n'est point à ce parti que je dois m'arrêter.

— Auquel donc t'arrêteras-tu ? demanda l'abbé Mérille.

— Si je ne devais pas être la femme de Gaston, c'est-à-dire si j'avais à me préoccuper sérieusement de mon avenir, je vous demanderais, mon oncle, de me fournir les moyens de travailler, afin que je ne fusse à charge à personne. Mais puisque mon mariage est décidé, je n'ai qu'un désir: c'est de passer loin de Paris le temps qui me sépare du jour où il pourra se réaliser. Jusque-là, mon oncle, envoyez-moi à la ferme de Villiers-les-Pommes.

— Tu veux retourner chez Guillaume?

— On y est si bien, mon oncle! J'ai gardé de la maison et de lui un souvenir si doux!

— Parce que Gaston est venu t'y voir, fit l'abbé Mérille avec un sourire à la fois ironique et bienveillant.

— Oh! mon oncle!

— Ce qui m'a même valu de la part de ta mère l'accusation de favoriser vos rendez-vous! Comprends donc, ma chère fille, que je ne peux, puisque tu viens te placer sous ma protection, t'envoyer à Villiers-les-Pommes, si Gaston doit y aller fréquemment pour t'y voir.

— Quel mal commettons-nous, mon oncle? demanda vivement Adrienne.

— Aucun, mon enfant, aucun, assurément; mais il n'est pas convenable, alors surtout que tu es loin de ta famille, que tu reçoives ce jeune homme.

— Puisque je dois l'épouser!

— Mais jusque-là on jasera!

— Qui? Guillaume Rondet, ses domestiques?

L'abbé Mérille se grattait le front avec embarras. La logique de sa nièce le prenait d'autant plus en défaut qu'il était obligé de reconnaître à part lui qu'elle avait raison et que, ne pouvant plus compter sur sa mère, elle n'outrepassait pas ses droits

en cherchant par tous les moyens à se rapprocher
de l'homme qui devait être son mari, c'est-à-dire son
protecteur.

— Eh bien ! soit, s'écria le bon prêtre, tu partiras
aujourd'hui même pour Villiers-les-Pommes. Je t'y
accompagnerai, et je te placerai moi-même sous la
protection de Guillaume. Seulement, promets-moi
que Gaston et toi vous serez prudents.

— Soyez sans inquiétude, mon oncle. D'ailleurs,
Gaston ne viendra pas plus d'une fois par semaine,
et nous voulons bien que Guillaume soit toujours
présent à nos entretiens.

— Oh! chère petite, ce n'est point là ce qui est
nécessaire ; ce que j'appelle de la prudence, ce qui
importe, c'est que vous ne vous montriez pas aux
habitants du village, c'est que...

— Mon oncle, interrompit Adrienne, ne savez-
vous pas que les amoureux recherchent la solitude ?

— Je l'ignorais, répliqua ingénument l'abbé.

Ce court entretien laissa Adrienne presque consolée. La certitude de retourner à la ferme de
Villiers-les-Pommes, de revoir l'ami Guillaume
était pour elle le meilleur des remèdes. Elle attendit durant le jour chez son oncle que l'heure du
départ fût arrivée. Dans l'après-midi, l'abbé Mérille
et sa nièce montaient en wagon ; mais avant de
quitter Paris, l'abbé avait eu soin d'écrire à sa
sœur, afin de la rassurer sur le sort d'Adrienne. Il
était sept heures environ quand nos voyageurs
arrivèrent à la ferme. La journée avait été chaude,

18

et maître Guillaume, en attendant l'heure de son souper, respirait la fraîcheur des prairies d'où le soleil venait de se retirer.

— Monsieur l'abbé! mademoiselle Adrienne! s'écria-t-il en voyant une voiture s'arrêter brusquement devant sa maison. Vous ici, et sans m'avoir annoncé votre arrivée!

— A quoi bon? demanda Adrienne en s'appuyant, pour descendre de voiture, sur la forte et loyale main du fermier.

— A quoi bon! mais n'eût-ce été que pour trouver un souper meilleur que celui que vous allez être obligé de partager avec moi!

— Mon cher Guillaume, lorsqu'on vient de Paris aux champs, il n'est pas de souper, si modeste qu'il puisse être, qui ne soit excellent.

Et Adrienne, par un retour involontaire sur le passé, revit l'un de ces repas fins et luxueux auxquels elle avait assisté chez sa mère, et qui avaient entraîné à leur suite tant de maux, tant d'amertumes. Une larme roula de ses yeux sur ses joues pâlies.

— Vous pleurez, mademoiselle, s'écria le fermier, qui s'était rapproché de l'abbé Mérille.

— Mon cher ami, dit ce dernier d'une voix grave et pénétrante, ne soyez point surpris de ces larmes. Notre chère Adrienne n'est pas heureuse. Elle a dû quitter la maison de sa mère et de ses sœurs, avec lesquelles elle ne peut plus, elle ne doit plus vivre. Elle a pensé à venir chez vous, et je vous la confie.

Le fermier s'avança vers Adrienne, et d'un ton simple et franc il lui dit:

— Puisque, au milieu de votre peine, vous avez songé à venir chez moi, c'est que vous m'aimez un peu.

— Oh ! de tout mon cœur.

— S'il en est ainsi, et puisque vous êtes orpheline, permettez-moi de vous tenir lieu de père.

Adrienne, émue et touchée, resta un instant sans répondre. Elle regardait tour à tour son oncle et Guillaume Rondet. Puis sa petite main tomba dans celle de ce dernier, et elle murmura ces mots :

— Je le veux bien.

Elle se sentit attirée et pressée contre la robuste poitrine du fermier, et elle comprit que désormais elle aurait en lui le plus habile et le plus dévoué des protecteurs.

XIII

Mme de Ribeaupin ne se réveilla que plusieurs heures après le départ d'Adrienne. Elle sauta hors de son lit, se vêtit d'une robe de chambre et s'approcha d'une glace. Ells y vit son image et recula, saisie de surprise et d'effroi. Sa peau était couverte de plaques rouges et blanches, et toute boursouflée. Les chairs remontaient autour de ses yeux, qui semblaient plus petits, plus enfoncés que de coutume sous l'arcade sourcilière. La douleur ou la débauche peuvent seuls laisser de telles traces sur une figure humaine.

— Que m'est-il donc arrivé? se demanda Mme de Ribeaupin.

Elle se rappelait que la veille elle s'était rendue à Longchamps avec ses filles; mais à partir de ce moment il y avait une lacune dans ses souvenirs, et la seule chose dont elle se souvînt, c'est qu'au milieu de la nuit elle s'était réveillée avec un violent mal de tête et rendormie ensuite. Néanmoins, il ne lui était pas permis d'ignorer la maladie subite dont elle avait été frappée et qui l'avait mise en cet état. Elle aurait voulu l'ignorer qu'il aurait suffi, pour la lui rappeler, des douleurs qu'elle ressentait encore en ce moment dans l'estomac.

— C'est le vicomte de Rochebry qui m'a fait boire, se dit-elle. J'en ai trop pris.

Elle eut honte.

— A mon âge ! murmura-t-elle. Quel exemple pour mes filles !

C'était la première fois qu'elle s'alarmait de la dangereuse influence que sa conduite pourrait avoir sur celle de ses filles ; mais cette inquiétude ne dura pas, et si son esprit conserva quelque dépit, ce fut en songeant qu'elle avait dû se couvrir de ridicule aux yeux des personnes témoins de son ivresse. Elle avait hâte de connaître ce qui s'était passé. Elle sonna ; mais au lieu de Jeanne, la femme de chambre, ce fut la cuisinière qui se présenta.

— Ce n'est pas vous que j'ai appelée, dit Mme de Ribeaupin ; c'est Jeanne.

— Mlle Jeanne ? Elle a quitté le service de madame la baronne.

— Quitté mon service ? Depuis quand ?

— Depuis hier.

— Sans me prévenir ! sans se faire même régler ses gages ? Qu'est-ce que cela signifie ?

— Je ne pourrais le dire à madame la baronne, mais Mlle Charlotte est, je crois, au courant...

— Priez-la de venir me parler.

La cuisinière regarda sa maîtresse avec autant de surprise que d'embarras. Elle balbutia :

— Madame la baronne ne sait donc pas...

— Quoi?

— Mlle Charlotte n'est pas rentrée.

Mme de Ribeaupin changea de couleur. Elle retint un cri prêt à sortir de sa bouche. Elle avait eu le temps, au milieu de son trouble, de comprendre qu'aux yeux de cette servante elle devait paraître ne pas ignorer l'absence de Charlotte.

— C'est vrai, fit-elle avec une simplicité affectée. J'oubliais qu'elle est à la campagne. Mademoiselle Estelle?

— Elle n'est pas rentrée non plus.

Mme de Ribeaupin sentit ses jambes fléchir sous elle. Elle eut cependant encore la force de se contenir et murmura :

— Estelle aura accompagné sa sœur. Dites à Mlle Adrienne de venir me parler sur le champ.

La cuisinière sortit. Mme de Ribeaupin se laissa aller, inerte et glacée, sur le bord de son lit, et elle éclata en sanglots; mais c'était plus encore une explosion de colère qu'une explosion de douleur. Après tout, ce qui arrivait, c'était elle qui l'avait préparé. Elle devinait la cause de l'absence de ses filles et ne pouvait en accuser qu'elle-même. Mais ce qui l'affligeait et l'irritait, c'est que, dans les événements de la veille, il lui était impossible de ne pas voir la complicité de ses filles et de leurs amants. — Leurs amants! ce mot seul ne la faisait pas frémir... On avait voulu s'amuser sans elle, l'éloigner afin d'être plus libres, et de là cette promenade à Longchamps dans la voiture du baron

Drivonne, et cette ivresse dont elle accusait Rochebry d'être l'auteur.

— J'ai perdu connaissance, pensait-elle; on m'a
ramenée ici, on m'a couchée. Et ni Estelle ni Charlotte n'étaient auprès de moi !... C'est Adrienne!...
Les ingrates!...

Elle aurait prolongé sans doute ses lamentations, si
la cuisinière ne fût soudainement revenue en disant:

— Madame la baronne ignorait sans doute que
Mlle Adrienne est sortie.

— Elle aussi ! s'écria Mme de Ribeaupin, qui cette
fois ne put retenir son dépit et sa peine.

— Ne la trouvant pas chez elle, je me suis infor-
mée à la loge. On l'a vue passer ce matin à six heures
et demie.

Tandis que la malheureuse mère, accablée sous
le poids de telles nouvelles, cherchait vainement à
recouvrer un peu de sang froid, la servante ajouta
en lui tendant une lettre :

— C'est pour madame la baronne.

Elle prit la lettre et l'ouvrit machinalement.

Elle y lut ce qui suit :

« Ma sœur, soyez sans inquiétude sur le sort
d'Adrienne. Elle est en ce moment auprès de moi.
Elle sera ce soir dans la retraite que je lui ai choisie,
où sa personne et son honneur seront également
en sûreté. Je n'ai pas besoin de vous rappeler les
événements qui l'ont obligée à quitter votre maison.
Son innocence n'y était plus protégée, et chaque
jour l'exposait davantage. Elle a vu le péril et l'a
fui. J'espère, ma sœur, que vous n'obligerez pas

Adrienne à revenir auprès de vous et que votre
cœur garde encore assez de pudeur pour ne pas
vouloir perdre votre troisième fille, comme vous
avez perdu les deux aînées. Je gémis sur les dé-
sastres que vous attirez sur votre maison, et j'a-
dressé au ciel des prières ferventes, afin qu'il vous
ramène dans la voie du devoir, la seule où vous
trouverez le repos et le respect de vous-même.
Votre frère : Mérille. »

Mme de Ribeaupin lisait et relisait cette lettre.
Lorsque, ayant fini sa lecture, elle releva la tête,
elle était seule ; la servante s'était retirée.

— Toujours des conseils ! pensa-t-elle. Adrienne
s'est réfugiee auprès de lui. Il la protége contre
moi. Il l'encourage dans sa résistance à mes volon-
tés, et elle a dû lui raconter ce qui s'est passé ici
hier et durant la nuit ! Je la punirai. Elle n'est pas
encore majeure. J'ai le droit d'exiger qu'elle vive
auprès de moi, dans ma maison. J'exigerai.

Cette pensée lui fit oublier celles qui l'avaient
précédée et qui étaient relatives aux sœurs
d'Adrienne. Mais soudain la porte de sa chambre
s'ouvrit violemment, et Estelle entra. Elle portait
encore les vêtements de la veille. Ils étaient fripés,
souillés de taches de vin. La malheureuse fille avait
les yeux hors de la tête, les cheveux en désordre. Sa
mère s'élança vers elle pour lui adresser des reproches. Estelle ne lui en laissa pas le temps.

— Rochebry m'attend en bas dans son coupé,
dit-elle. Je viens en toute hâte m'habiller pour aller
à ma répétition, qui a lieu à midi.

— Me diras-tu du moins d'où tu arrives ?

— D'où j'arrive ? Je viens de dîner avec Drivonne, Charlotte et Rochebry.

— A onze heures du matin ?

— Dame ! la fête s'est un peu prolongée, fit-elle avec un sourire.

— Et Charlotte ?

— Charlotte ! mais je ne sais si tu la verras aujourd'hui. Elle ne viendra plus ici que pour nous faire des visites, puisqu'elle est installée dans le magnifique hôtel que lui offre le baron Drivonne.

— Le baron Drivonne ! un hôtel !

Mme de Ribeaupin, stupéfiée par cette nouvelle, ne savait si elle devait se réjouir ou continuer à se montrer irritée. Estelle se rapprocha d'elle :

— J'espère bien que tu ne vas pas gronder. Je crois que nous avons été un peu folles cette nuit. Mais que veux-tu ? il fallait bien prouver que nous étions sensibles à la tendresse qu'on nous témoigne. Et puis, vraiment, tu ne saurais te plaindre. Me voilà, moi, en passe de devenir célèbre. Charlotte est déjà riche, et elle songe à t'assurer une pension pour subvenir à tes besoins dans le cas où Dervaux aurait dévoré tes ressources.

Mme de Ribeaupin s'apaisait peu à peu. Les griefs qu'elle avait encore sur le cœur se réduisaient à rien ; elle ne songeait plus à garder rancune à qui que ce fût des événements de la veille.

— Je vous pardonne, mauvaise graine, dit-elle moitié riant, moitié pleurant. J'oublie tous les sujets de plainte que j'énumérais tout à l'heure à part moi, puisqu'au milieu de vos plaisirs vous avez songé à votre mère, et à procurer le repos et l'aisance à ses vieux jours.

Estelle, enchantée de la voir se résigner de si bonne grâce à laisser à ses filles toute liberté, l'embrassa et courut ensuite rejoindre Rochebry qui devait la conduire au théâtre.

C'est ainsi que Mme de Ribeaupin vit se modifier la physionomie de son existence. Elle préparait depuis longtemps, sans le vouloir peut-être, mais d'une main sûre, la dissolution de sa famille. Ses filles lui échappaient tout à coup, et hier encore mère heureuse et fière, elle était aujourd'hui sans enfants dans sa maison abandonnée. Sa douleur fut loin d'être égale à son infortune. Le déshonneur de ses deux filles aînées la touchait moins que son isolement. Elle était affectée surtout des procédés employés par celles-ci pour s'éloigner d'elle. Mais elle sut prendre aisément son parti de leur conduite, et ce qui l'aida à se consoler, ce fut la pensée que, grâce à Charlotte, elle serait désormais à l'abri du besoin. Ayant goûté les charmes de la fortune au sortir d'une vie sinon misérable, du moins précaire, elle redoutait le retour des jours difficiles. Charlotte se fit tout pardonner en promettant que les jours difficiles ne reviendraient pas. Le surlendemain de son installation dans l'hôtel que lui avait offert le baron Drivonne, celle-ci reçut la visite de sa mère. Mme de Ribeaupin trouva sa fille vêtue comme l'était Florence Bakson le jour où, étant avec la Benoît, elle avait vu la célèbre courtisane dans toute la splendeur de ses charmes. Charlotte n'était pas moins belle que Florence. En quelques jours elle avait subi une métamorphose complète. Tous les côtés saillants de sa beauté qu'étant jeune fille, soit ignorance, soit calcul, elle ne mettait pas en pleine lumière, s'étaient fortement accusés. Sa coiffure faisait valoir la richesse de sa chevelure, et l'éclatante blancheur de son teint était plus unie, plus reposée, plus veloutée. La femme avait éclipsé la vierge. De celle-ci il ne restait rien, pas même le souvenir de ce qu'elle avait été, souvenir disparu dans ce qu'elle était maintenant. Mme de Ribeaupin parcourut avec Charlotte toutes les salles de l'hôtel. Un luxe insolent et ruineux se voyait de toutes parts. L'industrie et l'art modernes avaient prodigué des merveilles pour faire à la déesse de ces lieux un cadre digne d'elle.

— Je n'ai pas besoin de te demander si tu es heureuse, dit Mme de Ribeaupin à sa fille.

— Je suis très-heureuse, répondit Charlotte d'une voix sombre qui semblait démentir l'assurance qu'elle donnait en ce moment.

— Le baron s'est montré généreux?

— Très-généreux.

— Cette magnifique demeure le prouve assez.

— Ce n'est encore rien.

— Comment! rien?

— Le jour où j'ai dîné ici pour la première fois, j'ai trouvé sous ma serviette un titre m'assurant quinze mille francs de rente. Et je ne parle pas des bijoux qu'il m'a donnés, et qui ne valent pas moins de quatre-vingt mille francs.

— Mais il est donc bien riche! dit Mme de Ribeaupin, émerveillée par l'énumération de ces richesses.

— Très-riche! Ce que vous voyez le prouve, il me semble.

— Mais alors, pourquoi ne t'a-t-il pas épousée? Ce n'est pas, reprit vivement Mme de Ribeaupin, que je veuille te faire un crime d'avoir cédé à ses désirs. La fortune fait tout excuser. Mais enfin tu n'étais pas indigne de porter son nom.

A la question de sa mère, Charlotte avait pâli légèrement, comme si elle eût été frappée dans son orgueil de femme, et, sans laisser à Mme de Ribeaupin le temps de formuler sa pensée jusqu'au bout, elle répondit :

— Il ne m'a pas épousée parce qu'il n'était pas libre de le faire ; mais il m'épousera.

D'une part, elle mentait ; d'autre part, elle trahissait un projet arrêté dans son esprit depuis qu'en se livrant au baron elle avait vu que le don d'elle-même qu'elle lui faisait, loin de diminuer sa puissance, l'avait accrue.

— Il n'a pas voulu m'offrir son nom alors que je lui offrais en échange la reconnaissance et le dévoûment, se disait-elle ; maintenant je le lui prendrai.

— Oh ! tu es une fille de tête, et tu as de la volonté, objecta Mme de Ribeaupin. Si Estelle était comme toi, je serais sans inquiétude.

— Estelle ! elle se tirera bien d'affaire. Rochebry ne peut pas l'enrichir ; mais il fera d'elle une femme célèbre que toutes envieront et qui trouvera la richesse dans son talent.

— Dieu t'entende, ma fille! Qu'est-ce que je veux, moi? votre bonheur.

— Et vous avez bien raison ! Notre bonheur, c'est le vôtre.

— Oui, je sais que, grâce à vous, si Dervaux me faisait perdre ma fortune, je ne manquerais de rien.

— De rien absolument.

— Logerais-je chez toi? Tu pourrais bien me donner un petit coin. Je tiendrais ta maison.

— Jamais, ma mère, répondit vivement Charlotte. Je veux être seule ici, et s'il y a lieu, je vous installerai dans un petit appartement où seront réunies les choses qui vous sont chères, et où une cuisinière habile vous fera des bons petits dîners fins, tels que vous les aimez. Vous pourrez vivre là, non avec Estelle, que sa position obligera à s'établir à part, mais avec Adrienne.

— Adrienne! ne parlons plus jamais de cette idiote! Elle a fui la maison, sous prétexte qu'elle n'y trouvait que de mauvais exemples, pour aller rejoindre mon cher frère, son oncle et le tien. Je voulais d'abord l'obliger à revenir auprès de moi; mais, tout bien réfléchi, je ne tiens pas à revoir cette demoiselle, dont les caprices gâtent ma vie et y jettent le trouble par les irritations qu'ils me causent. Qu'elle reste là où elle est et me laisse la paix.

On voit que Mme de Ribeaupin était prompte à

changer de résolution. Charlotte n'éleva contre les
paroles de sa mère aucune objection. Elle se contenta de répondre :

— Il n'y a aucun inconvénient à ce qu'Adrienne
passe quelque temps auprès de notre oncle Mérille.
Nous verrons plus tard.

Elle prononça ces derniers mots comme une
menace. C'est qu'elle ne voulait pas qu'Adrienne
fût heureuse et devînt une honnête femme, alors
qu'elle-même, cédant à son ambition et à ses instincts, avait roulé du premier coup dans les abîmes
d'infamie où sombrent l'honneur et la chasteté. A
quelques jours de là, Estelle, que sa mère ne
voyait plus qu'à des intervalles très-irréguliers,
annonça qu'elle venait de louer un appartement
dans la rue Trévise.

— Je vais donc rester seule dans celui-ci ! fit
avec tristesse Mme de Ribeaupin.

— Dans celui-ci ou dans un autre, si vous pensez
en trouver un plus petit et plus conforme à vos
goûts. Mais nous vous verrons souvent. Dans la
profession d'artiste, on ne saurait avoir trop de
liberté, et c'est ce qui m'a décidée à me mettre
chez moi.

— Mais qui fera les frais de ton installation ?

— Rochebry, parbleu ! Il a commandé les meubles à son tapissier, et si ma maison n'est pas aussi
luxueuse que celle de Charlotte, elle sera plus artistique. J'y recevrai mes camarades de théâtre, les
auteurs qui écriront des rôles pour moi. Je vais
être bien heureuse. Nous nous installerons le jour

de la première représentation du *Homard mélo-mane*.

— Ne pourrais-tu pas me loger chez toi? fit Mme de Ribeaupin, renouvelant pour Estelle la question qu'elle avait adressée déjà à Charlotte. Un petit coin suffirait. Je veillerais sur ta maison.

— C'est impossible, maman, répondit Estelle. Tu serais gênée et moi aussi. Je rentrerai à minuit. Je souperai jusqu'à deux et trois heures du matin. On fera du bruit. Oui, nous devons donner plusieurs bals...

Mme de Ribeaupin poussa un soupir, et ce fut tout. Elle venait d'acquérir la conviction que les deux filles qu'elle avait aimées jusqu'à la faiblesse la plus répréhensible ne poursuivaient d'autre but que de se débarrasser d'elle. Involontairement, sa pensée la ramena vers Adrienne, et pour la première fois elle comprit que dans celle-là, dont elle s'était aliéné le cœur, elle aurait trouvé le dévoûment et la tendresse; qu'en lui prodiguant autant d'amour qu'à ses sœurs, elle aurait eu la consolation d'être toujours aimée, et qu'en l'autorisant à épouser Gaston, elle se serait ménagé pour l'avenir toutes les joies qu'elle ne connaissait pas dans ce rôle de grand'mère, doux et cher aux vieillards. Mais il était maintenant trop tard pour espérer de telles jouissances, et ses jours devaient s'écouler désormais dans la tristesse et l'abandon.

Enfin arriva le jour de la première représentation du *Homard mélomane*. C'était au commencement du mois d'août. Fondant sur la pièce qu'il venait de

monter les plus brillantes espérances, convaincu
que, malgré les chaleurs, elle attirerait la foule dans
son théâtre, Dorsay, le directeur des *Drôleries-Parisiennes*, s'était décidé à faire ce qu'en langue de
théâtre on appelle un spectacle d'été. Seulement,
il comptait que le succès de celui-là se prolongerait
fort avant dans l'hiver. Donc, par une brûlante
soirée, la petite salle des *Drôleries-Parisiennes* se
trouva à peu près pleine. Tous ceux des habitués
des premières représentations qui se trouvaient à
Paris en ce moment s'étaient donné rendez-vous, non
pour voir la féerie, qui devait être comme toutes les
féeries passées, présentes et à venir, mais pour
assister aux débuts de Mᶫᶫᵉ Estelle de Ribeaupin.
Grâce à Dorsay, grâce surtout à Rochebry, les journaux avaient, à l'avance, chanté sur tous les tons les
louanges de cette jeune personne. Ils avaient célé-
bré sa beauté, son talent, ce qui était lui rendre le
pire des services si, devant les spectateurs, elle ne
se montrait pas telle qu'on l'avait faite et promise.

Est-il besoin d'ajouter que Mᵐᵉ de Ribeaupin,
Charlotte, Drivonne et Rochebry assistaient à la
représentation, dont ils attendaient avec impatience
le résultat? Le baron et le vicomte avaient, pour
nous servir d'une expression énergique, bourré la
salle de leurs amis. Le rideau se leva à huit heures,
et la première entrée d'Estelle fut triomphante. Elle
eut un succès avant d'avoir ouvert la bouche. Sa
beauté charma les spectateurs. La légèreté de son
costume ne les trouva pas insensibles. Jusqu'au

troisième acte, tout alla bien. C'est dans le troisième
acte qu'elle devait se révéler. Elle y récitait une
scène assez pathétique. Elle y chantait un rondeau.
En un mot, si elle possédait quelque talent, quelque
chose de plus que de la mémoire, c'est là qu'il lui
était possible de le montrer. Elle attendait ce moment avec une sorte de terreur. Elle s'était tirée
assez bien des scènes précédentes, qui n'offraient
aucune difficulté. Mais depuis cinq semaines, tout
le monde lui disait :

— Soignez votre troisième acte.

Et elle sentait elle-même que le succès ou la
chute était en cet endroit. Elle entra en scène
tremblante et pâle, en dépit du rouge dont elle avait
couvert ses joues. Son costume, d'un décolleté excessif, la rendait encore plus craintive. Elle fut
accueillie par un murmure que faisaient naître du
haut en bas du théâtre l'exiguité de ses jupes de
tulle et l'audace de son déshabillé. Ce murmure la
troubla. Elle ouvrit la bouche pour parler.

— Plus haut ! plus haut ! cria-t-on.

Elle voyait comme dans un cauchemar deux mille
visages tournés vers elle. A droite et à gauche,
cachés derrière les coulisses, Dorsay, Rochebry, les
autres acteurs lui faisaient des signes pour l'encourager ; mais elle se troublait de plus en plus. Elle
recommença, croyant parler plus haut que la
première fois, en réalité parlant plus bas.

— On n'entend rien ! reprirent les mêmes voix.

— Passez au rondeau ! lui cria le chef d'orchestre, voulant la tirer d'un mauvais pas, sachant que,

grâce aux efforts qu'il avait faits pendant un mois, elle ne le chantait pas trop mal.

Et, levant son bâton, il donna un signal sur lequel les musiciens attaquèrent l'ouverture du rondeau et couvrirent la voix des spectateurs. L'ouverture finie, le chef d'orchestre, s'adressant à demi-voix à Estelle, lui dit :

— Allez !

Mais, ô disgrâce nouvelle ! au lieu de commencer sur la note qui venait de lui être donnée, elle prit la note à côté. On l'accompagnait en *fa*; elle chantait en *ré*. On devine l'effet. Le chef d'orchestre cria à ses musiciens :

— Transposez !

Mais transposer à première vue n'était pas dans les moyens de tous. La cacophonie s'en accrut. Estelle n'entendait rien. Elle chantait toujours, gesticulant, souriant, ainsi qu'on le lui avait appris, et croyait obtenir un très-grand succès. Sa désillusion fut cruelle. Elle eut à peine fini qu'une immense huée mêlée de sifflets se fit entendre. Des spectateurs, sans pitié pour cette créature à moitié nue, vociféraient, riaient, la menaçaient. On entendait des cris d'animaux. Les amis que Rochebry avait envoyés pour soutenir Estelle, furieux d'être si mal secondés dans leur mission par celle qu'ils étaient chargés d-applaudir, s'étaient retournés contre la pauvre fille. Elle était au milieu de la scène, ne comprenant rien à l'orage qu'elle avait déchaîné, attendant le silence pour placer la suite de son rôle. Soudain, elle vit un mur descendre

devant ses yeux entre elle et le public, celui-ci
disparaître. Elle se trouva seule en scène, Dorsay
ayant cru devoir faire baisser le rideau, afin de
donner à la foule irritée et égayée à la fois le temps
de s'apaiser. Alors Estelle fut entourée, pressée.
Des reproches pleuvaient sur elle de toutes parts.

— Vous me ruinez, mademoiselle, disait Dorsay.

— Grâce à vous, la pièce est perdue, ajoutait
l'un des acteurs.

— L'effet de ma musique est raté, reprenait le
chef d'orchestre.

Elle regardait tous ces personnages l'un après
l'autre d'un œil hébété, et ne comprit l'étendue
du désastre, la grandeur de sa chute que lorsque,
ayant cherché Rochebry autour d'elle, elle put
s'assurer qu'il avait disparu.

— Ne m'aimerait-il plus ? se demanda-t-elle.

Elle songeait à l'appartement qu'elle avait récem-
ment loué, au souper qui y était préparé ce soir-là,
et auquel tout le personnel du théâtre était invité.
Soudain Dorsay s'approcha d'elle:

— Mademoiselle, lui dit-il, vous ne pouvez conserver le rôle. Vous ne serez pas surprise que je
vous le retire pour le confier à une de vos camarades à qui je l'avais fait apprendre et répéter à
tout hasard. Elle continuera la pièce ce soir et la
jouera désormais. Le régisseur va faire une annonce
au public.

— Me retirer le rôle ! s'écria Estelle. C'est impossible. Aux répétitions, il fallait me dire que je
le jouais mal. Vous m'avez dit le contraire.

— C'était la vérité alors. Mais depuis...

— Je ne le cède pas. Je recommencerai...

— Mais le public ne voudra pas vous entendre.

— Place au théâtre ! s'écria le régisseur, qui, vêtu de noir et cravaté de blanc, allait annoncer au public qu'une autre artiste se préparait à paraître devant lui.

— Mais c'est impossible ! reprit Estelle.

Peut-être aurait-il fallu employer la force pour l'entraîner. Mais le baron Drivonne apparut tout à coup à côté d'elle, et lui offrant son bras qu'elle prit précipitamment :

— Venez, ma chère Estelle, lui dit-il. Le coup est rude, mais il vous prouve que vous devez renoncer au théâtre. Vous n'avez pas la vocation, comme nous l'avions cru.

— Quoi ! pour un échec !

— Un échec qui vous rendrait] désormais tout succès impossible.

— Est-ce l'avis de Rochebry? demanda Estelle d'une voix mourante.

— C'est son avis, répondit le baron Drivonne, qui n'était venu chercher Estelle que pour obéir à Charlotte, qui avait eu pitié de sa sœur.

La pauvre Estelle baissa la tête.

— Pourquoi n'est-il pas là ? se dit-elle.

Elle ne devait apprendre que le lendemain qu'au moment où elle était sifflée par toute la salle, Rochebry se trouvait dans une baignoire avec Florence Bakson, et qu'humilié dans son orgueil, il s'était laissé enlever par son ancienne maîtresse et

lui avait promis de ne pas revoir Estelle. Le baron
Drivonne et Charlotte ramenèrent celle-ci chez
Mme de Ribeaupin. Il fallut la coucher en arrivant.
Elle avait une fièvre ardente, et sur son visage
morne coulaient d'amères larmes.

XIV

Trois jours après la première représentation du *Homard mélomane*, vers cinq heures de l'après-midi, Mme de Ribeaupin était assise au chevet d'Estelle. La jeune fille, doublement atteinte dans son amour par l'abandon de Rochebry, dans son orgueil par la chute éclatante que nous avons racontée, subissait les premiers symptômes de ce mal terrible qu'on nomme fièvre cérébrale. Les médecins ne s'étaient pas encore prononcés, et tous les efforts tendaient à conjurer cette redoutable maladie. Mais ces efforts paraissaient devoir être impuissants, car Estelle éprouvait une faiblesse telle qu'elle semblait toucher à la mort, et déjà le délire s'emparait de son cerveau. Mme de Ribeaupin ne voulut permettre à personne de lui prodiguer des soins. Charlotte avait proposé d'établir auprès de sa sœur une garde-malade.

— C'est moi seule qui veillerai sur elle, avait dit Mme de Ribeaupin.

Et, se réhabilitant en quelque sorte par l'ardeur qu'elle apportait à accomplir son devoir maternel, elle s'enferma dans la chambre d'Estelle, se jurant de ne la quitter qu'après l'avoir sauvée. Les épisodes des jours précédents avaient exercé sur Mme de Ribeaupin une influence aussi salutaire qu'inattendue. La fuite d'Adrienne, l'échec retentissant d'Estelle, le déshonneur de Charlotte, la conduite du baron Drivonne et de Rochebry, tout cela fut suffisant pour lui ouvrir les yeux et lui démontrer l'inanité et l'infamie des espérances qu'elle avait fondées sur la beauté de ses filles. Jusqu'à ce jour, elle s'était crue femme habile. Il lui était maintenant prouvé qu'elle avait été crédule jusqu'à la bêtise, jouée tout à la fois par ses filles, par leurs amants, par Dervaux, et que seule Adrienne n'avait pas manqué à ses devoirs et au respect qu'elle devait à sa mère. Elle avait eu foi dans le talent d'Estelle, dans la générosité de Charlotte, dans la noblesse de sentiments de Drivonne et de Rochebry. Elle possédait maintenant la conviction que la première était sans talent, la seconde sans cœur et les deux hommes qui les avaient séduites sans dignité. Charlotte surtout avait trompé toutes ses espérances. En devenant la maîtresse de Drivonne, elle était devenue dure, hautaine, insolente, et sa mère ne trouvait plus chez elle cette déférence qui est le premier et le plus vulgaire devoir des enfants envers leurs parents. Ainsi, tout lui manquait à la fois, et tout aussi, sa maison vide et Estelle étendue mourante devant elle, lui rappelait les malheurs sans nombre qui, avec la fortune, étaient entrés dans sa demeure.

— Ah ! l'expropriation nous a été fatale, pensait-elle.

Et, comparant les jours présents aux jours passés, elle était obligée de reconnaître que ceux-ci étaient préférables à ceux-là, et elle regrettait presque de n'y être plus. Cependant, tandis qu'elle veillait sur Estelle, la malade s'était assoupie. Mme de Ribeaupin, qui étudiait avec anxiété les progrès du mal, se leva et fit quelques pas dans la chambre. En quelques jours elle avait beaucoup vieilli. Malgré son âge, elle était jusqu'alors restée en possession de la santé qui est le charme des vieillards. Maintenant, aux rides de son visage, à ses traits décomposés, à son corps courbé, on devinait qu'elle avait reçu un de ces coups desquels on ne se relève pas. Un journal se trouvait sur un guéridon. Machinalement elle le prit, l'ouvrit, et ses yeux tombèrent sur un article intitulé : *Les débuts de Mlle Estelle de Ribeaupin au théâtre des Drôleries-Parisiennes.* Elle lut avidement, et lorsqu'elle eut fini, la feuille imprimée, à laquelle une intention malveillante avait seule pu ouvrir les portes de cette chambre, s'échappa de ses mains tremblantes. C'était un amas d'ironies cruelles, de critiques exagérées à l'adresse de sa fille.

— C'est infâme ! murmura-t-elle.

Elle ne songeait pas que l'artiste, en livrant non seulement son talent et son nom, mais encore sa personne à la publicité, justifie à l'avance la plupart des attaques dont il est l'objet. Assurément, en

blâmant Estelle, l'auteur de l'article avait dépassé la
mesure ; mais s'il l'avait dépassée dans le sens de
l'éloge, qui donc aurait songé à s'en plaindre? Le
journal gisait sur le sol. Mme de Ribeaupin le ra-
massa avec l'intention de le faire disparaître, afin
qu'il ne pût être mis sous les yeux d'Estelle, à laquelle il aurait fait le plus grand mal. Ses yeux
s'attachèrent de nouveau à cet article sans pitié.
Mais soudain elle pâlit et se laissa aller épuisée sur
une chaise. C'est que, quelques lignes plus bas, sous
cette rubrique : *Déclarations de faillites*, elle venait
de lire ces mots : *Dervaux, marchand de nouveautés,
ayant exercé le commerce rue de la Chaussée-d'Antin, aujourd'hui sans domicile connu*, et au-dessous :
*Ribeaupin (baronne), ayant exercé le commerce en
qualité d'associée de Dervaux, 13, rue de Marignan.*

— C'est impossible ! s'écria-t-elle ; l'association a
été rompue.

Elle croyait s'être trompée. Elle relut. Son nom y
était bien en toutes lettres. Alors elle fondit en
larmes.

— Ruinée ! déshonorée ! mon nom doublement
compromis ! Que faire ? se disait-elle. Qui me con-
seillera ?

Consulter Drivonne, il n'y fallait pas songer. Depuis que Charlotte avait exaucé ses désirs, il ne
témoignait plus à Mme de Ribeaupin qu'un dédain
humiliant. Rochebry n'avait pas reparu. D'ailleurs,
c'était un fou. Elle ne se défiait pas moins de l'opinion de Charlotte qui n'avait plus aucun intérêt à
donner un conseil sincère.

Soudain un nom se présente à sa pensée, celui de Gaslon Rivière. Le jeune avocat qui avait défendu devant le jury d'expropriation les intérêts de la famille de Ribeaupin, qui aimait Adrienne, ne refuserait pas d'aider la mère de sa fiancée de ses conseils et de ses lumiéres. Elle se rappelait son adresse et lui écrivit sur le champ, afin de le prier de passer chez elle pour affaire urgente. Gaston se présenta dans la soirée. Pressé d'unir sa destinée à celle d'Adrienne, il avait saisi avec joie l'occasion qui s'offrait à lui de se rapprocher de Mme de Ribeaupin. Il devinait de quoi il s'agissait, car le bruit de la mise en faillite de la maison du *Diable Boiteux* et de Dervaux avait déjà circulé dans Paris.

Sans s'arrêter à faire aucune allusion au passé, Mme de Ribeaupin lui dit:

— Je ne suis pas heureuse, monsieur, et j'ai cru que je pouvais compter sur votre dévoûment.

— Vous avez eu raison, madame, répondit Gaston, qui ne voulait plus se souvenir des mauvais procédés de Mme de Ribeaupin.

Alors elle lui exposa sa situation.

— J'ai été l'associée de M. Dervaux, dit-elle en finissant; mais je ne la suis plus. Pourquoi donc sa faillite entraînerait-elle la mienne? Ne suis-je pas déjà assez cruellement éprouvée? Ce désastre me laisse absolument ruinée.

— M. Dervaux est en fuite depuis huit jours, madame, dit Gaston, et vous étiez seule à l'ignorer. Ses magasins sont fermés. Le coquin a réuni toutes

les sommes dont il a pu disposer, y compris six cent
mille francs qui lui avaient été comptés par la Ville
pour l'indemniser du dommage que l'expropriation
de ses magasins pouvait lui causer, et il s'est ré-
fugié en Belgique à la veille d'une échéance formidable. Les créanciers lésés ont demandé au tribunal du commerce, qui l'a rendu, un jugement
déclaratif de faillite. Le syndic désigné a pris aussitôt connaissance des livres. Il y a vu figurer votre
nom comme associée de M. Dervaux à une époque
où les affaires de ce dernier étaient déjà en désarroi,
et c'est jusqu'à ce temps qu'il a fait remonter la
faillite. C'est ainsi qu'il a pu obtenir du tribunal
que vous seriez condamnée à partager le sort de
Dervaux.

— Mais c'est une injustice! s'écria Mme de Ribeaupin, puisque, lorsque je suis devenue l'associée
de Dervaux, sa position était compromise, puisque
j'ai été trompée par lui et que, sans avoir rien reçu,
sans lui rien devoir, j'ai versé dans sa caisse plus
de cent mille francs.

— Ce sont là, madame, des considérations que je
ferai valoir auprès du syndic d'abord, et ensuite
auprès du tribunal, à qui nous demanderons de
déclarer son jugement nul et non avenu en ce qui
vous touche.

— Ah! monsieur, vous serez mon sauveur! s'écria
Mme de Ribeaupin. Je vous ai peut-être méconnu,
et néanmoins vous venez à mon aide quand tout le
monde m'abandonne!

— Vous êtes la mère de celle que j'aime, ma-

dame, répondit Gaston. Je vous dois le secours
que je vous apporte. Mais, de votre côté, ne voudrez-vous pas donner votre consentement?

— Mais je suis ruinée !

— Je le sais, madame.

— Et vous prendrez Adrienne sans dot ?

— Je ne veux qu'elle.

— Et vous savez ce qu'ont fait ses deux sœurs ?

— Je le déplore. Mais elle ne peut en rien être
atteinte par l'inconduite de ces demoiselles.

— Je suis cruellement punie, dit Mme de Ribeaupin. Charlotte m'abandonne, Estelle se meurt, et
Adrienne...

— Adrienne ! consentez à notre mariage, et demain je vous la ramène douce et dévouée comme
autrefois, prête à vous seconder dans les soins que
vous donnez à Estelle.

Mme de Ribeaupin n'eut pas le courage de répondre. Mais elle tendit la main à Gaston, qui la prit
et la serra avec un attendrissement mêlé de pitié.
Il sortit ensuite, afin de s'occuper des intérêts de
Mme de Ribeaupin et de ramener Adrienne, ainsi
qu'il le lui avait promis.

Le même jour, dans la soirée, tandis que Mme de
Ribeaupin, brisée par la douleur que lui causaient
les maux successifs qui la frappaient, effrayée par
la ruine, terrifiée par les progrès rapides et alar-
mants de la maladie d'Estelle, s'abandonnait aux
larmes et aux regrets, elle reçut une visite à laquelle elle était loin de s'attendre : celle de son
frère, l'abbé Mérille. Prévenu par Gaston de ce qui

se passait dans la maison de sa sœur, poussé par son inépuisable charité, le digne prêtre, oubliant tous ses griefs, s'était empressé d'accourir, les lèvres pleines de paroles consolantes. Loin d'adresser des reproches à sa sœur, il lui prodigua l'affection la plus tendre, la plus dévouée, et lui annonça que le lendemain Adrienne, accompagnée par Guillaume Rondet, rentrerait à Paris et reviendrait prendre sa place auprès de sa mère, afin de la seconder dans les soins que nécessitait Estelle.

Mᵐᵉ de Ribeaupin, qui ne se dissimulait plus qu'elle avait été injuste et cruelle envers son frère, ne put, en le voyant accourir auprès d'elle, retenir son étonnement.

— J'ai tout oublié, ma sœur, pour ne me souvenir que de vos peines, répondit-il. Je vous avais annoncé que Dieu frapperait un grand coup parmi votre famille pour vous rappeler vos devoirs. Sa main s'est appesantie sur vous. Résignez-vous, et ne voyez, dans la douleur qui vous déchire l'âme, que l'expiation qui vous est imposée ici-bas.

En entendant ce langage dont elle était depuis longtemps déshabituée, Mᵐᵉ de Ribeaupin tressaillit. Mais son cœur était en ce moment livré à l'épouvante plus encore qu'il n'était prêt pour tous ces conseils dont elle ne pouvait comprendre toute la vérité. L'abbé Mérille devina bien que ce langage n'était toléré par Mᵐᵉ de Ribeaupin que parce qu'elle avait peur. Il jugea que l'heure n'était pas encore venue de travailler à la transformation de cette femme dont la légèreté, l'imprudence avaient causé toutes les catastrophes qu'elle subissait, et il attendit du temps une occasion meilleure pour entreprendre une conversion qu'il avait doublement à cœur de conduire à bonne fin.

L'état d'Estelle s'aggravant de plus en plus, il ne voulut pas quitter sa sœur et la laisser seule durant cette nuit. Il reçut les médecins qui se présentèrent vers minuit. Il apprit par eux qu'une crise était imminente et que si Estelle y échappait, elle serait sauvée; mais ils n'osaient se prononcer dans un sens ou dans un autre sur le résultat de cette crise redoutable. Le lendemain, Adrienne arriva de bonne heure, accompagnée par Guillaume Rondet. Elle n'avait pas vu Gaston, mais elle savait par une lettre de son oncle que Mme de Ribeaupin consentait à son mariage. La maladie d'Estelle, la douleur de sa mère troublèrent seules le pur bonheur qu'elle aurait goûté ce jour-là. Elle s'installa au chevet de sa sœur, et Mme de Ribeaupin fut de la sorte soulagée. Mais les soins dont Estelle était l'objet devaient rester infructueux. La crise que les médecins avaient prédite éclata terrible et presque foudroyante. Depuis trois jours, la malade n'avait pu prendre aucune nourriture. Sa faiblesse était extrême, et durant les courts sommeils qui venaient fermer ses yeux, des paroles sans suite et sans signification s'échappèrent de ses lèvres. Ce délire s'accrut et devint de la furie. Il fallait se mettre à quatre pour la tenir. Elle appelait Rochebry, Charlotte; elle parlait de la pièce dans laquelle elle avait débuté et récitait

des vers du *Songe d'Athalie*. Ce fut pendant un de
ces transports effrayants qu'elle mourut. La veille
de sa mort, l'abbé Mérille, profitant d'un moment où
elle était paisible, lui avait administré les derniers
sacrements. Au moment où elle venait de rendre le
dernier soupir, Charlotte apparut; mais en voyant
autour de sa mère, essayant de calmer sa douleur,
Adrienne, Gaston, Guillaume Rondet et l'abbé
Mérille, elle ne fit que traverser la chambre, comme
si elle n'eût pu supporter leur présence.

.   .   .   . |.   .   .   .   .

Deux mois plus tard, Adrienne et Gaston se
marièrent. La cérémonie eut lieu dans la petite
chapelle des Carmélites et fut célébrée par l'oncle
Mérille. Quelques-uns des amis de Gaston et Guillaume Rondet furent les seuls témoins de ce mariage, auquel Mme de Ribeaupin, considérablement
affaiblie par les émotions qu'elle venait de subir, ne
put assister, et auquel Charlotte n'avait pas été
conviée. Le même jour, les nouveaux époux par-
taient pour la ferme de Villiers-les-Pommes. Avant
de quitter Paris, Gaston était parvenu, à force de
démarches, malgré les efforts de la Benoît, créancière principale de Dervaux et ennemie intime de
Mme de Ribeaupin, à faire annuler le jugement qui
déclarait celle-ci en faillite. Mais en la sauvant de
ce péril extrême, il ne put lui rendre la fortune
qu'elle avait perdue, car les créanciers de Dervaux
ne touchaient pas le dixième des sommes qui leur

étaient dues, ce qui réduisit sa part à dix mille francs. L'ancien propriétaire de la maison du *Diable Boiteux* passa de Belgique en Hollande, et depuis l'on n'entendit plus parler de lui.

Installés pour trois mois à la ferme de Rondet, le premier soin de Gaston et d'Adrienne fut d'écrire à Mᵐᵉ de Ribeaupin, afin de la décider à venir auprès d'eux. Ils espéraient que l'air pur des champs la remettrait complètement. Mais cette lettre ne la trouva pas à Paris. Au lendemain du mariage d'Adrienne, Charlotte, furieuse de n'y avoir pas assisté, et obéissant à des sentiments incompréhensibles, était venue chercher sa mère et l'avait emmenée avec elle dans une magnifique propriété, aux environs de Paris, qu'elle tenait de la générosité du baron Drivonne, sur lequel elle prenait une influence chaque jour plus grande. Mais cet accès de piété, ou de générosité, ou d'orgueil, dura peu. Lassée d'avoir à subir la société de cette femme âgée, dont la présence glaçait tous ses plaisirs, elle la relégua dans un pavillon éloigné du château qu'elle habitait elle-même. C'est de là que Mᵐᵉ de Ribeaupin, ayant séduit la femme spécialement attachée à son service, partit un matin pour rejoindre Adrienne.

Le jeune ménage, dont le bonheur était sans trouble, la reçut avec joie. Grâce à ses enfants, grâce à son frère, qui venait fréquemment à la ferme, grâce à Guillaume Rondet lui-même, elle connut enfin les vraies joies de la famille, et ses derniers jours y puisèrent l'oubli, le repos et aussi le repentir. Elle mourut dans le courant de la même année. Gaston fit connaître la nouvelle de sa mort à Charlotte et ne reçut aucune réponse. La Ribeaupin, comme on l'appelait déjà, venait de partir pour Nice, où elle comptait passer l'hiver.

Dix ans se sont écoulés depuis l'époque qui vit les événements que nous avons racontés dans les pages qui précèdent. Durant cette période, divers événements se sont accomplis, qui sont comme le couronnement de cette histoire.

Gaston et Adrienne ont trois enfants. L'avocat a obtenu au barreau de Paris des succès qui l'ont enrichi et qui lui permettent d'élever honorablement sa famille. Il a d'ailleurs en perspective pour elle l'héritage de Guillaume Rondet, chez qui les Rivière passent trois mois tous les ans, et qui leur témoigne une tendresse toute paternelle.

Charlotte s'est enrichie. Mais elle a ruiné, ou peu s'en faut, le baron Drivonne, et lorsque, ne possédant plus ni argent ni santé, le malheureux a vu devant lui s'ouvrir le gouffre de la misère, elle l'a contraint à lui donner son nom. Si vous voulez voir le brillant baron Drivonne et savoir ce qu'il est devenu, allez en hiver, vers une heure, dans le jardin des Tuileries, et si passe, se réchauffant au soleil, un grand vieillard maigri, à l'œil éteint,

aux membres paralysés, étendu dans une chaise
roulante que traîne un laquais en livrée, dites-vous:
— C'est lui!

Pendant que son mari traîne cette existence, à
laquelle la mort serait préférable, Charlotte, entourée d'adorateurs qui ont oublié son passé ou
qui ne s'en souviennent que trop, se promène à
Paris, à Bade, à Spa, cherchant à justifier par
l'excentricité de son caractère et de ses allures,
par l'éclat de son luxe, les aventures galantes
qu'elle eut autrefois, et qu'elle donne aujourd'hui
à ceux à qui elle ne peut les cacher comme le
résultat d'une imagination trop vive et d'un cœur
trop chaud. Elle est baronne, elle est riche, elle est
belle. Quelle est donc la peine qui trouble sa vie?
C'est que les femmes du monde ne veulent pas la
recevoir. Les salons honorables de Paris restent
fermés devant elle. Elle feint de braver l'opinion
publique, mais elle éprouve une douleur très-vive
en se voyant mise ainsi au ban des braves gens. Elle
n'a jamais cherché à revoir Adrienne, à qui d'ailleurs son mari a déclaré qu'elle devait se considérer
comme n'ayant plus de sœur.

Nous n'avons rien à dire du brillant vicomte de
Rochebry: cocodès il était, cocodès il est resté.

Quant à l'abbé Mérille, il est toujours l'aumônier
des Carmélites. Seulement, le couvent, situé dans

le faubourg Saint-Jacques, a été rasé pour cause d'utilité publique, et sur son emplacement passe un grand boulevard. Mais si le couvent a changé, l'abbé Mérille est resté toujours le même, à savoir une âme naïve et tendre, un cœur d'enfant, sincère et enthousiaste, prompt à secourir les malheureux, en un mot un prêtre selon l'Évangile.

FIN.

Imprimerie de Poissy — S. Lejay et Cie.

www.ingramcontent.com/pod-product-compliance
Lightning Source LLC
Chambersburg PA
CBHW072116020726
47501CB00003B/841